« PAVILLONS »

Collection dirigée par Claire Do Sêrro

KATE HOPE DAY

AVEC DES SI

roman

Traduit de l'anglais (États-Unis)
par Aline Azoulay-Pacvoň

Robert Laffont

Titre original : IF, THEN

ISBN 978-2-221-21899-0
(édition originale : ISBN 9780525511229, by Random House, an imprint and division of Penguin Random House LLC, New York)
Dépôt légal : octobre 2021
Éditions Robert Laffont – 92, avenue de France – 75013 Paris

À mes parents

« Je crois, tout comme vous, que les choses auraient pu se dérouler de maintes manières différentes. »

David Lewis, *Contrefactuels*

I

L'HOMME DES BOIS

1.

La terre tremble. Elle a un goût métallique dans la bouche. C'est ainsi que tout commence, un dimanche soir sans lune, dans une clairière de l'Oregon, à l'ombre d'un volcan endormi que les gens du coin appellent Broken Mountain, la montagne brisée.

Il est un peu plus de vingt-deux heures. Ginny est devant le lavabo de la salle de bains, sa brosse à dents dans une main, un livre dans l'autre. Elle lit toujours comme ça. Grapille quelques pages çà et là au fil de ses journées surchargées. Dans la salle de bains, quand tout le monde dort, ou dans sa voiture quand elle arrive en avance à l'hôpital. Une onde de chaleur fait vibrer les grilles d'aération. Elle décide de lire un dernier chapitre avant d'aller se coucher. Dans la chambre, Mark, son mari, dort déjà.

Elle entend vibrer son bipeur sur la table de nuit. File le récupérer. Une familière série de chiffres défile sur le minuscule écran lumineux. Les urgences. « Zut ! »

Elle prend son téléphone et compose le numéro. C'est l'infirmière de garde qui lui répond.

— Ici le Dr McDonnell. Vous m'avez appelée ?

— Un instant, je vais chercher le Dr Pierce.

Un air de musique classique tonne contre son oreille. Elle s'assied au bord du matelas, subitement fatiguée.

L'un des chats saute de la couette et va dignement rejoindre la chambre de Noah. Mark ne cille pas. Ces appels nocturnes ne le réveillent même plus. Son visage paraît si nu sans ses lunettes. Ses boucles brunes contrastent avec les draps blancs.

Elle augmente le volume du téléphone et allume sa lampe de chevet. Mark roule sur le côté. La musique n'est plus qu'un murmure imperceptible au loin. Elle ressent une secousse sous ses pieds. A un goût métallique dans la bouche. Sa vue se brouille…

Une femme se matérialise à l'endroit où Mark dormait l'instant d'avant. Son visage est si familier… C'est Edith. À l'hôpital, son amie porte toujours un chignon serré. À présent, ses mèches ondulées dessinent un éventail sur l'oreiller. Ses épaules et sa gorge sont constellées de taches de rousseur.

Ginny hume les effluves de peau chaude et de draps humides. Son souffle s'accélère. Un désir puissant et inconfortable enfle au creux de son ventre. La femme tend la main, comme pour caresser ses cheveux.

La seconde d'après, elle a disparu. Mark a repris sa place dans leur lit.

Ginny se frotte les yeux, incrédule.

— Docteur McDonnell…, s'élève la voix stridente de Brian Pierce. On a un homme de soixante-quinze ans, abdomen rigide, leucocytes à 24 000, température 38,5, les radios montrent des signes d'irritation péritonéale et la présence d'air dans la cavité abdominale. Admis aux urgences il y a environ une heure. Il s'appelle Robert Kells. Vous pouvez venir l'examiner ?

Le temps d'une pulsation cardiaque, elle revoit l'adorable visage d'Edith.

— Des antécédents ? réussit-elle à formuler.

— Antécédents hépatiques...

Elle l'entend feuilleter des pages.

— Nous l'avons déjà admis deux fois pour pancréatite. C'est tout.

— Préparez-le pour une laparo explo.

Son cerveau se remet en branle. C'est reparti.

— Je préviens l'infirmière chef. Sautez dans votre voiture. Il ne tiendra pas longtemps.

Ginny exécute l'éternel rituel. Elle enfile sa casaque et son pantalon, réunit ses cheveux en une courte queue-de-cheval et se passe du baume sur les lèvres. Elle grimpe dans son SUV Acura et recule dans le cul-de-sac désert. La terrasse de ses voisins est éclairée. Derrière sa maison, la forêt n'est plus qu'un gouffre noir. La pluie trouble son pare-brise.

Elle descend la pente et traverse le centre-ville. La montagne s'éloigne dans son rétroviseur. D'ordinaire, elle aime ce moment : les rues désertes, le calme feutré de la voiture, le doux *tac tac tac* du clignotant. Mais ce soir, rien de tout cela ne parvient à l'apaiser.

Elle est perturbée par son hallucination. Elle a dû s'assoupir un instant. À moins qu'elle ne souffre d'une tumeur cérébrale ? Elle se remémore la liste des symptômes apprise lors d'un stage en neurochirurgie pendant son internat :

Maux de tête
Pertes d'équilibre
Vision floue ou double
Hallucinations...

Elle se gare dans le parking du personnel. Cette fois, le rituel – changement de tenue, queue-de-cheval, trajet en voiture – n'a pas rempli son office. L'irritation enfle dans sa poitrine.

Les lumières fluorescentes des urgences lui administrent une claque bénéfique. Ses sabots couinent sur le sol ciré. Son patient est étendu derrière le rideau vert de l'unité d'accueil préopératoire glacée. Elle tire cette fine cloison de tissu derrière elle et se sent aussitôt mieux.

— Monsieur Kells, je suis le Dr McDonnell, le chirurgien responsable de ce service.

Elle articule chaque mot, couvrant le brouhaha de bips des moniteurs sans quitter son grand visage gris cendre des yeux. Il ne répond pas mais soutient son regard.

Elle étudie sa courbe de températures.

— Oh, pardon. *Professeur* Kells.

— Robbie, corrige-t-il d'une voix rauque à peine plus audible qu'un murmure.

Avec ses sourcils broussailleux et ses cheveux gris fournis, on l'imagine sans mal sur l'estrade d'un amphi.

— Je vais vous examiner, maintenant, si vous le voulez bien.

Il acquiesce.

Elle se frotte les mains pour les réchauffer, soulève la chemise d'hôpital et palpe son ventre blême.

— Je vais appuyer sur votre abdomen. J'aimerais que vous me disiez si vous avez plus mal, ou moins mal, quand je relâche la pression.

Elle appuie. Relâche. Il grimace de douleur mais n'émet aucun son, remarque-t-elle, impressionnée par son stoïcisme. Il arbore la même expression renfrognée que son père, durant sa maladie. Il aurait à peu près le même âge que M. Kells s'il avait survécu.

Elle prend son stéthoscope et écoute les quatre quadrants de son abdomen.

— Vous enseignez à l'université ? lui demande-t-elle.

Il acquiesce.

— Quelle discipline ?

— La philosophie.

— Impressionnant.

Elle reprend la courbe de températures.

— Je préfère tout bien vérifier. Pas de problèmes cardiaques, d'arythmie ? Aucun incident ?

Il secoue la tête.

— Bien. On va essayer de vous renvoyer à vos livres et à vos étudiants au plus vite. Mais avant cela, il va falloir que je trouve ce qui vous cause cette gêne à l'abdomen. Il est possible que votre intestin soit perforé. Si c'est le cas et qu'on ne vous opère pas rapidement, votre vie peut être en danger. Nous sommes prêts à vous emmener en salle d'opération. Avons-nous votre autorisation ?

— Oui.

— Nous allons faire notre possible pour vous sauver.

Il saisit sa main d'une poigne étonnamment vigoureuse.

— Et si vous faisiez plus que votre possible ? dit-il, l'ombre d'un sourire sur les lèvres.

— Ça marche, répond-elle en riant.

Ginny pousse les lourdes portes battantes marquées BO 3, TENUE CHIRURGICALE EXIGÉE AU-DELÀ DE CES PORTES, RÉSERVÉ EXCLUSIVEMENT AU PERSONNEL. Elle enfile des protège-chaussures en papier, rentre sa queue-de-cheval dans sa charlotte et couvre le bas de son visage avec un masque. Elle espère sincèrement pouvoir sauver le professeur Kells. Elle ne le connaît pas, mais apprécie le peu qu'elle a vu de lui. Il n'a pas cillé quand elle s'est présentée. Beaucoup d'hommes de son âge tiquent lorsqu'ils découvrent qu'ils vont être opérés par une femme d'à peine un mètre soixante.

Devant le lavabo de brossage, elle enlève son alliance et la glisse dans une des cordelettes de la ceinture de son pantalon qu'elle noue à l'autre, deux fois, puis encore une. Elle songe à son mari endormi dans leur lit. Au début, il lui faisait sans cesse remarquer combien son absence le perturbait le matin, au réveil. Après quinze années de mariage, il n'y fait plus jamais allusion. Elle prend une éponge abrasive qui a pris la coloration orange de la Bétadine et commence par frotter ses ongles.

Tricia, l'infirmière de liaison, la rejoint bientôt et ouvre un robinet, ses lunettes pendant au bout de leur chaîne.

— Qui est l'infirmière de bloc ? s'enquiert Ginny.

— Edith. Pourquoi ?

— Pour rien, répond-elle, les joues en feu et le cœur battant la chamade.

— Alors, comment va votre petit athlète ?

— Noah ? C'est un amour. Il dormait quand je suis partie.

— Qu'est-ce qu'il fait comme sport en ce moment ?

— Football et natation.

Ginny n'aime pas discuter avant d'opérer, et ce soir, elle a besoin de se concentrer à fond sur son boulot. Tricia a beau le savoir, elle ne peut pas s'empêcher de papoter.

— Un enfant plein d'énergie, commente-t-elle avec un grand sourire. Bon, tout le monde est prêt, c'est quand vous voulez.

Quand elle entre dans le bloc, le professeur Kells est déjà intubé. Posté à sa tête, l'anesthésiste surveille ses signes vitaux. En dépit de son masque, elle reconnaît Jeff Lee à ses épais sourcils bruns. À sa droite, Edith étudie un plateau d'instruments étincelants.

— Salut, lance-t-elle avec son léger accent du Sud. Encore d'astreinte ?

Ginny remonte son masque sur ses joues en feu.

— Ouais, encore, répond-elle d'une voix un peu trop forte.

Edith glisse une mèche rousse sous son calot.

— Tu vas bien ?

Ginny approche la lampe scialytique de l'abdomen du professeur. Une puissante odeur de solution antiseptique lui agresse les narines.

— Oui. Je suis juste fatiguée.

Tandis que l'infirmière inspecte l'alignement parfait d'éponges, de gaze et de fil sur un autre plateau, vérifie que le compte y est bien, Tricia entre avec les dernières paperasses.

— Incision à minuit cinquante-sept, annonce-t-elle avant de disparaître derrière les portes battantes.

— Lame dix, lance Ginny.

Elle effectue une première incision depuis l'appendice xiphoïde jusqu'au pubis, puis deux autres pour ouvrir tout l'abdomen. Elle tend la main à Edith qui y dépose un rétracteur autostatique. Les viscères du patient ressemblent à un bric-à-brac poisseux. Il y a une perforation quelque part, elle en est sûre, et il risque de faire un choc septique avant qu'elle ne parvienne à la trouver. Concentré sur le moniteur de pression artérielle, Jeff en est bien conscient.

— Merde ! souffle Ginny.

— C'est le cas de le dire, commente l'anesthésiste.

De l'autre côté de la table, Edith repositionne le rétracteur. Une fine chaîne scintille autour de son cou.

— Solution saline ?

— Oui, vite.

Mais l'infirmière irrigue déjà la cavité abdominale du malade.

Ginny glisse les doigts entre les boucles d'intestin et le long du mésentère, mettant au jour des zones de tissu scarifié. Demande l'aspiration, puis passe lentement les mains le long de l'appareil digestif, à la recherche d'une déchirure. Elle repense à sa dernière opération – interminable – avec Edith. Elle avait duré cinq ou six heures. Elles étaient allées prendre un petit-déjeuner aux premières lueurs de l'aube, mortes de fatigue. Au fil du temps, elles étaient devenues amies. Ginny se réjouissait toujours à l'idée de retrouver l'infirmière en se rendant au travail… mais elle n'avait jamais envisagé…

— Sa pression artérielle ne me plaît pas, déclare Jeff, la tirant de ses réflexions.

Elle se concentre sur les sections d'intestin rose, les manipulant avec délicatesse jusqu'à ce qu'elle aperçoive la minuscule perforation dans un repli du côlon.

— Deux pinces intestinales. Et préparez une suture Vicryl.

Elle pince les deux extrémités de la déchirure, excise le segment d'intestin perforé et commence à recoudre les tissus, couche après couche, concentrée sur chaque point. Elle ne lève les yeux de la table d'opération que lorsque sa suture est terminée et que la pression du professeur Kell s'est stabilisée.

2.

Mark manœuvre sa vieille Jeep dans l'allée du garage, la montagne brumeuse en toile de fond. Il fait un écart pour éviter Cass, la nouvelle voisine, qui promène son gros chien noir. Seul son pouce impatient sur le volant trouble le silence de l'habitacle. Assis sur la banquette arrière, son fils Noah est tourné vers la vitre. Mark jette un coup d'œil à sa montre. Il a une réunion avec ses collègues du département Pêche et Nature, ce matin. Il doit leur faire un compte rendu de ses recherches sur la grenouille maculée de l'Oregon qui, il l'espère, marquera un tournant dans sa carrière.

Il quitte le quartier et son alignement de maisons en bois, longe le jardin communal grignoté par les tournesols et la sauge et s'engage dans la grand-rue, veillant à laisser une marge pour les deux-roues. Son genou gauche tressaute. Dans le rétroviseur, il voit Noah sortir un ballon jaune canari de son sac à dos et le faire sauter entre ses mains. Le cartable paraît vide tout à coup. Il se demande s'il a pris tous les livres dont il a besoin pour sa journée d'école, mais hésite à l'enquiquiner avec ça. Il regrette l'époque bénie où son fils lui confiait tout ce qui lui passait par la tête, où il n'avait qu'à demander pour savoir.

À l'automne, Noah entrera en sixième au collège Linus Pauling. Cette réalité ne cesse d'occuper ses pensées. Son fils est au seuil de l'adolescence, et il ne se sent pas prêt. Pas prêt à le voir grandir et quitter la maison. À se retrouver seul avec Ginny. Il n'ose imaginer ce que sera sa vie sans son fils à ses côtés.

Sur les terrasses des maisons de Cedar Lane, des citrouilles et des calebasses encombrent des pots d'asters, de chrysanthèmes et de rudbeckias. Des pancartes plantées dans l'herbe gorgée d'eau des jardins proclament :

OUI AUX AUTORITÉS LOCALES, NON AU FLUORIDE !

PROTÉGEONS LES FRONTIÈRES
DE NOS PLANTATIONS URBAINES :
VOTEZ OUI AU 133

L'AMOUR FAIT DE NOUS UNE FAMILLE

Ils se garent devant chez Peter, l'ami de Noah ; une maison sur deux niveaux au toit couvert de lichen. Il y a une fille en jean rose vif sur la terrasse. Elle porte un instrument de musique dans un étui noir de la taille d'un ourson ou d'un énorme blaireau. Lydi, ou Livi ? Elle est dans la classe de Noah. Mark l'a vue avec sa mère à une ou deux reprises. Elle habite le quartier.

Ils attendent une minute. La gamine les observe.

— Tu veux bien aller chercher Peter ? finit par lui demander Mark.

Son fils ouvre la portière et saute dehors d'un mouvement souple, le ballon coincé sous le bras. Il salue la fille, puis lance le ballon en l'air et bondit pour le rattraper, le corps légèrement arqué.

Tout le département doit assister à sa présentation. Peut-être même que le doyen sera là. Il l'espère. La poursuite de ses travaux ne nécessiterait qu'un petit pourcentage des cinquante millions de dollars récemment alloués à l'université pour financer la recherche sur les catastrophes naturelles. Tout le monde devait en bénéficier : les géophysiciens, l'Institut de recherches sur les zones côtières et, bien sûr, les séismologues. Seulement, ils se concentraient tous sur la zone de subduction de Cascadia, au large des côtes de l'Oregon, alors que le danger le plus immédiat, à savoir Broken Mountain, se trouvait juste sous leurs pieds. Ses recherches sur le lien entre l'activité géothermique et le comportement animal mettaient au jour de nombreux signaux laissant présager une éruption beaucoup moins lointaine que ce que les spécialistes prévoyaient. Dans les vingt prochaines années, peut-être. Or, pour l'heure, son projet n'avait bénéficié d'aucune subvention.

Noah shoote dans son ballon qui s'envole vers des buissons d'azalées. La force physique naturelle de son fils ne cesse de l'étonner. De qui tient-il donc, cet enfant ? La réponse s'impose aussitôt : de Ginny, évidemment. L'enfant cueille le ballon dans les buissons et s'adresse à Livi, qui se balance sur les pierres de bordure de la pelouse. Elle a laissé son instrument de musique sur la terrasse couverte. Noah fait rebondir son ballon d'une main tandis que, approchant son visage du sien, sa camarade lui répond avec force moulinets théâtraux des bras avant de le prendre par la taille.

Surpris, Mark résiste à l'envie de disparaître derrière le tableau de bord, se faisant l'effet d'un voyeur, mais incapable de détourner les yeux.

Peter finit par apparaître, vêtu d'un pantalon de jogging vert, l'air mal réveillé. Son talon dépasse encore de sa chaussure droite. Il tape du pied, puis lève les bras. Noah s'écarte de Livi pour lui faire une passe.

La gamine se hisse alors sur la pointe des pieds et lui chuchote quelque chose à l'oreille. Son fils paraît moins sûr de lui et moins agile sans son ballon. Il lui ressemble davantage à cet instant, songe Mark avec un plaisir teinté de douleur.

Samara ouvre le placard de la cuisine de ses parents et choisit une tasse bleu piscine du service Fiesta multicolore de sa mère. Elle allume la bouilloire et jette un coup d'œil au trottoir mouillé, aux sapins qui se balancent derrière la fenêtre. Cass, la nouvelle voisine de ses parents, promène son chien noir à poils longs, son imper trop grand flottant dans le vent.

La bouilloire s'arrête. Mark fait reculer sa Jeep crasseuse dans l'impasse, son fils assis sur la banquette arrière. Samara tire les stores. Elle ne supporte pas de voir la famille du Dr McDonnell aller et venir comme si tout allait bien. Rien ne va bien. Sa mère, Ashmina, est morte. Elle est entrée à l'hôpital un mois plus tôt et n'en est jamais revenue.

Elle ouvre le frigo encombré de cocottes et de plats, comme toujours. Regarde le pain aux mûres laciniées que Mark et Ginny lui ont apporté et qu'elle n'a pas touché. Elle referme le frigo. La voix de sa mère résonne dans sa tête. Lui enjoint de se dépêcher. Elle a une estimation à faire dans quelques minutes ; un rendez-vous pris par sa mère six semaines plus tôt, pensant qu'elle serait déjà sur pied. Samara voulait annuler, mais la voix l'en avait empêchée : *Vas-y Sammy, il faut que tu t'occupes*.

Elle ouvre un autre placard. Une montagne de boîtes en carton et en fer dégringole sur le comptoir. Thé vert au jasmin, au citron, feuilles de framboisier, menthe du jardin, du Maroc, Ceylan, trois boîtes d'Assam, deux sortes de Gunpowder, camomille, valériane. Elle choisit le Ceylan, verse l'eau chaude dessus et range les boîtes une à une.

Elle emporte la tasse dans sa chambre et secoue Shawn, endormi sous le vieux duvet décoré de dahlias.

— Il faut que tu partes avant que mon père se réveille.

Il lève la tête et louche dans sa direction.

— Sérieux ? grommelle-t-il d'une voix endormie. Même s'il sait que je suis ici ?

Shawn et elle se voient régulièrement depuis la mort de sa mère, il y a dix mois.

— Oui. Quand même…

Elle ouvre l'armoire et en extirpe une jupe et un chemisier entortillés dans les vêtements ayant débordé du dressing de la chambre parentale. Robes, pantalons et jupes de toutes les couleurs de l'arc-en-ciel, foulards imprimés de nœuds de marin ou de perroquets aux yeux luisants comme des perles noires, saris corail, aubergine, et jaune bordés de triangles de verre scintillant.

— Tu as l'intention de me répondre ?

— À quel sujet ? questionne Samara, perdue dans les plis d'une robe imprimée d'orchidées roses exhalant un parfum de bois de santal et d'écorce d'orange.

Shawn pose les coudes sur ses genoux, révélant la petite touffe de poils blonds plantée au centre de son torse.

— Ton retour à Seattle.

Elle pivote, serrant contre elle son chemisier rose sobre et sa jupe grise. Elle ne veut pas lui avouer que rien ne l'attend là-bas. Qu'elle a démissionné quand sa mère est tombée malade (d'un premier poste qu'elle n'a jamais vraiment aimé de toute façon). Qu'elle vivait dans une sous-location au-dessus de ses moyens. Elle admire son front large, ses cheveux coupés très court, ses petits yeux bleu clair. Il ressemble si peu à son ami d'enfance. Le grand garçon maigrichon nageant dans son short de sport. Il y avait une table de ping-pong au sous-sol, chez ses parents. Il tentait toujours de nouer la conversation avec Samara quand elle venait jouer avec sa sœur. Parfois, il invitait un copain à lui, et ils faisaient des doubles. Elle entend encore la petite balle blanche rebondir contre la table, se souvient de l'odeur de la pièce – tapis humide, chips et chewing-gum à la fraise.

— Je n'ai pas encore pris ma décision, finit-elle par répondre.

— Je pense que tu devrais rester.

— À Clearing ? Là où j'ai grandi ?

— J'y vis bien, moi.

— C'est différent.

— En quoi ?

Un pivert tenace trouble le silence. La voix de sa mère insiste : *Remue-toi, tu vas être en retard.*

— Je ne sais pas. C'est juste que…

Elle entend l'échelle télescopique racler les pavés du jardin.

— Bouh l'oiseau ! crie son père.

Elle soupire.

— Il est déjà debout.

— Qu'est-ce qu'il fait ?

— Il se dispute avec un pivert.

Elle attrape des sous-vêtements propres.

— Tu fais quoi, aujourd'hui ? demande-t-elle.

— Je continue la rénovation de Woodland Avenue. Et toi ?

— J'ai rendez-vous pour une évaluation.

— Tu peux passer chez moi après, si tu veux.

— Je ne comprends pas pourquoi tu gardes cette grande baraque pour toi tout seul…

— Je ne suis pas seul. J'ai mes chiens.

— Mouais.

Elle boutonne son chemisier et enfile ses bottes.

— Sors par la porte de derrière quand tu partiras, d'accord ?

Elle réussit à atteindre Arden Street à temps, mais ne trouve personne sur place. Elle connaît cette maison.

C'est celle de Mme Kells, son ancien professeur de piano. Une réplique inversée du ranch de ses parents, bâti en 1959 : ici la porte d'entrée est à droite du garage. Quelques rues plus loin, la montagne s'élève, occultant la moitié du ciel gris clair, à la manière d'un mur végétal.

Elle jette un coup d'œil par les fenêtres, mais les épais rideaux sont impénétrables. Elle n'est entrée que dans le salon tapissé de bleu dans lequel trônait le piano brillant. Elle se souvient de la tessiture des notes aiguës, de la résistance de la pédale sous son petit pied. Elle était au lycée quand Mme Kells est morte. Le piano est peut-être encore là.

Son téléphone vibre dans la poche de sa veste. C'est Ben Kells. Il ne pourra pas venir. Il a dû conduire son père à l'hôpital au milieu de la nuit. Pourrait-elle évaluer la maison seule ? Il y a une clef de secours cachée dans le jardin.

— Bien sûr, aucun problème, dit-elle, adoptant la voix téléphonique pleine d'entrain de sa mère. J'espère que votre père va vite se remettre.

Elle suit le chemin de béton grignoté par la mousse qui contourne la propriété, découvre le grand pot en céramique rempli de terre mouillée dont lui a parlé Ben, et, vacillant sur la pointe des pieds, parvient à le faire basculer ce qu'il faut pour attraper la clef. De retour sur la terrasse, elle l'essaie dans les deux sens avant d'entendre le pêne se rétracter. L'intérieur sent le renfermé. Pas la moisissure, ni les ordures pourrissantes. Une odeur de tissu mouillé, plutôt, comme celle d'un canapé demeuré trop longtemps dans un sous-sol humide.

Elle est surprise de trouver la maison vide. Sa mère lui avait parlé de murs couverts de livres. Elle traverse le salon d'un pas précautionneux, faisant glisser son regard sur les marques profondes laissées par les pieds du piano dans le tapis. « Fais attention à tes chevilles, Sammy. On ne sait jamais ce qui peut se cacher dans une maison vide », lui avait dit sa mère, cinq mois auparavant, alors qu'elles visitaient un bien à l'autre bout de la ville. « Une fois, je me suis retrouvée avec un raton laveur dans les pattes. » Le rire d'Ashmina avait fait tinter les perles qui bordaient le foulard entourant sa tête. « Je l'ai surpris dans la cuisine. Tu aurais dû voir sa petite tête effarouchée. Et ses yeux… » Elle avait dessiné deux grands cercles avec ses doigts. « Personne n'a envie de se faire attaquer par une de ces bestioles dans le noir. »

Mais rien ne semble galoper dans les recoins de la maison des Kells. Pour le moment, en tout cas. Samara fait coulisser la porte de la terrasse arrière pour laisser entrer l'air frais chargé de sève, de paillis d'écorce et d'herbe humide.

Les pièces sont quasi identiques à celles de la maison familiale, mais paraissent immenses sans meubles, lampes, coussins, plantes, copies de gravures d'oiseaux d'Audubon, rangées de thrillers et sacs de fil à tricoter. Elle visite les deux étages, passe plusieurs minutes dans chaque chambre. Tout est d'origine : les cheminées en pierre, les placards en fer de la cuisine, les linos pailletés d'or. Sa mère aurait détesté.

« Ça va être une vente difficile, Sammy », aurait-elle bougonné. Rien n'a été rénové. Et pourtant, elle lui plaît beaucoup. Elle caresse les losanges en terre cuite de la salle de bains du haut, savourant leur fraîcheur. Le pare-feu en cotte de mailles produit un joli *shhh shhh* quand elle l'écarte. Les tiroirs de la banquette encastrée sentent la cannelle et le clou de girofle.

Elle se penche vers la plinthe à un angle du salon. Tâte la moquette. Tire un peu dessus. Le coin se décolle avec un bruit sec. Elle éternue et passe la main sur le parquet intact.

À nouveau, la voix lui dit d'arrêter de perdre son temps, qu'elle a du pain sur la planche. Au cours des trente dernières années, Ashmina avait su développer sa propre technique. Elle commençait par parcourir la maison avec son propriétaire, discutant de choses et d'autres. De sa fille, par exemple, du moyen qu'elle avait trouvé pour attirer les colibris dans son jardin, d'une recette qu'elle comptait essayer pour le dîner. Tout en parlant, elle enregistrait les atouts et les points faibles du lieu, sa calculette interne travaillant à la même vitesse que ses yeux.

Samara avait essayé de l'imiter par le passé, mais aujourd'hui, elle progresse à travers la maison des Kells sans rien additionner ni soustraire. Sans prendre de notes du type : *équipements bien entretenus, patio parfait pour recevoir, à quelques minutes des commerces*. Elle se contente d'explorer chaque pièce, une fois, puis une autre.

Elle imagine les gens qui ont vécu entre ces murs. Elle n'a jamais rencontré M. Kells, mais elle sait qu'il enseigne la philosophie à l'université et qu'il a fait des apparitions dans l'émission *Les Grands Esprits de l'histoire* sur PBS. Le seul souvenir distinct qu'elle garde de Mme Kells, c'est sa voix, claire et ferme, couvrant ses gammes. Elle remarque de petits signes de sa présence, çà et là, telles les pinces à cheveux abandonnées dans le tiroir de la salle de bains. Les traces de poussière laissées par les épais volumes que contenait la bibliothèque sur mesure. Une coupure de journal dans le garde-manger :

POUR RÔTIR UNE DINDE
EN FONCTION DE SON POIDS :

Poids	Temps de cuisson (non farcie)	Temps de cuisson (farcie)
2-3 kg	2-2 ½ h	2 ¼-2 ¾ h
3-4 kg	2 ½-3 h	2 ¾-3 ¾ h
4-8 kg	3-3 ½ h	3 ¾-4 ½ h
8-10 kg	3 ½-4 h	4 ½-5 h
10-11 kg	4-4 ½ h	5-5 ½ h

Elle se représente un homme d'âge moyen devant le gril du patio pavé de pierre, des pincettes à la main. L'air est chargé d'une odeur de steaks et de charbon. Des adolescents dégingandés rôdent autour du panier de basket usé par les intempéries. Elle entend leurs cris, le claquement du ballon contre le panneau. Imagine Mrs Kells, jeune mariée, vêtue d'une longue chemise de nuit rose, allongée sur le grand canapé du salon, les pieds posés sur les genoux de son mari. Ils lisent. La quiétude du moment n'est troublée que par le bruissement des pages. L'image s'altère. À présent, c'est Samara qui porte la chemise de nuit rose, et Shawn qui lui caresse les pieds. Elle secoue la tête. D'où cela peut-il bien venir ?

Sa mère lui conseille d'arrêter de rêvasser. Elle n'est pas venue pour admirer cette maison et s'en imaginer propriétaire. Samara éteint les lumières, referme le patio et récupère les clefs sur le comptoir de la cuisine. Elle est ici depuis une heure et n'a presque rien accompli. Elle remonte sa capuche et regagne sa voiture en courant.

3.

Cass écoute à la porte de la chambre de sa fille, le souffle chaud du chien contre ses mollets. Elle attend une minute, deux. Le sanglot émis par le babyphone s'est tu. Bear remue la queue dans le silence.

Elle se détend un peu et, à pas de velours, regagne la chambre d'amis qui lui sert de bureau, esquivant la rangée de cartons qui encombre le couloir. Leah s'est réveillée peu avant cinq heures, Cass l'a allaitée trois fois depuis. À en croire *L'Incroyable Première Année*, cet appétit vorace est normal chez les bébés de huit semaines. Et pourtant, rien ne lui paraît normal ; ni le manque de sommeil qui lui brûle les yeux, ni sa poitrine meurtrie et irritée.

Elle s'assied, colle le babyphone contre son oreille et retient son souffle.

Ô doux silence !

Elle cale ses orteils contre les pieds froids de la chaise et boit une gorgée de café tiède. Bear s'allonge sur la moquette en grognant. Elle écrit un e-mail à son mari sur son téléphone, même s'il ne pourra pas le lire avant une semaine, au moins. Il est en mer pour cinq semaines afin de prélever des bactériophages pour son nouveau laboratoire de recherches à l'université de l'Oregon, et il n'y a pas de connexion Internet sur le bateau. Elle l'envoie quand même.

Amar chéri,

J'ai changé d'avis. Demande au capitaine de faire demi-tour et rentre me préparer un toast au fromage. Il faut deux mains pour faire un toast au fromage. Ensuite, tu feras le tour du pâté de maisons avec le bébé et j'en profiterai pour prendre une longue douche en ne songeant qu'au clapotis de l'eau contre mes oreilles.

Je t'aime,
Cass

Il pleut, ou pleuviote. Derrière la fenêtre, la montagne est d'un vert profond. Un volcan *endormi*, avait insisté Mme Mehta, l'agent immobilier qui leur a vendu la maison. Sa voisine, depuis. Elle ne cesse de lui apporter des petites choses pour le bébé – des jouets ayant appartenu à sa fille, surtout. Cass avait tiqué en découvrant le rideau de hauts pins derrière la maison. Trouvé que la montagne à la crête accidentée avait quelque chose d'écrasant, de presque menaçant. Mme Mehta avait argué qu'ils seraient réveillés par le *chant des oiseaux* et que leur bébé respirerait un *air sain*. Elle n'avait pas mentionné les panneaux que Cass avait découverts plus tard, à l'entrée d'un sentier voisin : DANGER. PRÉSENCE DE COUGARS, DE LYNX ET D'OURS BRUNS DANS LA RÉGION. NE VOUS ÉLOIGNEZ PAS DE VOS ENFANTS ET DE VOS ANIMAUX DOMESTIQUES. Elle n'avait pas non plus fait allusion aux légères secousses qui émanaient parfois du sous-sol. Mais Cass avait appris à aimer cette montagne à l'odeur de sève et de feuilles mortes.

Elle se lève et observe la pile de cartons qui encombre la pièce. Amar les a ouverts avant de partir. Ils contiennent la bibliographie du doctorat de métaphysique qu'elle a commencé à l'université de l'Oregon. Sur le raisonnement contrefactuel. Sur les « si » et leurs conséquences.

Si on ne m'avait pas alloué ce box à la bibliothèque des sciences, je n'aurais jamais rencontré Amar.

Si je n'avais pas oublié ma plaquette de pilules quand nous sommes partis camper à Redwoods, Leah ne serait pas là.

Elle prend *Le Mot et la Chose* de Quine. Feuillette les pages marquées. Reconnaît sa petite écriture sinueuse dans les marges. A l'impression que ces mots ont été écrits par une autre. Pas par cette femme incapable d'aligner deux mots quand elle sort acheter des couches, cette femme dont les pensées ne sont guère plus que des nuages évanescents.

Elle choisit une page au hasard et s'oblige à lire une phrase. Et à la comprendre. La première de la page 34. Elle la lit une fois. Deux fois. Se fige. La sensation est familière, étrange. L'air semble soudain plus dense. Elle relit la phrase. Se gratte la tête. Regarde la note qui flotte dans la bande blanche de l'entête. Elle lui rappelle… non, pas ça… autre chose. Une chose à laquelle elle a déjà réfléchi, ou qu'elle a déjà lue. Quelque chose de nouveau. De…

Un sanglot électronique jaillit de l'appareil. Juste un. Mais quand elle repose les yeux sur la page, la bulle a éclaté. L'idée, si tangible, qui, l'espace d'un instant, lui a rappelé qui elle était, s'est évaporée de façon si absolue que Cass se demande si elle n'a pas rêvé.

Elle replace le Quine dans le carton et feuillette la pile d'enveloppes non décachetées qui l'attend sur son bureau : courrier réexpédié de son ancienne adresse, à l'autre bout de la ville. Leur dernière facture d'électricité, une lettre l'informant qu'elle ne pourra accéder aux cours électroniques qu'à condition de payer une amende de 10,75 dollars à la bibliothèque et un dossier plastifié. Elle regarde l'adresse de l'expéditeur : « Bureau du professeur Robert Kells, département de Philosophie et de Sciences humaines, université de l'Oregon ».

Robby. Son directeur de recherches, mentor et ami. Un être si brillant et si surprenant que le moindre moment passé en sa compagnie lui apportait bien davantage que n'importe quel ouvrage. Un être dont les réflexions les plus banales pénétraient son cerveau, tels de minuscules hameçons, et l'attiraient vers des territoires terrifiants, merveilleux ou surréalistes. À l'époque de leur rencontre, il n'avait rien publié d'important depuis plusieurs années. Depuis la mort de son épouse, en fait. Et néanmoins, plus de vingt ans après sa publication, les universitaires continuaient de gloser sur son *Contrefactuels*. Jeune étudiante en philosophie, Cass elle-même l'étudiait depuis longtemps quand elle avait fait sa connaissance. Et voilà qu'après avoir passé des années à discuter avec lui presque quotidiennement, elle restait plusieurs mois sans lui donner signe de vie.

Ils s'étaient querellés lors de leur dernière entrevue. Enceinte de sept mois, elle hésitait à poursuivre sa thèse après la naissance du bébé. Plus son ventre grossissait, plus elle doutait, se demandait comment elle se sentirait, après. Ce qui allait changer dans sa vie. Ses journées étaient si différentes, déjà ; le temps qu'elle consacrait à la lecture, l'écriture et la réflexion, était occupé par les siestes, les repas, les rendez-vous chez le médecin. Elle se revoyait traverser le petit square pour rejoindre le bureau de Robby, ses pieds enflés dans ses chaussures, espérant qu'il réussirait à balayer ses doutes. Elle sentait qu'elle était sur le point de faire une découverte capitale dans le champ de la métaphysique, partant de *Contrefactuels* pour développer des idées personnelles par le biais desquelles elle souhaitait se distinguer.

En sortant de l'ascenseur, au septième étage, elle s'attendait à le trouver en train de fumer à la fenêtre de son bureau, un Coca à la main, ou discutant avec un visiteur, ou encore, appuyé contre le chambranle de la porte afin de lire ses e-mails par-dessus l'épaule de Mme Trevy, sa secrétaire. Mais il était assis seul cette fois, sa grosse tête pendant sur le côté, les yeux mi-clos, les pieds posés en équilibre instable sur sa table de travail. Quand elle a frappé un coup sur la porte pour s'annoncer, il a ouvert les yeux et jeté ses grandes jambes à terre, envoyant voler une pile de dissertations.

— Ma chère Cass…

Elle a ramassé les documents. Elle l'avait déjà vu saoul au bureau, mais jamais avant midi. Ses cheveux gris étaient dressés sur un côté de sa tête, aplatis sur l'autre. Il aurait eu besoin d'un bon rasage. Il s'est levé et lui a fait signe d'approcher.

— J'ai quelque chose à vous montrer, a-t-il repris, enjoué, l'air tout à fait réveillé à présent.

Sa cravate en laine se balançant mollement autour de son cou, il a traversé la pièce et ouvert un tiroir de son classeur.

Cass a cherché un espace libre où poser les dissertations, en vain. Elle s'est assise sur le canapé, près de la fenêtre, son T-shirt moulant son ventre rond, et a posé les copies à côté d'elle, sur le tome 4 des *Œuvres complètes* de John Stuart Mill.

— Attendez un instant…

Robby portait une chemise bleue froissée dont le bouton du col manquait.

— J'aimerais discuter de la proposition que je vous ai faite, a-t-elle dit. Cela fait des semaines que vous avez le brouillon du plan.

Elle a passé la main sur son ventre, senti la pression d'un pied ou d'une main minuscule près de sa cage thoracique.

— Le voilà.

Robby a brandi un dossier rouge portant le nom de Cass et refermé le tiroir d'un coup de coude.

— Ce sont vos commentaires ? a-t-elle questionné.

Il l'a parcouru, se balançant sur ses mocassins.

— Ça ? Non, c'est…

— Parce qu'il faut que je dépose le libellé exact avant la naissance du bébé.

Encore cette gêne dans sa poitrine, et ces brûlures d'estomac provoquées par la pression sur son diaphragme.

Robby a fermé la porte et s'est rassis à sa table de travail, soudain sérieux.

— Pour en revenir à ma proposition…, a-t-elle commencé.

— Je trouve que ça manque d'ambition, a-t-il dit en posant ses longues mains à plat sur son bureau.

— Le champ d'étude est plus restreint, mais…

— Vous ne prenez aucun risque.

— J'essaie de me montrer réaliste quant à ce que je pourrai accomplir étant donné les circonstances.

Il a balayé l'argument d'un revers de main.

— J'accouche en août. Et Amar passe l'entretien pour sa titularisation la semaine prochaine. Ils envisagent de lui donner son propre laboratoire.

— Magnifique. Bien joué, Amar !

Il a rouvert le dossier rouge.

— *Mon mari*, a-t-elle souligné.

— Je sais qui est Amar. Allons, revenons à nos moutons…

— S'il décroche le poste, nous pourrons quitter la résidence universitaire. Acheter une maison pour accueillir le bébé.

Robby s'est adossé à son fauteuil et lui a parlé de l'époque où il rédigeait sa thèse. Première mouture de ce qui deviendrait *Contrefactuels*. Cass avait déjà entendu tout ça. Par la fenêtre, elle apercevait la cime des cèdres et leurs troncs rouges. L'odeur d'herbe fraîchement tondue, de sève et de gasoil lui soulevait le cœur.

— Un esprit tel que le vôtre ne se rencontre qu'une fois par génération. Il faut savoir faire des sacrifices. Vous le devez à…

— Les autres professeurs ont trouvé le projet intéressant. Ils semblaient enthousiastes.

— Qui s'en soucie ? a répondu Robby en pinçant les lèvres comme s'il venait de respirer un relent nauséabond. Ce sont des idiots.

Il essayait de la faire rire, mais elle n'était pas d'humeur.

— Je vais devoir m'occuper d'un nouveau-né tout en rédigeant une thèse.

Elle faisait un effort pour contrôler sa voix.

— Même en travaillant sur le sujet que j'ai choisi, je ne suis pas certaine de parvenir à mener les deux de front.

Robby a repris sa canette de Coca.

— Qu'est-ce que vous essayez de me dire, Cassandra ? Que vous envisagez d'avoir une ribambelle d'enfants, de tricoter des pulls et de faire des confitures ?

Elle revoyait la maison du professeur, ses pièces silencieuses, les piles poussiéreuses de livres et de journaux. Les photos de sa défunte épouse et de ses fils adultes accrochées au mur.

— Tout le monde n'a pas pour ambition de passer sa vie seul avec ses livres et son ordinateur…

— C'est vrai. Mais vous, si. Du moins, c'était le cas quand nous nous sommes rencontrés.

Il avait raison. À vingt ans, elle ne demandait qu'à devenir comme lui, à dédier sa vie à de grandes idées, à écrire un ouvrage fondamental qui ferait date. Mais c'était avant Amar. Avant qu'elle ne tombe enceinte.

— La situation a beaucoup changé, depuis. Je vais être mère.

— Ce travail est plus important que ça. Je vous parle d'une œuvre qui pourrait nous survivre à tous.

— Laissez-moi commencer par le sujet que j'ai choisi…

— Il n'est pas assez bon. Pas pour vous.

Elle avait l'estomac en feu, à présent.

— Vous vous entendez parler ? Vous êtes en train de me pousser à écrire le livre que vous n'arrivez pas à achever vous-même.

Cela faisait près de vingt ans qu'il travaillait sur la suite de *Contrefactuels*.

— C'est faux.

Il a posé le doigt sur le dossier.

— C'est tout le contraire, en fait…

— Pourquoi ne pas le finir vous-même, dans ce cas ?

Elle a appuyé sur son ventre pour atténuer la pression sur son estomac.

— De quoi avez-vous si peur ?

Dehors, les cèdres se balançaient dans le vent.

— D'échouer, a-t-il fini par avouer. Tout comme vous.

— Je n'ai pas peur d'échouer.

À nouveau, elle revoyait la maison immobile, les chambres silencieuses.

— J'ai peur de finir comme vous.

Le visage de Robby s'est empourpré. Il a détourné la tête et les traits qu'elle connaissait si bien – ces yeux intelligents aux paupières lourdes, ce menton volontaire – se sont affaissés pour prendre une expression triste et ordinaire.

Il a pivoté dans son fauteuil et envoyé sa canette dans la corbeille avant de la dévisager avec un sourire figé.

— Je vous souhaite tout le bonheur du monde, Cass.

Elle avait eu tout le temps de repenser à cette conversation, depuis, mais s'était surtout appliquée à l'oublier, ce qui n'avait pas été trop difficile avec l'arrivée de Leah et la transformation de son cerveau en ébullition en masse flasque et inerte. Néanmoins, de temps en temps, au milieu de la nuit, alors qu'elle allaitait, la brume qui envahissait son esprit se dissipait et elle se promettait d'appeler Robby dès le lever du jour. Promesse qu'elle ne tenait jamais.

Elle ouvre une grande enveloppe et respire une odeur de tabac et d'encre d'imprimante. Celle du bureau de Robby. Elle contient un dossier rouge étiqueté à son nom dans lequel elle trouve une vieille dissertation de partiel qu'elle lui a rendue en première année : « *La question de la possibilité dans le* Discours de métaphysique *de Leibnitz* ».

Elle reconnaît les griffonnages dans la marge. Les commentaires de Robby, souvent scolaires : *Avez-vous considéré le point de vue opposé ? Cf. p. 24*. Parfois enflammés : *Oui, exactement. Poursuivez. Développez l'idée jusqu'à sa conclusion.* Occasionnellement grognons : *Je m'ennuie.* La page 8 est tachée d'un cercle laissé par sa canette de Coca.

Elle ne se souvient plus de la manière dont elle a articulé son travail mais n'a pas oublié le commentaire du professeur sous la note : *J'attends beaucoup de vous, Cassandra.* D'une certaine manière, ce commentaire a changé sa vie. Elle s'est inscrite en philosophie, est devenue l'assistante de Robby et, à la fin du deuxième cycle, s'est inscrite en doctorat.

C'est alors qu'un détail attire son regard : une note au bas de la page 14. La couleur de l'encre est bleue, pas noire, et l'écriture, moins lisible.

Cassandra, je regrette d'avoir perdu mon sang-froid, tout à l'heure. Mais vous ne m'écoutiez pas. Vous voulez bien m'écouter, maintenant ?

Elle s'attend à trouver la suite derrière, mais il n'y a pas de page 15. Elle feuillette encore la dissertation, retourne l'enveloppe, mais il n'y a rien d'autre.

Bear se lève et se secoue, envoyant des touffes de poils noirs un peu partout. Il regarde sa maîtresse, quête sa réaction.

Elle pourrait appeler Robby et lui demander ce qu'il voulait dire. Elle devrait.

Cass prend son téléphone et compose le numéro de son bureau. Au bout de dix sonneries, elle raccroche et tente le secrétariat de Philosophie. L'une des secrétaires lui répond prestement. Elle lui demande si Robby est déjà arrivé.

Des voix et le gémissement de la photocopieuse bourdonnent au loin.

— Euh, Robby ?

— Oui, le professeur Kells. Est-il dans le coin ?

— Puis-je savoir qui le demande ?

— Cass Stuart. C'est mon directeur de recherches. Enfin, c'était…

— Il est en congé. Je suis désolée… je n'en sais pas plus.

— Depuis quand ?

— La fin du deuxième semestre, je crois. Je peux vous passer quelqu'un d'autre ?

Cass décline et la remercie.

Elle observe son essai, ne sachant que penser. Leur querelle remontre à la fin du deuxième semestre. Elle aurait dû l'appeler plus tôt. Elle a honte. Il n'était pas en forme ce jour-là. Son état s'est peut-être aggravé.

Le babyphone s'anime et, au même moment, des picotements parcourent toute la surface de sa poitrine. Elle se lève pour aller chercher Leah, anticipant le poids du bébé dans ses bras, la chaleur de sa petite tête contre son nez, son odeur de savon. Impatiente de s'installer dans le fauteuil à bascule, impatiente de lui donner le sein et de laisser son esprit s'embrumer de nouveau.

4.

Ginny lève la tête de son bureau et masse sa joue douloureuse. Son téléphone vibre contre la corbeille du courrier. Une journée grise éclaire la fenêtre.

Elle regarde le numéro et se lève. Le dictaphone oublié sur ses genoux atterrit par terre. La pièce vacille un instant. Elle agrippe son bureau pour se stabiliser. Sa canette de 7 Up est à moitié vide, la boisson, tiède et éventée. Elle se frotte le visage, attache le bipeur à sa ceinture et pénètre dans la lumière fluorescente du couloir.

Éblouie, elle tousse et se propulse vers l'ascenseur, puis le kiosque à café du quatrième étage. Inhale la bonne odeur de grains de café torréfiés en attendant son tour, les yeux fermés. Elle pourrait s'endormir debout. Elle revoit Edith. Les taches de rousseur sur son nez.

— Suivant ! appelle le caissier.

Elle lui tend son badge. Son interne, Seth Harper, lui fait signe de l'angle du couloir. Elle l'ignore et se concentre sur la serveuse en train de remplir son gobelet de Stumptown, sa marque de café préférée. Soudain, Harper lui fait face. Il lui parle d'une patiente qui « pique une crise » en chirurgie. Les mots s'entrechoquent dans sa bouche, son visage carré bien rasé est rose d'émotion et ses mains s'agitent.

Ginny attrape son café et un pot de lait.

— Un problème dans ses analyses ?

— Non…

— Alors, envoyez-la en consultation psy.

— Elle dit qu'elle ne veut parler qu'à vous. Elle jette des trucs partout, explique l'interne en battant follement des paupières. Son plateau repas. Le bassin – il était vide, heureusement…

— Docteur Harper. Êtes-vous psychiatre ?

Ginny lâche quatre sucrettes dans son gobelet.

— Non, répond-il, glissant les mains dans ses poches.

— *Suis-je* psychiatre ?

— Non.

— Exact. Vous êtes chirurgien, docteur Harper. Vous ouvrez les gens et vous réparez ce qui est cassé à l'intérieur. Vous n'êtes pas apte à gérer leurs émotions. Et moi non plus.

Elle boit une gorgée brûlante. Son bipeur vibre. Elle louche vers l'écran. Zut, la directrice du bloc opératoire a avancé sa vésicule biliaire.

— Vous avez la numération globulaire et le taux de lactate du professeur Kells ?

— Non, pas encore. Je m'occupais de Mme…

— Je vais vous dire ce qui va se passer, docteur Harper. Je vais aller dans cette direction, dit-elle en désignant une extrémité du couloir, et vous, dans l'autre. Moi, je vais à ma réunion de morbi-mortalité pour expliquer pourquoi Ashmina Mehta est morte sur ma table d'opération, et vous, vous allez demander à un psychiatre de prendre cette patiente en charge et récupérer les résultats des analyses du professeur Kells.

Elle jette un coup d'œil à sa montre. La réunion a commencé il y a cinq minutes. Elle avale une grosse gorgée de café qui lui ébouillante la gorge et remonte le couloir en vitesse.

— On va être en retard, lance Mark depuis la Jeep.

Les garçons arrivent au pas de course.

— Livi a besoin qu'on la dépose, elle aussi, annonce Peter.

Mark fait signe à la fillette de se joindre à eux. Elle dépose son instrument dans le coffre pendant que ses camarades s'installent sur la banquette arrière, puis, au lieu de s'asseoir à l'avant, escalade Peter pour se glisser entre les deux garçons.

Des gouttes de pluie brouillent le pare-brise quand Mark redémarre.

— Livi est ma voisine, explique Peter. Sa mère ne peut pas la conduire à l'école aujourd'hui.

La fillette a remonté la fermeture Éclair de son sweat si haut que sa tête paraît engoncée dans le vêtement. Elle murmure quelques mots à l'oreille de Noah, qui lui répond par un sourire.

Ils brinquebalent le long de l'enfilade de cafés : le drive-in Human Bean, le Local Roasters, le Creative Cup et son musée, l'épicerie Natural Grains, la crèche

Flower Pot. Ils ont deux ou trois minutes de retard. S'ils arrivent après huit heures dix, il devra accompagner les enfants à l'intérieur et signer le registre d'entrée. Ce qui signifie qu'il n'aura que quelques minutes pour souffler avant de faire son discours.

Le panneau ÉCOLE, 20 KM/H l'oblige à ralentir. Il s'arrête derrière la file de Prius et de Subarus qui progresse à vitesse d'escargot. La double porte de l'école est flanquée d'un fatras de vélos en tout genre – à pédales, couchés, draisiennes – et de remorques pour enfants, fixes ou convertibles. Au-dessus de l'entrée, une bannière annonce ZONE SANS ARACHIDES et une autre propose d'APPRENDRE À AIMER APPRENDRE. Derrière l'école, la montagne voilée de pluie s'élève, ses pics enneigés pointant vers le ciel gris.

Les enfants défont leurs ceintures de sécurité et récupèrent leurs sacs. Une main cogne à la vitre passager et le visage de la mère de Seneca apparaît. Elle porte un sweat-shirt PLANTEZ CE QUE VOUS AIMEZ MANGER. Mark abaisse la vitre.

Elle a l'air exaspérée.

— Tu ne l'as pas reçu non plus.

— Quoi ?

— Le message qui nous prévient qu'il n'y aura pas école aujourd'hui. Apparemment, on n'est pas les seuls.

Elle désigne son fils planté sur le trottoir avec d'autres garçons de CM2, un monceau de cartables marron et noirs à côté d'eux.

— Pas école ? Pourquoi ?

— Ils ont trouvé du salpêtre ou je ne sais quoi.

Elle sort son téléphone et lui lit le message :

— *Chers parents, les élèves de l'école primaire Niels-Bohr n'auront pas classe aujourd'hui, lundi 3 octobre. Un champignon toxique a été découvert dans la salle de lecture. L'école demeurera fermée jusqu'à ce que la substance ait été totalement éliminée. Nous regrettons la gêne occasionnée par cet incident. Comme toujours, la santé et la sécurité de vos enfants sont notre priorité. Cordialement, la directrice, Jennifer T. Sloan.*

— *Yes !* s'écrient Noah et Peter, se passant le ballon par-dessus la tête de Livi.

Mark fronce les sourcils. La mère de Peter travaille à une heure de là et son père est en voyage pour la semaine. Et il n'a pas les coordonnées des parents de Livi. Que va-t-il faire des enfants ?

Ginny détache son téléphone et son bipeur de sa ceinture et les dépose sur la table de conférence. Elle s'assied face aux deux administrateurs et à l'aide juridique permanent de l'hôpital. Les néons vrombissent au-dessus d'eux.

— Si vous le voulez bien, nous allons commencer sans plus attendre, dit le juriste tout en enclenchant le magnétophone. Nous sommes réunis ce jour pour parler de la mort d'Ashmina Mehta, survenue le 1er septembre 2016.

D'une voix monocorde, lisant le dossier ouvert devant lui, il résume les circonstances qui ont amené Mme Mehta aux urgences, énonce le diagnostic posé et énumère les complications qui ont entraîné sa mort.

— Nous avons juste besoin d'entendre de votre bouche ce qui s'est passé en salle d'opération, conclut-il.

— Mme Mehta était ma patiente depuis dix mois. J'avais pratiqué l'exérèse de sa tumeur colique en décembre. Lorsqu'elle s'est présentée aux urgences au mois d'août sur une suspicion de récidive, nous avons pesé le pour et le contre avant d'envisager une seconde opération. Son état cardiaque était inquiétant. Après avoir été informée des risques encourus, elle a souhaité être opérée. J'ai demandé qu'on lui fasse un bilan cardiaque préopératoire, et les résultats n'ont mis au jour que des séquelles mineures d'un infarctus ancien. Tous les autres éléments de l'examen clinique autorisaient l'intervention.

— Avez-vous demandé la pose d'une sonde cardiaque préventive ? s'enquiert l'un des administrateurs.

— Le bilan ne le justifiait pas. Elle était entrée aux urgences pour une occlusion intestinale avec saignements. Le temps pressait.

Le téléphone de Ginny se met à vibrer et le nom de Mark apparaît sur l'écran. Elle rejette l'appel.

— À quel stade de l'opération le cœur s'est-il arrêté de battre ? questionne l'avocat.

— J'avais effectué la résection colique et j'étais confiante quant aux marges de sécurité tissulaire. Tout se passait bien. J'étais sur le point de fermer le fascia quand la sat et la tension artérielle ont commencé à chuter. Le Dr Lee lui a administré des vasopresseurs et a augmenté les perfusions, mais elle était déjà en fibrillation ventriculaire.

L'alarme suraiguë du respirateur résonne dans ses oreilles, elle revoit le corps d'Ashmina se cabrer sous les palettes.

— Malgré nos efforts de réanimation et de déchoquage nous n'avons pas été capables de la ranimer.

L'autre administrateur enchaîne :

— Ne pensez-vous pas qu'une intervention en urgence était un choix trop radical au vu de sa faiblesse cardiaque ?

Mark rappelle. Elle refuse l'appel et pose l'appareil sur ses genoux.

— S'il n'y avait pas eu de saignements, nous aurions pu attendre et faire des examens cardiaques plus poussés. Mais, étant donné les circonstances, l'opération était le seul choix viable.

— Votre lien personnel avec la patiente n'a-t-il pas altéré votre jugement ? Je crois comprendre qu'il s'agissait de votre voisine.

La question la prend de court.

— J'aurais pris la même décision s'il s'était agi d'une inconnue.

L'avocat adresse un signe de la tête aux deux administrateurs.

— Je pense que nous avons ce qu'il nous faut.

Il arrête le magnétophone.

— C'est fini ? demande Ginny.

— À moins que vous n'ayez autre chose à ajouter, dit-il, prêt à relancer l'enregistreur.

Elle aimerait qu'ils comprennent à quel point elle regrette que ça se soit terminé ainsi. Ashmina était une femme têtue et obstinée, elle suivait rarement ses conseils, mais Ginny l'aimait beaucoup. Elles étaient voisines depuis des années, et ces événements les avaient rapprochées. Elle voudrait qu'ils comprennent qu'elle a tout fait pour sauver son amie.

— J'ai fait de mon mieux. Mais mon mieux n'a pas suffi, ce soir-là, se contente-t-elle de conclure.

Elle accroche son téléphone et son bipeur à sa ceinture et se lève.

— Si vous n'avez plus besoin de moi, j'ai une vésicule biliaire qui m'attend.

Elle opère depuis dix minutes quand la panseuse passe la tête par la porte.

— Docteur McDonnell, votre téléphone n'arrête pas de sonner.

— Si c'est ma référente maladies infectieuses, dites-lui que je la rappellerai à la pause déjeuner.

Ginny glisse l'auriculaire dans l'incision qu'elle vient de pratiquer sous le nombril de son patient. Son interne en chef, le Dr Dawson, place le trocart et commence la suture.

L'infirmière revient avec son téléphone.

— C'est votre mari. Vous voulez que je réponde ?

— Zut !

Elle a oublié de rappeler Mark.

— Dites-lui que je suis en pleine opération.

Elle tend la main.

— Laparoscope.

L'infirmière prend l'appel et écoute sans rien dire pendant plusieurs minutes, l'air gênée.

— Approchez l'appareil de mon oreille, soupire Ginny. Mark, c'est moi. Je suis au bloc. Qu'est-ce qui se passe ?

Son mari parle à toute vitesse.

— L'école est fermée. *Aujourd'hui*. Tu imagines ?

— D'accord…

— C'est le jour de ma présentation. C'est quitte ou double pour moi…

— Oui. Je sais.

— J'ai une voiture pleine d'enfants et personne pour s'en occuper.

Elle positionne l'appareil et vérifie les angles.

— Nous n'avons qu'un enfant, Mark.

— J'ai Peter, aussi. Et sa voisine…

— Qu'est-ce que je peux faire pour toi ? l'interrompt-elle.

— J'ai besoin d'une personne pour les garder.

— Nous n'avons pas de baby-sitter ? Et la voisine, Mme Bloom ?

— Elle s'est installée en Californie il y a trois mois. Tu le sais bien.

— D'accord, d'accord…

— Tu ne peux pas me retrouver sur le campus ? demande-t-il d'un ton désespéré, connaissant déjà la réponse.

— Je suis en train d'opérer. J'en ai encore pour une heure, au moins.

Il y a un silence à l'autre bout de la ligne.

— Je suis désolée, Mark.

Le Dr Dawson l'attend pour positionner le trocart.

— Il faut que je raccroche. Je t'appelle quand j'aurai terminé.

Elle repousse le téléphone d'un geste, insère la pince dans le trocart latéral et attrape le sommet de la vésicule pour visualiser le collet vésiculaire.

Mark envoie valser son portable sur le siège passager et manœuvre pour contourner deux camionnettes. Qu'espérait-il ? songe-t-il, irrité par le nombre d'occasions où il se retrouve à devoir gérer seul ce genre de situation.

— Livi, il y a quelqu'un à la maison en ce moment ? demande-t-il.

— Chez moi ?

— Oui, chez toi.

Il tapote le volant du pouce.

— Non, personne.

— Ta mère n'est pas là ?

— C'est quoi le problème avec ce champignon ? questionne Peter.

— Ça n'a rien à voir avec les champignons que tu trouves dans ton frigo, répond Mark avant de reprendre : Dis-moi, Livi ? Où est ta mère ?

— À Portland.

Il prend une profonde inspiration.

— C'est quoi comme champignon, alors ?

— Je ne sais pas, Peter. Le genre qui rend malade, je suppose. Et ton père, Livi ?

— Il ne vit pas chez nous.

— On va où ? s'étonne Noah.

Mark vient de tourner en direction du campus.

— Est-ce qu'il habite en ville ? insiste-t-il, bien que sachant cet interrogatoire stérile.

— Je ne sais pas où il habite, répond l'enfant.

— Je n'ai jamais vu de champignons dans la bibliothèque, s'entête Peter.

— D'accord, il va falloir que je vous emmène au travail avec moi, tous les trois.

Il réfléchit un instant, tapotant furieusement le volant.

— Vous allez attendre sagement dans mon bureau.

Livi se gratte le visage avec une moue sceptique.

— Dans votre bureau ?

Noah a récupéré son ballon.

— On ne pourrait pas plutôt t'attendre à la cafétéria ?

Mark revoit Livi passer un bras autour de la taille de son fils. Il hésite entre sa gêne à l'idée d'apparaître au bureau accompagné de trois enfants de onze ans et son envie de surveiller ces deux-là.

— Je préfère vous garder à l'œil, tranche-t-il.

D'un ton plus enjoué, il ajoute :

— Sans compter que je vais faire une présentation qui devrait vous intéresser. Vous pourrez vous asseoir au fond de la salle, si vous voulez.

— Quel genre de présentation ? demande Livi, méfiante.

— Sur…

Il se retient de répondre : sur le pouvoir prédictif des mouvements non migratoires de la grenouille maculée de l'Oregon.

— Sur les réactions des animaux aux changements géothermiques de la planète, et la possibilité qu'ils puissent prédire des catastrophes naturelles, comme une éruption volcanique…

Le rétroviseur lui révèle que seul Noah l'écoute encore. Livi a sorti un livre de bibliothèque de son cartable et, découragé, Peter donne des coups de pied dans le dossier du siège passager.

La pluie s'est remise à tomber. Il met les essuie-glaces. Sa colère envers Ginny est retombée. Il se sent juste seul et minuscule, à présent. Un sentiment qui lui est aussi familier que le volant usé de sa vieille Jeep.

5.

La salle de conférences du cinquième étage de Hurley Hall sent la poussière et le café brûlé. Mark prend place avec son ordinateur portable. Le vent fouette les grandes fenêtres. Au fond de la salle, des collègues et quelques étudiants se promènent devant une table pliante sur laquelle trônent une montagne de viennoiseries et deux grands brocs en acier inoxydable, l'un rempli de café, l'autre de thé. Peu à peu, ils progressent vers les rangées de chaises, leur gobelet à la main.

Les enfants sont déjà assis au dernier rang. Noah et Peter essaient de fourrer des muffins entiers dans leur bouche. Livi lit le livre emprunté à la bibliothèque. Mark balaie le public du regard, à la recherche du visage du doyen, mais ne le voit pas. Beaucoup de sièges sont inoccupés.

Il est neuf heures cinq lorsqu'il commence sa présentation. Il projette aussitôt une photo sur l'écran placé derrière lui.

— Le 5 janvier 2012, quand l'Etna s'est mis à cracher un nuage de cendres, les chèvres des montagnes qui peuplaient ses flancs n'ont pas eu à détaler pour échapper aux coulées de lave… parce qu'elles avaient déjà fui leur habitat naturel la veille de l'éruption. En 2009, en Italie, les habitants de la région des Abruzzes ont constaté la disparition mystérieuse des crapauds en pleine saison de frai. Trois jours plus tard, un tremblement de terre faisait plus de trois cents victimes dans la ville de L'Aquila. Qu'avaient compris ces chèvres et ces crapauds que les hommes ignoraient encore ?

Mark reconnaît le crâne chauve de Fred Hellermman, le chef de son département, au premier rang. Mary Clake occupe deux chaises, quelques rangées plus loin. Son éternel imperméable sur le dos, elle est captivée par l'écran de son téléphone. Lorsqu'elle lève la tête et lui adresse un sourire distrait, il remarque que ses lunettes sont tachetées de gouttes de pluie. Il aperçoit également Randal Stepp, avec son nez retroussé qui lui donne des airs de rat musqué. Au dernier rang, une de ses étudiantes de second cycle – Claire quelque chose – griffonne assidûment sur un bloc-notes. Aucun signe du doyen.

— Ils ont compris qu'un danger approchait. Mais comment ?

Il fait un point sur les nombreuses occurrences documentées de comportement animal ayant annoncé tremblements de terre, éruptions volcaniques ou tsunamis, tels les chauves-souris frugivores du Ghana ou les troupeaux de bétail de l'Himalaya. La pluie crache en rafales contre les fenêtres. Katie, sa doctorante, apparaît à l'entrée de la salle, en jean et pull marin gris, les cheveux ébouriffés par le vent. Elle hausse les épaules, l'air penaud, sa façon d'excuser son retard.

Il projette la photo d'une grenouille maculée de l'Oregon avec un bracelet émetteur attaché à la patte.

— Il est clair que le comportement animal peut nous aider à prédire un large éventail de phénomènes naturels. Et l'Oregon, en raison de ses propriétés géologiques uniques, est l'un des meilleurs endroits au monde pour étudier le pouvoir prédictif du comportement animal de manière approfondie.

Il ouvre le relevé de données en temps réel qu'il effectue sur les étangs locaux. Montre du doigt les points verts qui se déplacent sur l'écran gris, représentant chacun une grenouille.

— Mes recherches sur Broken Mountain ont mis en évidence une corrélation entre les mouvements des grenouilles frayant dans les étangs B, E et F et l'activité géothermique relevée dans les sources et les geysers situés à moins de deux kilomètres desdits étangs.

Il clique sur la caméra qui filme l'étang F, bien qu'on ne puisse pas voir grand-chose à cette heure de la journée. Juste des prêles émergeant des eaux boueuses, l'éclat d'un insecte çà et là, des ridules à la surface de l'eau…

Il reconnaît que son champ d'étude est des plus limités.

— Et néanmoins, ces données mettent au jour un schéma troublant…

Il projette un graphique en barres montrant l'évolution des déplacements de ces grenouilles au cours des quatre dernières années, révélant un comportement de plus en plus erratique.

— Un schéma qui tend à suggérer que Broken Mountain ne serait plus en phase de sommeil.

Fred se redresse d'un coup et pose son café sur son genou.

— Allons, Mark. Nous avons tous déjà ressenti ces secousses, mais aucune donnée volcanologique ou sismologique ne corrobore l'hypothèse d'un réveil de la montagne. Tu t'emballes un peu vite…

Mary et Randal acquiescent.

— Je vous parle de notre ville. De l'endroit où nous avons bâti nos foyers, insiste Mark.

Il ignore la main levée de Mary et regarde Noah et ses camarades.

— Il s'agit de l'endroit où grandissent nos enfants. Or, notre communauté est affreusement mal préparée à faire face à une éruption.

— Le fait est, Mark, que ton champ d'étude est minuscule, argue Mary en désignant le graphique.

C'est la même chose que lors de sa dernière présentation : ils ne l'écoutent pas. Comment les persuader de l'écouter ?

— Est-ce que quiconque a déjà émis le même genre d'hypothèse ? questionne Randal. Il y a de nombreuses autres explications possibles à ce que tu as enregistré. La pollution des sols, le changement climatique…

— Combien sommes-nous à connaître les mesures à prendre en cas d'éruption volcanique ? Combien sauront se protéger des retombées de cendres sur la vallée ? Combien sommes-nous à posséder le nécessaire de survie ?

— À t'entendre, l'éruption serait imminente. Tu ne peux tout de même pas croire ça, proteste Mary.

— Nous avons tous besoin de ces crédits de recherche. Je comprends que ça en pousse certains à exagérer leurs résultats..., souffle Randal à sa collègue, suffisamment fort pour être entendu de tous.

— Je ne prétends pas pouvoir prédire que l'éruption aura lieu de notre vivant. Mais si elle avait lieu du vivant de nos enfants ?

Mark adresse un pâle sourire à Noah.

— Nous leur devons de prendre ces données au sérieux. De mener des recherches plus poussées et plus systématiques.

Il s'empresse de cliquer sur la diapositive suivante : une photo du globe terrestre marqué de petits triangles jaunes représentant les populations animales vivant dans des zones sismiques.

— Imaginez que nous mettions en place tout un réseau de capteurs. Que les otaries qui vivent sur les côtes de l'Oregon soient capables de prédire le prochain tsunami, que les chèvres peuplant le mont Jefferson puissent nous avertir de l'imminence d'une éruption.

« Imaginez un système de surveillance global dont les animaux seraient les sentinelles.

Mary essuie ses lunettes en secouant la tête. Katie hésite toujours à l'entrée de la salle.

— Une méthode de prévention des catastrophes naturelles reposant sur la nature elle-même. La Disaster Alert Management using Nature, ou DAMN[1].

L'acronyme soulève quelques reniflements ironiques.

— La méthode DAMN pourrait sauver un nombre incalculable de vies humaines, poursuit-il sans se démonter. Mais pour que le système soit opérationnel, il faut que nous soyons en mesure d'enregistrer le comportement animal à grande échelle, à travers tout l'État de l'Oregon, et, à terme, à travers le monde entier. Ce qui va nécessiter une implication financière sur le long terme, conclut-il, se tournant vers le chef du département qui fixe son café.

Mark baisse les yeux sur l'écran de son ordinateur portable et remarque qu'une silhouette vient de pénétrer dans le champ de la caméra postée devant l'étang F. Un homme. Un randonneur égaré, ou un garde forestier, sans doute. Il fronce les sourcils. Il a pourtant planté des pancartes autour de chaque étang pour prier les promeneurs de ne pas compromettre ses recherches.

— Nous apprécions ton enthousiasme, dit Fred. Et, peut-être qu'une étude de plus grande ampleur…

Mais Mark ne l'écoute qu'à moitié. Le visage de l'homme est dissimulé par une capuche. Il lève le bras…

L'image tressaute et à la place de l'étang, il n'y a plus qu'un écran noir.

---

1. Du verbe *to damn* : « damner ». Que l'on pourrait traduire par l'interjection « mince ! ».

Mark roule à toute vitesse sous une pluie battante, les enfants rebondissant et s'entrechoquant sur la banquette arrière. Il leur a expliqué que son matériel avait été endommagé et qu'il devait le récupérer, mais Noah affiche une mine perplexe dans le rétroviseur.

— Pourquoi tu roules si vite ? Il y a un problème ?

— Je veux arriver le plus vite possible. Je peux peut-être encore sauver la caméra.

Soudain, la pente devient plus raide et la forêt s'épaissit. Il gare la Jeep au départ d'un sentier. L'étang F se trouve près de deux kilomètres plus haut. Il va falloir monter à pied. Les enfants protestent à l'unisson lorsqu'il leur explique la situation.

Il pense à sa femme, distribuant des ordres dans son bloc opératoire.

— Je ne peux pas vous laisser ici, insiste-t-il. On y va, tous.

Ils descendent mollement de la voiture.

Les chaussures de Livi et Peter ne sont pas adaptées au terrain, mais Mark a deux ponchos de pluie dans son coffre.

— On n'en a pas pour longtemps, assure-t-il. Allez !

Ils entament leur ascension, leurs semelles glissant sur la terre mouillée. Mark marche en tête, suivi de Noah, puis Livi et Peter dont les baskets couinent à chaque pas. Les cheveux plaqués au visage, la fillette refuse obstinément de mettre sa capuche.

Mark pourrait gravir ce sentier les yeux fermés. Ses pieds en connaissent chaque bosse et chaque creux, il hume l'odeur familière de terre détrempée et de feuilles en décomposition et repense à sa présentation, aux questions de ses collègues, à sa caméra hors de prix détruite par un connard. Ils arrivent à l'embranchement qui mène aux étangs L et E. Encore cinq minutes et ils y seront. Les enfants peinent à escalader le chemin de plus en plus rocailleux.

Enfin, l'étang F scintille à travers les arbres. Rien ne semble avoir changé, ici. Il n'y a aucune trace de la silhouette aperçue à l'écran. La caméra est attachée à un pin argenté. Il l'attrape et l'inspecte. Elle est intacte et en état de marche.

— Attendez ici. Je reviens tout de suite, dit-il aux enfants, qui s'abritent alors sous une grande pruche.

Il cherche des empreintes, des brindilles cassées. Rien. Aucune trace de présence humaine.

La pluie agite la surface de l'étang. Il avance jusqu'au bord. Ses bottes s'enfoncent dans la boue avec un bruit de succion. Une odeur de vase lui emplit les narines. Il distingue un mouvement dans l'eau brunâtre. Un œil bulbeux apparaît, suivi d'une patte verte. Ses grenouilles plongent vers le fond, s'enfouissent dans les herbes.

Il plisse les yeux et fouille les arbres du regard. Il connaît ces bois comme son propre salon. Il a passé la moitié de sa vie d'adulte ici, à tout observer et enregistrer. Il ne perçoit rien d'anormal. Rien du tout.

Il secoue la boue de ses bottes, choisit une direction au hasard et s'enfonce dans le sous-bois, piétinant les troncs décomposés. Des mûriers s'accrochent à ses coudes et à ses genoux. Il se libère d'une secousse, s'arrête devant le vieux chemin de débardage piqueté de pousses de cèdres et perçoit le miaulement reconnaissable d'un Tohi à queue verte derrière le clapotis des gouttes d'eau sur les feuillages. Le vent s'intensifie et la pluie change de direction. Il a un goût métallique dans la bouche. Il sait qu'il devrait rebrousser chemin, il a laissé les enfants seuls trop longtemps. Le sol vibre…

Un homme émerge d'un tas de ronces et s'avance sur le sentier broussailleux, des feuilles mouillées collées aux jambes. C'est incroyable ce qu'il ressemble à… Mark cligne des yeux. L'homme est son sosie. À la différence près qu'il est crasseux et que ses vêtements sont en loques. Il traverse la route en diagonale, les épaules voûtées, le visage maculé de traînées sales. Ses yeux trahissent la douleur, ou l'effroi.

Mark recule. Trébuche. Se retient à un tronc d'une main tremblante. Mais l'homme ne semble pas avoir remarqué sa présence. Il atteint l'autre côté de la route et progresse vers les arbres de son pas un peu boiteux.

Il y a un mouvement dans les buissons, juste derrière lui.

— Papa ! hurle Noah.

Les enfants débouchent sur la route, terrifiés.

— C'était un tremblement de terre ?

Il les arrête d'un geste de la main.

— Stop.

Le temps qu'il se retourne, l'homme a disparu.

— Il y avait quelqu'un ici, dit-il. Vous l'avez vu ? Un homme…

— Qu'est-ce que c'était ? demande Noah d'une voix chevrotante. Ces secousses ?

— Vous n'auriez pas dû nous laisser là-bas, lui reproche Livi, serrant son poncho autour d'elle.

— Tout va bien.

Mark avance vers l'endroit où se tenait l'homme un instant plus tôt.

— Il n'est pas rare que la montagne tremble, on appelle ça des événements microsismiques…

Il n'y a aucune trace de lui. Pas même une empreinte dans la terre.

Il pivote vers les enfants.

— Tout va bien, répète-t-il. Il n'y avait aucun danger. Mes grenouilles m'auraient averti, sinon.

Ils n'ont pas l'air convaincus.

Sur le chemin du retour, Mark sursaute à chaque craquement de brindille, chaque mouvement d'animal dans les fourrés. Les arbres, les rochers et les troncs coupés paraissent soudain menaçants. Arrivé à la Jeep, il entasse les gamins sur la banquette arrière, ferme les portières, met le chauffage à fond et démarre. Un doute le taraude. Certes, les événements microsismiques sont sans gravité, il y en a souvent ici. Mais il ne peut s'empêcher de lier intimement les deux occurrences. La secousse et l'homme. Il s'éloigne du sentier et descend la montagne, ses pneus crissant sur la route mouillée.

6.

Quand Samara rentre chez elle, son père est dans la cuisine, agenouillé devant un tiroir bas. Des Tupperware sont empilés par terre à côté de lui. Elle se hisse sur une chaise haute et le regarde assembler les boîtes transparentes avec leurs couvercles bleus, verts ou rouges. Elle s'amuse avec le plateau tournant couvert des boîtes à pilules de sa mère, posé au centre de la table.

— Qu'est-ce que tu fais, papa ?

— Je range. Comment s'est passée ta visite ?

— C'était la maison de Mme Kells. Tu te souviens d'elle ?

— Je me souviens des merveilles que tu faisais sur son piano, oui.

Renonçant à assembler les boîtes, il les jette pêle-mêle dans un carton vide.

— Son mari vit toujours là-bas ?

— Non, la maison est vide. Où vas-tu mettre tout ça ?

— Oh, je fais un peu de tri, c'est tout. Comment l'as-tu trouvée ?

Elle choisit l'expression qu'emploierait sa mère :

— Vieillotte. On croirait presque qu'elle n'a jamais été habitée…

Elle revoit la sonnette ternie par le soleil, le carrelage pastel de la salle de bains.

— Je n'aurai aucun mal à la vendre, déclare-t-elle, le dos raide, affichant une assurance qu'elle ne ressent pas.

— Tu n'es pas obligée de prendre la suite, Sammy. Ce n'est pas ce qu'elle attendait de toi.

Samara continue à faire tourner le plateau grinçant.

— Il est normal que tu veuilles retrouver ta vie à Seattle.

Il ouvre un autre tiroir, rempli de ronds de serviette de toutes sortes : en métal, en bois, en verre, en céramique ; décorés de franges de perles, d'écureuils argentés miniatures. Il les pose un à un sur le comptoir.

— Qui va t'empêcher de continuer, si je rentre ? dit-elle, s'emparant d'un rond avec un écureuil d'un geste protecteur.

— M'empêcher de continuer quoi ?

— De tout jeter.

— Ce n'est pas ce que je fais.

— Si.

— Je réorganise la maison.

— Tu as toujours détesté ce fatras et maintenant tu es bien content de pouvoir t'en débarrasser.

Le visage de son père s'affaisse.

— Je porterais jusqu'au dernier bibelot de cette maison sur mon dos si je pouvais passer ne serait-ce qu'une journée de plus avec ta mère.

— Elle était attachée à ces choses.

Il reprend le rond de serviette les sourcils froncés.

— Vraiment ?

— Pourquoi ne pas les laisser dans ce tiroir ? Ce n'est pas comme si on manquait de place.

Il soulève le carton.

— Ce ne sont que des objets, Sammy. Ce n'est pas ta mère.

Après son départ, Samara allume la bouilloire. Elle ne le comprend pas. Comment peut-il être si calme, si méthodique, si pratique ? Il ne ressent aucune colère. L'allée mouillée des voisins brille derrière la fenêtre. Ginny est sans doute à l'hôpital, en train d'effectuer son service comme si de rien n'était. Elle l'imagine en blouse blanche, traversant les couloirs à grands pas, suivie de trois ou quatre internes. Se représente son visage sans maquillage, plein d'arrogance.

La bouilloire s'éteint. Elle ouvre le placard qui ce matin encore contenait une vingtaine de boîtes de thé. Il n'en reste que trois. Elle tente le suivant quand, soudain, la terre se met à trembler. Elle a un drôle de goût dans la bouche.

Un pivert tape sur un tronc, dehors. Elle jette un coup d'œil par la fenêtre.

Une femme plante une pancarte À VENDRE dans la pelouse chatoyante à l'aide d'un grand maillet. Un foulard rose et orange lui tombe sur les épaules. Une longue natte brune se balance dans son dos. Sa mère !

Sa mère est dans le jardin ! Semblable à ce qu'elle était avant de tomber malade. *Bang*, *bang*, *bang*. Elle enfonce le piquet avec enthousiasme.

Samara pose les mains sur les carreaux de la fenêtre, fixe la silhouette, puis se précipite sur la porte et s'élance dans le jardin… Trop tard. Ashmina a disparu. De même que la pancarte À VENDRE et le maillet. Il n'y a plus qu'un carré de pelouse humide jonchée de grosses feuilles jaunes.

Elle fixe l'endroit où se tenait sa mère jusqu'à ce que ses pieds nus s'engourdissent. Jusqu'à ce que sa nouvelle voisine, Cass, sorte avec son chien et lui adresse un salut de la main. Alors, sans se donner la peine d'y répondre, Samara rentre et ferme la porte à clef derrière elle.

Le soir, Mark reste dans la chambre de Noah un peu plus longtemps qu'à l'ordinaire. Il le questionne sur le livre qu'il est en train de lire, change inutilement l'ampoule de sa veilleuse en forme de lézard. La vision de l'Autre Mark l'obsède.

Cet autre lui l'interroge, encore et encore. Que va-t-il se passer, Mark ? Dis-moi ?

Dis-moi ?

Dis-moi ?

Effectuer ses rituels du soir – nourrir les chats, vérifier que les portes d'entrée et du garage sont bien fermées – n'est d'aucun secours. Il tente de faire taire les questions en regardant la télévision, passant de *Nova* à PBS, puis à CNN. Mais rien ne parvient à capter son attention. Les nouvelles sont banales, ce soir, le monde est tranquille.

Il gagne son bureau, s'installe devant son ordinateur et peste de n'avoir pas enregistré les prises de vue de la caméra F ce matin. Il est certain que l'homme qu'il a vu dans la forêt est le même que celui qui est apparu à l'écran pendant sa présentation.

Il regarde les images filmées en temps réel par les caméras des étangs E, D, L et P. Des petits points verts traversent l'écran gris. Ses grenouilles sont toutes là, dans un rayon de quelques mètres. Il les regarde un instant se déplacer d'un centimètre par-ci ou par-là.

Lorsqu'il monte dans sa chambre, peu après onze heures, Ginny est au lit, en train de lire. Il s'allonge auprès d'elle tout habillé, pose la tête dans sa main, le coude relevé, et admire les ongles d'un rose uniforme de son épouse. Il songe à la peau pâle dissimulée par le peignoir moelleux. Chaude et douce, couverte d'un duvet imperceptible. Cette peau qui éveille sa possessivité. Toujours trop couverte. S'il pouvait seulement caresser ses épaules, la chair tendre au creux de son coude, de son genou, les légères fossettes entre ses reins, il est certain que ça ferait taire les *dis-moi dis-moi dis-moi* de l'Autre Mark.

— Tu viens te coucher ?

Elle caresse son épaule, trop brièvement.

— Dans une minute.

Il glisse la main sous les couvertures et tire sur la ceinture du peignoir.

— Mark.

Elle le repousse.

— Je ne me suis pas assise une seule fois depuis ce matin.

Ses yeux sont cernés. Elle ne dort jamais assez.

— Tu as dîné ?

— J'ai avalé un bol de soupe dans la salle des médecins.

— Ce n'est pas un repas.

Elle hausse les épaules.

— Je préfère dormir que manger.

— Tu ne dors pas, pourtant.

Sur la couverture de son livre, deux silhouettes emmitouflées dans leurs manteaux avancent dans une rue enneigée.

— Tu as eu ta réunion concernant Ashmina ? Qu'est-ce qu'ils ont dit ?

— C'était…

Elle se frotte les yeux.

— Ne t'inquiète pas pour ça.

Un chat gratte à la porte. Mark se lève pour lui ouvrir.

— Raconte.

— Tu ne m'as pas parlé de ta présentation.

Il hésite.

— Tout s'est bien passé.

Elle allume sa lampe de chevet.

— Le doyen était là ?

Il ne répond pas. Pense au visage crasseux de l'Autre Mark.

— Et c'est quoi cette histoire de champignon ? questionne Ginny, les paupières mi-closes. Ça ne touche qu'une seule salle, n'est-ce pas ?

— À leur connaissance.

Il revoit Livi passer le bras autour de la taille de Noah.

— Ça laisse songeur. Qui sait ce qui se cache dans les fissures du bâtiment.

— Si tu es inquiet, on peut retourner visiter le collège privé.

Il soupire.

— Il n'y a pas de football, là-bas, tu sais bien ce que va répondre Noah.

Ginny roule sur le côté. Sa respiration est plus profonde.

— Je suis sûre qu'ils vont régler le problème, murmure-t-elle.

— Ouais.

Il se rend à la salle de bains et s'y enferme sans allumer la lumière.

Dans le noir, loin du corps de Ginny, il se sent fatigué et abattu. Des lames de lumière filtrent à travers les stores vénitiens. Ses nouveaux voisins, Cass et Amar, ont encore oublié d'éteindre leur terrasse. La pluie clapote doucement sur le toit. Il ouvre le robinet de la douche.

Dans la pénombre, l'espace carrelé ressemble à une grotte scintillante. Il éprouve une drôle de sensation à la base de la colonne vertébrale. Il s'appuie contre la porte de la douche et attend que l'eau chauffe. Le sol tremble à nouveau et il a encore ce goût métallique dans la bouche. Des phares balayent la fenêtre.

La Jeep. Quelqu'un est assis au volant de sa voiture. C'est l'homme. L'Autre Mark. Il distingue la fine ligne noire de sa bouche derrière le pare-brise tacheté de gouttes de pluie. L'homme secoue la tête, l'air nerveux. Pris de nausée, Mark recule. Il s'accroupit et s'accroche à la cuvette des W.-C. Non, il faut qu'il voie tout ce qu'il y a à voir, s'exhorte-t-il.

Il se relève, la main plaquée sur la bouche, mais les phares de la Jeep se sont éteints, le moteur est arrêté et il n'y a personne dans le siège conducteur.

Le téléphone de Ginny vibre. Elle le cherche à tâtons et la lumière bleutée de l'écran éclaire soudain son visage ensommeillé. Ce n'est pas le travail. Juste un message d'Edith.

Je t'ai attendue après notre opération, hier soir. Où étais-tu ?

Son pouce s'immobilise à un centimètre de l'écran. L'eau coule dans la salle de bains. Elle commence à taper une réponse. S'arrête. Efface tout. Son cœur bat à tout rompre. Elle regarde la place vide de Mark dans le lit. L'endroit où Edith lui est apparue, hier soir, les cheveux étalés sur l'oreiller, la main tendue vers elle. L'eau s'arrête de couler. Elle repose son téléphone.

Où peut-elle bien être en ce moment ? Dans sa petite maison jaune de plain-pied près de l'université ? Elle s'y est rendue deux ou trois fois. Un salon, une cuisine et deux chambres. Et de vieux radiateurs qui cliquettent quand ils chauffent. Elle se représente Edith devant l'évier, en pantalon de pyjama à motifs imprimés et débardeur. Elle essuie le comptoir, pose son torchon et prend son téléphone, espérant y lire une réponse à son message.

Ginny repose la tête sur son oreiller, consciente de son téléphone posé sur la table de nuit, du message resté sans réponse, de l'attente d'Edith.

Mark entrouvre la porte de la salle de bains. Hésite à réveiller Ginny. Non. Il ferme le robinet de la douche, se rhabille et traverse la chambre en titubant pour gagner le couloir. Il s'arrête devant la porte de Noah, l'ouvre, observe le mouvement de sa respiration, et la referme. Il descend, enfile une paire de chaussures de marche, un imper et sort. Sa Jeep est garée dans l'allée. Il secoue la tête. Le capot est froid. Il n'y a personne à l'intérieur.

La terrasse des voisins est éteinte. Les trois maisons de l'impasse sont plongées dans l'obscurité. Derrière, la montagne s'élève, sombre, dense, menaçante. L'Autre Mark se trouve quelque part, là-haut. Ou peut-être qu'il l'observe, caché derrière un arbre. Il regagne la maison et ferme la porte derrière lui.

7.

Peu après minuit, un gémissement électronique tire Cass d'un sommeil profond, éperdu. Le chien pousse la porte avec son museau et s'assied à côté du lit.

— Salut, mon Bear, croasse-t-elle.

Elle pose ses pieds par terre. À mesure qu'elle avance dans le couloir, ses seins se tendent.

La chambre du bébé sent le talc et le lait caillé. Leah remue, rouge de colère, dans son berceau. Cass la prend dans ses bras, s'installe dans le rocking-chair et la cale contre son sein, qui s'assouplit délicieusement sitôt qu'elle se met à téter.

À un moment, Leah ralentit son rythme, puis, sentant les doigts de sa mère approcher pour la détacher de son téton, se remet à téter assidûment. Cass caresse le fin duvet de cheveux d'une main et écarte le rideau de l'autre.

Un réverbère solitaire vrombit, dessinant un halo de lumière sur le trottoir mouillé. À gauche, il y a le ranch bleu de Mme Mehta avec ses petites fenêtres bordées de buissons et sa pancarte À VENDRE sur la pelouse. À droite, la maison à deux étages de Mark et Ginny, avec son bardage en cèdre neuf et sa porte de garage noir satiné. Deux balles de tennis luisent au milieu du jardin, telles deux ampoules dans la nuit.

Souvent, quand elle allaite la nuit, Cass a l'impression d'être l'unique personne au monde à ne pas dormir. Se fait l'effet d'une clandestine. Comme si la nuit était un espace exotique qu'elle seule était autorisée à explorer. Mais ce soir, c'est différent. Le mot griffonné par Robby sur sa vieille dissertation la tracasse.

Elle se souvient de l'époque où elle avait rédigé ce devoir, lorsqu'elle avait vingt ans et lisait Platon, Aristote, Longin, Descartes, Kant et Hume. Robby était plus mince, alors, et ses cheveux plus bruns que gris. Elle le revoit, cerné par vingt exemplaires de *La Critique de la raison pure*, posés sur la table, tels des mini-tipis orange, ses lunettes virevoltant dans sa main, tandis qu'il ponctuait ses phrases par de grands gestes des bras. Rien ne l'effrayait dans ce livre incroyablement dense. Et lorsqu'elle se retrouvait face à lui, sur sa chaise en bois, le temps d'un séminaire de quatre-vingt-dix minutes, elle se sentait de taille à résoudre les plus grandes énigmes de la philosophie sur l'existence de l'âme, la nature de la beauté, le concept de libre arbitre. Comme si, à eux deux, ils étaient capables de faire mieux que tous les philosophes que la Terre ait connus, de trouver la théorie qui expliquerait toutes les théories du monde : ce que Robby appelait la TT, la Théorie du Tout.

Les cils de Leah papillonnent. Elle fait une pause, puis se remet à téter. Cass écarte encore un peu le rideau et est surprise de constater qu'elle n'est pas la seule à être éveillée. Mark est assis au volant de sa Jeep boueuse.

À leur arrivée dans le quartier, elle le croisait souvent. Il était toujours prêt à leur prêter une échelle ou un râteau, leur apportait des sacs de tomates de son jardin. Mais ça faisait plusieurs semaines qu'elle ne l'avait pas vu. Elle le croyait en voyage de recherches, comme Amar.

Il n'a pas l'air de vouloir descendre de sa voiture. Ses phares dessinent des cercles jaunes sur la porte du garage. Depuis combien de temps est-il là ? Elle ressent sa présence comme une intrusion dans sa vie privée. A l'impression qu'il lui vole un peu de son espace nocturne. Il pense qu'il est seul, bien sûr. En fait, c'est peut-être elle l'intruse, songe-t-elle, honteuse de l'espionner dans un moment d'intimité.

À demi endormie, Leah tète sans conviction à présent. Cass la redresse et lui tapote le dos jusqu'à ce qu'une série de petits rots s'échappe de sa bouche. Ses yeux se ferment et elle sent son petit souffle humide et chaud s'imprimer sur sa peau.

Elle se prépare à entamer la longue manœuvre qui consiste à se relever et à coucher le bébé dans son berceau quand la petite se remet à gigoter. Elle tente de faire sortir un dernier rot mais Leah envoie sa tête en arrière avec une force sidérante et se met à pleurer en arquant son petit corps dans un angle improbable.

Bientôt, elle hurle à pleins poumons et les seins de Cass recommencent à picoter. Un point distinct se contracte au niveau de son diaphragme. Le chien se réveille et déplie ses membres. Elle sautille et fait quelques mouvements un peu plus énergiques, puis, en désespoir de cause, s'assied et se met à la bercer, ce qui a pour unique effet de décupler ses cris. C'est si douloureux de voir son doux visage s'empourprer et se friper en une grimace furieuse. Même son crâne est rouge. Elle tente de l'allaiter. En vain. Elle se promène à travers la maison. D'un pas lent d'abord, puis de plus en plus vite. Réfléchit à ce qu'elle a mangé ou bu qui pourrait embarrasser le bébé. Rien. Juste une tasse de thé léger. Et ces deux tranches de tomate glissées dans son sandwich ce midi. Est-ce que ça pourrait être ça ?

Elle parcourt les pièces une deuxième fois, récupère son téléphone dans sa chambre et écrit un e-mail à Amar, l'enfant se tortillant sur son épaule comme si elle était ballottée par des vents violents.

Amar chéri,

Elle ne veut pas se rendormir. La petite ne veut pas se rendormir ! Il sera bientôt une heure du matin. Je fais les cent pas dans la maison depuis quarante-cinq minutes. Combien de temps un bébé peut-il pleurer ? Une heure, deux ? TROIS ?

Je t'aime,
Cass

Chaque fois qu'elle ralentit, les pleurs reprennent de plus belle. Elle ne va pas marcher comme ça toute la nuit, si ? Des cercles mouillés se dessinent sur son débardeur d'allaitement. Elle a mal aux bras, ses pieds sont glacés et la panique lui noue la gorge.

Les minutes s'écoulent. Combien ? Aucune idée. Les cris suraigus brouillent tout, la cernent de toutes parts. Elle repense à son accouchement. Au moment où elle s'est retrouvée accroupie dans la piscine, vers la fin, figée comme un animal pris au piège ; quand les contractions irrégulières ont laissé la place à cette douleur crue et persistante qui lui a déchiré les hanches et les reins.

Elle traverse la chambre de Leah. Mark a démarré à présent, constate-t-elle en jetant un coup d'œil vers la fenêtre. Des gaz d'échappement s'élèvent de l'arrière de la Jeep. Elle a envie de coucher le bébé dans son berceau et de filer, ne serait-ce que pour voir ce qui va se passer.

— Il est temps de dormir, mon chou, lui murmure-t-elle à l'oreille. Maman a sommeil, Bear a sommeil, Leah doit dormir.

Elle se penche pour la coucher, mais au moment de toucher le matelas, le nourrisson se met à hurler comme si on l'avait piqué avec une aiguille. Cass se redresse aussitôt.

Les phares de Mark balayent l'impasse. Il s'en va.

Dix minutes plus tard, après avoir enfilé une veste sur son pyjama et des bottes en caoutchouc, elle monte dans sa propre voiture. Sanglée dans son siège auto, Leah pleure et se débat comme un beau diable. Cass recule dans l'impasse. Derrière sa maison, les hauts pins se balancent dans le vent.

Elle accélère dans la pente. Le bruit du moteur couvre un peu les cris de l'enfant. Elle longe des façades et des vitrines sombres, traverse Woodland Park, étrangement angoissant la nuit. Peu à peu, les pleurs s'atténuent, comme le son d'un jouet dont les piles arrivent en fin de vie. Cass détend ses doigts crispés sur le volant et desserre les dents. Elle jette un coup d'œil dans le rétroviseur. Leah a du mal à garder les yeux ouverts.

L'instant d'après, elle s'arrête à un feu et les hurlements reprennent. Elle change de direction et fonce droit vers l'autoroute, roulant dix kilomètres au-dessus de la vitesse autorisée. Passe trois cafés aux vitrines noires, un stand de produits fermiers entouré de formes noires évoquant des citrouilles et des calebasses, un dispensaire de marijuana à l'enseigne fluo – VENEZ GOÛTER NOS NOUVELLES SPÉCIALITÉS.

Elle arrive à l'entrée de l'autoroute quand une Jeep semblable à celle de Mark sort de la station Shell. C'est bien lui. Elle le reconnaît à sa tignasse brune quand elle s'engage derrière lui sur la bretelle d'accès en forme de boucle. Elle file vers l'est, contournant le pied de la montagne. Sa crête enneigée est à peine visible à la lueur pâle de la lune. Les sanglots de Leah sont plus hésitants, entrecoupés de silences. Mark se trouve à deux ou trois voitures d'elle.

Le bébé s'est enfin tu. Son visage paraît minuscule entre les oreillettes rembourrées du siège auto. Ses yeux se ferment. S'entrouvrent. Se referment.

Cass rédige un e-mail mental à Amar :

Amar chéri,

Il est une heure du matin et je roule sur l'autoroute derrière Mark, notre voisin. Enfin, pas vraiment. Ça paraît dingue dit comme ça. Mais au moins le bébé dort.

Je t'aime,
Cass

Avant chaque sortie, elle hésite à faire demi-tour, puis finit par continuer tout droit. Elle savoure le grondement lancinant des pneus sur l'asphalte et la monotonie du paysage. Les arbres, la montagne, la route, les arbres, la montagne, la route. Elle pense à Robby, avec ses yeux pétillants, ses mains toujours en mouvement, à sa voix chaleureuse lorsqu'il l'interpellait en cours pour lui demander : « Qu'en pensez-vous, Cassandra ? »

Une multitude de feux de stop percent la nuit. Un panneau lumineux clignote sur la bande d'arrêt d'urgence : CCIDENT.

Elle freine et cherche le A manquant. Leah remue déjà, et elle comprend une seconde trop tard qu'elle vient de manquer la dernière sortie avant l'embouteillage. Dans l'autre sens, les voies sont étrangement désertes. Elle comprend pourquoi au virage suivant : une remorque de tracteur est couchée sur le flanc en travers de l'autoroute, bloquant le trafic dans les deux directions. Le pare-chocs enfoncé d'une berline dépasse d'un buisson sur le bas-côté.

Une autre enseigne lumineuse annonce DÉVIATION.

Le trafic ralentit. Tandis que les voitures déboîtent pour s'engager sur la voie de droite, sa fille bat des paupières et se met à chouiner. Cass cherche une échappatoire, un moyen quelconque de reprendre de la vitesse. Mais la file qui suit la déviation avance à peine. La seule voiture demeurée à gauche est celle de Mark. Où va-t-il ? Il y a une ouverture marquée d'un panneau RÉSERVÉ AU SERVICE dans les glissières de sécurité. La Jeep s'y faufile et effectue un demi-tour. Leah pleure de plus en plus fort. Sans réfléchir, Cass change de file et imite son voisin dans un crissement de pneus, puis accélère pour le rattraper.

La manœuvre se révèle inutile. Les voitures qui suivent la déviation débouchent par l'entrée suivante. Une fois de plus, elle freine devant la nuée de feux de stop. Rien à faire : elle va se retrouver coincée sur l'autoroute avec un bébé en pleurs.

La Jeep prend une sortie « forêt domaniale ». Cass hésite une seconde et la suit, espérant que Mark connaît un autre chemin pour rentrer à Clearing. La route s'élève sur le flanc de la montagne et s'enfonce dans la forêt. Le brouillard l'enveloppe soudain. Le bébé se calme. Son petit visage se détend enfin.

Elle ne tarde cependant pas à regretter d'avoir suivi Mark : ils ne regagnent pas la civilisation, ils s'en éloignent. Elle distingue à peine quelques mètres de route devant elle tant le brouillard est opaque. Des branches moussues dépassent de partout. Elle voudrait faire demi-tour mais ne voit aucun endroit où s'arrêter. Il va bien y avoir une fourche, quelque part. Elle jette un regard à son téléphone. Pas de service.

Elle se met à claquer des dents en dépit de la chaleur dans l'habitacle.

Elle repense à tous ces articles lus dans les journaux, parlant de personnes égarées sur les routes de l'Oregon, en panne, embourbées, coincées dans la neige, enterrées vivantes sous des éboulements de rochers ou des avalanches, emportées par une inondation soudaine. Broken Mountain fait au moins une victime par week-end, c'est bien connu. Elle repense à la pancarte à l'entrée du sentier, près de chez elle : NE VOUS ÉLOIGNEZ PAS DE VOS ENFANTS. PRÉSENCE DE COUGARS, DE LYNX ET D'OURS BRUNS DANS LA RÉGION.

Amar chéri,

Je suis perdue dans Broken Mountain. J'ai pris la sortie 42. Il fait noir, il fait froid et je ne vois rien d'autre que des arbres.

Je t'aime,
Cass.

Elle se concentre sur la route embrumée de crainte qu'un animal surgisse sans crier gare. Elle n'est même plus sûre de suivre Mark, bien qu'il lui semble distinguer les contours de sa voiture par moments. Soudain, la Jeep réapparaît juste devant elle. Mark s'est garé. Il marche sur un chemin de terre battue en direction d'une forme sombre. Une cabane, peut-être. Claquant des dents de plus belle, Cass braque le plus souplement possible. Il fait noir comme dans un four. Elle pourrait aussi bien se trouver dans l'espace.

Côté passager, un rayon lumineux rebondit sur une cabane jaune à la peinture écaillée. Elle est à moitié en ruine et son avant-toit est truffé de nids d'oiseaux. Mark avance toujours, une lampe torche à la main. Elle hésite à appuyer sur l'accélérateur pour partir. Le rayon de la lampe s'est immobilisé sur le sol. Mark s'agenouille et le halo d'une lanterne de camping s'élargit autour de lui.

Il va et vient entre le rayon de la lampe et le halo de la lanterne. Elle attend qu'il regagne sa voiture, qu'il la remarque, mais il n'en fait rien. Il porte des objets dans ses bras, la tête baissée, concentré sur sa tâche. Il assemble deux mâts de tente, les plante dans le sol et étale une toile bleue luisante dessus. Il prend la lanterne par sa poignée, louche vers la route et la lève au-dessus de sa tête. Son visage est strié de boue, ses vêtements, déchirés.

La lanterne tendue devant lui, il avance d'un pas. Puis d'un autre. Paniquée, elle appuie à fond sur l'accélérateur. Leah se réveille en sursaut. Cass redescend la route embrumée abritée par les sapins. Le visage de la petite est rose : elle crie, hoquette, crie encore.

Un lacet à droite, un autre à gauche et elle est en bas.

— *Chut, chut, chut, chut*, répète-t-elle pour apaiser les battements de son propre cœur.

Le long ruban de route se redresse mais le brouillard est descendu sur la vallée. Cass s'engage sur la bretelle d'accès à l'autoroute et s'insère dans le trafic ralenti par la chape d'humidité opaque. Elle slalome un moment entre les voitures et finit par sortir de la brume. Leah s'est calmée. Le nuage blanc qui masque le pied de la montagne s'éloigne dans son rétroviseur. Clearing apparaît droit devant : petites nuées de lumières scintillantes au milieu d'un océan de verdure sombre.

Elle frissonne en se remémorant le visage de Mark, ses gestes précipités et saccadés. Son regard perçant d'animal traqué lui évoque quelque chose. Les ultimes minutes de son accouchement. Lorsque son corps a semblé se déchirer en deux. C'est ce même sentiment que réveillent en elle les pleurs de Leah, ses cris l'ébranlent comme s'ils jaillissaient du plus profond de son être.

8.

Postée devant la fenêtre du salon, Ginny regarde Mark et Noah s'éloigner dans l'épais brouillard qui s'est levé durant la nuit. C'est étrange de se retrouver seule à la maison, si rare. Trois dindes émergent du voile opaque et se pavanent dans l'impasse, le bec en l'air. L'un de leurs chats les observe, tapi dans les buissons des Mehta. Elle pose sa tasse de café et ouvre la porte d'entrée.

— Pinky !

Les volatiles s'éparpillent à son approche.

La fille d'Ashmina apparaît au même instant, sondant le brouillard les yeux plissés.

Ginny regrette aussitôt d'être sortie. La vue de Samara la ramène au matin de la mort d'Ashmina, aux lumières fluo du bloc, aux bips stridents des moniteurs.

— Bonjour. Je cherche notre chat, lance-t-elle.

Samara est plus grande qu'elle avec ses bottes à talons. Elle oublie toujours qu'elle n'a plus rien de l'adolescente qui gardait Noah, de temps en temps, les rares vendredis où elle n'était pas d'astreinte. Elle doit avoir vingt-quatre, vingt-cinq ans, maintenant.

— Comment va ton père ?

— Bien.

La jeune femme fixe un point au loin. Ginny jette un regard par-dessus son épaule mais ne distingue que le carré de pelouse luisante qui fait face à sa terrasse.

— Tout va bien ?

— Ouais.

Samara marche jusqu'à sa voiture, fixant toujours le même coin du jardin.

— Il faut que j'y aille.

— Dites-nous si vous avez besoin de quoi que ce soit.

Elle voudrait ajouter quelque chose – elle me manque à moi aussi –, mais sent que ce serait malvenu.

— OK.

Voyant Samara monter dans sa voiture, il lui vient soudain à l'idée qu'elle lui en veut peut-être.

Elle la regarde manœuvrer sa petite Honda, le visage grave, et lui adresse un signe de la main qui reste sans réponse.

Après son départ, debout sur sa terrasse, elle revit l'opération d'Ashmina, geste après geste. Elle s'est repassé ce film des centaines de fois, réfléchissant à ce qu'elle aurait pu faire d'autre. Mais rien ne vient, absolument rien.

Elle aimerait pouvoir en discuter avec un collègue, ou son mari, mais elle ne s'en sent plus capable. La première fois qu'elle a perdu un patient, elle a tenté de se confier à Mark, de lui expliquer qu'elle était rongée à l'idée d'avoir pris les mauvaises décisions. Qu'elle passait son temps à reconsidérer les possibilités, au travail, à la maison, sous la douche, quand ils faisaient l'amour… Mais c'était trop lourd à porter pour lui. Il s'était mis à l'assaillir de questions à chaque fois qu'elle rentrait de l'hôpital, pour s'assurer que tout s'était bien passé. Son inquiétude avait fini par lui peser davantage que ses propres angoisses. Depuis, elle gardait tout ça pour elle.

Les dindes ont été avalées par la brume. Pinky saute sur la terrasse et frotte son dos contre la porte. Elle le laisse entrer, ramasse sa tasse et gagne l'escalier. Le café a un goût affreux. Le sol se met à trembler. Elle entend la voix de Noah dans la cuisine…

Il doit avoir oublié quelque chose. Non, ça ne colle pas. Mark et lui sont partis en voiture il y a dix minutes. Pourtant, c'est bien la voix de son fils qu'elle entend. Elle entre dans la cuisine et le trouve au milieu de la pièce avec une balle de Wiffle. Il la fait rouler sur le comptoir, puis glisse sur le carrelage pour la récupérer à l'autre bout de la pièce.

— Pourquoi es-tu rentré ? s'étonne-t-elle.

Il ne répond pas. Au moment de rattraper la balle, il bouscule quelqu'un. Une femme. Petite mais solidement campée sur ses pieds. Elle a un regard gris sérieux et porte un pull en tout point semblable à celui qui est pendu dans son armoire, recouvert de la housse du pressing. Cette femme – Ginny essaie d'intégrer l'information, l'esprit en ébullition –, cette femme est une réplique d'elle-même. Sa jumelle. À la différence près qu'elle paraît plus douce que le reflet que lui renvoie son miroir, chaque matin. Son visage est plus rond, ses hanches, un peu plus évasées.

— Céréales ou porridge ? demande-t-elle à Noah.

Un brouillard blanc occulte la fenêtre.

— Je peux avoir un toast au beurre de cacahuète ?

Ginny sait déjà ce que sa jumelle va répondre : « Et un toast, un, pour mon garçon affamé ! », parce que ce sont les paroles qu'elle a prononcées il y a quelques minutes.

Il s'assied à la table de la cuisine et boit son lait à grosses gorgées. La femme sort une assiette du placard et la pose sur le comptoir. Elle glisse deux tranches de pain dans le grille-pain, le met en marche et se rend dans le garde-manger, lui caressant les cheveux au passage. Il tourne la tête et lui sourit, un peu rouge. Le grille-pain sonne. Ginny étale le beurre de cacahuète sur le toast et une bonne odeur de pain grillé emplit la pièce. Elle pose l'assiette devant son fils et plante un baiser sur son front.

Elle a l'impression de visionner un enregistrement vidéo de leur petit-déjeuner. Les mots et les gestes sont identiques. Ou presque. Cette deuxième version d'elle-même paraît plus chaleureuse. L'affection qui passe entre elle et son fils lui rappelle celle qu'ils se témoignaient quand Noah était petit et qu'ils se pelotonnaient sur le canapé pour regarder *1, rue Sésame.*

La jumelle attrape sa veste sur la patère pendant que Noah dépose son assiette dans l'évier et cherche ses baskets. Lorsque c'était elle qui se trouvait dans la cuisine avec son fils, un instant plus tôt, elle avait alors pris son visage entre ses mains, plongé les yeux dans ses prunelles grises et avait pensé : Tu ne vas pas tarder à me dépasser, bientôt, il faudra que je me hisse sur la pointe des pieds pour te serrer dans mes bras. Puis le pas de Mark avait résonné dans l'escalier. Noah et lui avaient enfilé leurs manteaux et elle avait sorti son téléphone pour jeter un coup d'œil à son planning. Son mari lui avait lancé : « À plus tard », et à Noah : « Prends ton sac de foot. » Elle était toujours concentrée sur son téléphone lorsqu'il avait déposé un rapide baiser sur sa tempe.

Sa jumelle et Noah sont debout devant le porte-manteau. Elle prend son visage entre ses mains.

— Tu ne vas pas tarder à me dépasser, dit-elle. Bientôt, il faudra que je me hisse sur la pointe des pieds pour te serrer dans mes bras.

— C'est parce que tu es toute petite, rétorque-t-il.

Ils éclatent de rire.

Elle entend un pas dans l'escalier, mais ce n'est pas Mark qui apparaît. C'est Edith. Sa chevelure resplendit sous les lumières de la cuisine. Son visage de rousse a pris une coloration rosée, comme si elle venait de se laver. Elle a une tasse dans les mains : le mug imprimé d'une photo de Noah bébé. Elle le rince dans l'évier et fait une allusion au brouillard en regardant dehors.

Noah sort de la cuisine, toujours à la recherche de ses baskets. Les deux femmes se retrouvent seules devant les patères. Edith murmure quelque chose à sa jumelle. Elles rient. La joie métamorphose les traits de cette autre Ginny. Elle reconnaît son nez court, les coins de sa bouche légèrement tombants, et pourtant, cette version d'elle-même paraît plus animée, plus heureuse.

Elle soulève la chevelure d'Edith, coincée dans le col de sa veste. Une odeur de savon et de café sucré leur chatouille les narines. La lumière caresse leurs visages luisants qui se touchent presque.

Noah réapparaît, ses baskets aux pieds. Edith ouvre la porte du garage et le garçon la suit à l'intérieur. Sa jumelle les regarde depuis la porte. Ginny tend la main et sursaute au contact du tissu soyeux de son chemisier. La femme se retourne, déconcertée, s'écarte et fouille la cuisine du regard. Elle lisse sa manche et éteint la lumière.

Un brouillard épais enveloppe le grand magasin de bricolage Great Outdoors, un bâtiment gris trapu situé à l'entrée de l'autoroute. Mark est passé devant des centaines de fois sans jamais s'arrêter. L'entrepôt faiblement éclairé évoque une caverne. Il enfonce les mains dans ses poches et suit une allée tapissée de moquette marron. L'endroit est étonnamment bien chauffé pour sa taille. Il sent la citronnelle et l'huile de graissage. Mark ne sait pas trop ce qu'il fait là. Il sait juste que c'est le visage crasseux de son double qui l'a poussé à venir ici.

Des tentes pendent au-dessus de sa tête telles des stalactites, grises, vert foncé, ou à motifs de camouflage. Sur sa droite, un mur couvert d'armes semble s'étirer à l'infini, les fusils occupant une place de choix sur leurs supports cadenassés. Des pistolets étincelants sont exposés dans des vitrines. Un présentoir tournant – semblable à ceux qui présentent les pâtisseries dans les restaurants – exhibe un assortiment de couteaux de chasse.

Le parking est désert, mais au moins huit personnes se promènent dans les allées. Des employés ? Il baisse la tête pour éviter le regard du vendeur du rayon armurerie, un homme aux sourcils broussailleux vêtu d'une salopette orange semblable à celles que portent les prisonniers. Se sentant observé, il tourne dans le rayon des lanternes de camping et fait mine d'inspecter une lampe solaire.

L'allée suivante est précédée de la pancarte SÉCURITÉ HABITATION. Il avance dans cette direction et laisse glisser ses yeux sur les verrous de portes et de fenêtres, les alarmes, éclairage de sécurité, et l'étagère entière de pancartes ATTENTION AU CHIEN et SOURIEZ, VOUS ÊTES FILMÉ. Il prend une échelle de secours et la déplie. Le vacarme métallique résonne dans tout le magasin. Il essaye de la replier mais ne parvient qu'à l'allonger davantage.

Par terre, des lettres adhésives abîmées forment les mots : ÊTES-VOUS PROTÉGÉ ? Tout d'abord, Mark croit lire ÊTES-VOUS PARTAGÉ ? Une image s'impose à son esprit : celle de Ginny et lui, quinze ans auparavant, pelotonnés contre un arbre. Ils s'étaient perdus alors qu'ils faisaient une randonnée dans le parc national de la forêt de Tongass. Ils avaient passé la nuit dehors, blottis entre les racines d'une vieille pruche, tremblant de peur et de froid. Leur parcours était supposé ne leur prendre que quelques heures, ils n'avaient emporté qu'un sac à dos contenant deux barres de muesli et une bouteille d'eau.

C'est l'unique fois de sa vie où il a vu Ginny en proie à une peur irrationnelle. Elle avait insisté pour se lever et marcher, peu importe dans quelle direction. Lui savait qu'ils devaient rester sur place s'ils voulaient avoir une chance de retrouver le sentier au lever du soleil. Ils avaient dormi d'un sommeil agité de sursauts paniqués, Ginny couchée sur lui, la joue posée contre sa doudoune. Mark avait gardé ses mains au chaud sous son vêtement, terrifié à l'idée qu'elle attrape des engelures, qu'elle perdre un doigt, que sa carrière de chirurgienne s'achève avant même d'avoir commencé.

C'était d'une stupidité sans nom d'être partis ainsi, sans vivres ni plan de secours. Il n'avait jamais plus commis cette erreur depuis. Et cependant, il n'avait jamais oublié le sentiment qu'il avait éprouvé alors, Ginny serrée contre lui sous cet arbre immense dont les racines s'incrustaient dans leurs dos. Cela n'avait rien à voir avec la peur. C'était l'une des rares fois de leur existence où il avait senti qu'elle avait besoin de lui.

Une voix masculine interrompt le cours de ses pensées.

— Vous désirez sécuriser votre habitation ?

Un homme vient de se poster à côté de lui, charriant l'odeur de tabac reconnaissable des fumeurs de pipe. Il est vêtu d'un jean et d'un sweat-shirt Carhartt vert, une grande barbe brune recouvre son menton et ses joues. Il attrape l'échelle, la replie avec dextérité et la remet à sa place.

Mark fourre ses mains dans ses poches.

— C'est difficile de savoir par où commencer, n'est-ce pas ? Mais l'important est que vous soyez venu.

— Oui..., répond Mark, songeant qu'il ne pourrait jamais avoir une telle barbe, même s'il s'abstenait de se raser pendant un an.

— Je m'appelle Lee, se présente le vendeur. Pourquoi ne pas commencer par me dire ce qui vous inquiète ?

Il croise les bras.

— Prenez votre temps.

Mark hésite. Il revoit le regard fiévreux de l'Autre.

— Vous est-il déjà arrivé de sentir qu'un danger imminent vous menaçait, sans vraiment savoir lequel ? demande-t-il à voix basse.

— Oui, tout le temps, répond Lee, comme si c'était le sentiment le plus naturel du monde.

— Et que faites-vous dans ce cas ?

— Je me bouge les fesses. Je me prépare.

L'homme le dévisage.

— Vous voulez vous préparer ?

— Je veux veiller à ce que ma famille soit en sécurité.

Lee acquiesce comme si c'était la bonne réponse. Mark se dit qu'il a bien fait de venir.

Lee l'attire vers le fond du magasin.

— Suivez-moi.

Ils traversent l'épais mur de sacs de couchage qui coupe l'espace en son milieu. Sous la pancarte ÉQUIPEMENT DE SURVIE, de longues étagères apparaissent, chargées de sachets de nourriture surgelée ou séchée, de boussoles, de vieilles radios à cadran en acier, de purificateurs d'eau sophistiqués, de pelles pliantes robustes, de couvertures de survie, de cordes et cordelettes de toutes les couleurs et longueurs imaginables, et même de masques à gaz en caoutchouc, de détecteurs de radiations et de flacons d'iodure de potassium.

Lee brandit une valise en plastique jaune.

— Nous proposons des kits en trois dimensions, pour des familles de deux, quatre ou six personnes. Ils contiennent tout ce qu'il faut : nourriture, eau, lampes, abris, outils de survie, pharmacie et nécessaire de toilette pour trois jours.

Mark en soulève une et fronce les sourcils en découvrant l'étiquette imprimée dans huit langues différentes.

— Mais il s'agit du strict minimum, reprend Lee, sondant son client du regard, et vous n'avez pas l'air du genre à vous contenter du strict minimum.

— Je possède déjà le nécessaire de survie de base en cas de catastrophe, confirme Mark, reposant la valise. Tout le monde devrait en être équipé.

— Vous cherchez quelque chose de plus.

Mark réfléchit.

— J'aimerais avoir un endroit où emmener ma famille. Un lieu sûr.

— Une pièce sécurisée, un abri ?

— Un abri, oui.

Entendre le mot lui fait du bien. L'image de l'Autre Mark s'estompe. Il lui faut des murs solides pour mettre sa famille à l'abri du danger. Un endroit où il pourra sentir la chaleur des corps de Ginny et Noah tout près de lui.

— Ce n'est pas donné. Mais la tranquillité d'esprit n'a pas de prix.

— Comment se construit-on un truc de ce genre ?

À présent que la possibilité existe, il est impatient de savoir comment la concrétiser.

— Il y a deux manières de procéder. Soit vous engagez une personne pour le construire…

Lee tire un classeur d'une étagère de catalogues et l'ouvre à la première page.

— Le coût d'une installation professionnelle d'un abri antiatomique est d'au moins cinquante mille dollars. Soit vous le construisez vous-même. Deux ou trois fournisseurs proposent des abris en kit.

Il feuillette le classeur, écorne une page et le lui tend.

— Hard Top Structures.

Mark pioche quelques phrases au hasard.

Écoutille d'accès de qualité militaire.

Tunnel de secours de 120 cm de diamètre.

Cellier enterré.

Système de filtration des gaz toxiques.

— Je vous laisse étudier les différents modèles.

Lee lisse sa barbe et s'éloigne vers le rayon Pêche d'un pas tranquille.

— Merci, lance Mark dans son dos, détachant un instant ses yeux du slogan de la brochure d'Arizona Shelter Systems : PARCE QUE VOTRE SURVIE EST NOTRE PRIORITÉ ABSOLUE. Il lit le passage écrit en tout petits caractères au dos de la page. Il faut trente jours pour obtenir un rendez-vous afin d'établir un devis. Il n'y a pas de fourchette de prix. Il revient vers l'offre de Hard Top Structures. Sous l'entête représentant les contours d'une forteresse, il trouve une série de questions en caractères gras :

Vous redoutez les catastrophes naturelles ?

Ouragans, tornades, tsunamis ?
Tremblements de terre, incendies de forêt, inondations, glissements de terrain ?
Les invasions : étrangères, nationales, extraterrestres ?
Le déclenchement d'une guerre nucléaire : explosions et retombées ?
Les attaques terroristes, utilisations d'armes biologiques et chimiques comprises ?

Sur la page suivante, un encart rouge présente : « LE BUNKER. L'unique abri résistant aux bombes et aux retombées radioactives avec système de contrôle automatique de pression. Hard Top Structures, construction et design d'abris, la seule marque fiable. » Une grande photo montre le kit emballé sur une palette prête à être chargée à l'arrière d'un pick-up.

Le Serie 100 offre un espace habitable de 3,60 mètres sur 3,60 mètres et coûte 9 500 dollars. Mais ce n'est pas l'argent qui l'inquiète. C'est le délai de livraison. Il étudie les photocopies des plans, la liste des matériaux et les différentes étapes de construction, puis se rend au comptoir de vente, sa carte de crédit à la main.

9.

Samara roule au pas à travers la chape de brouillard blanc, comptant les rues à défaut de pouvoir distinguer les panneaux. Elle s'engage dans celle des Kells. Rien n'a changé depuis sa dernière visite, la maison est toujours aussi vide et silencieuse. Rien ne l'obligeait à revenir si vite, mais elle n'avait pas envie de rester chez elle. Hier, elle a vu sa mère morte depuis un mois planter une pancarte À VENDRE dans le jardin. Elle ne comprend pas d'où ça vient, ce que ça peut bien vouloir dire.

Elle cherche le cordon des doubles rideaux du salon. Les tentures s'écartent avec un grincement et elle éternue. Le jardin semble enfoui sous l'eau derrière les fenêtres striées de poussière.

Elle découvre un rouleau d'essuie-tout et une bouteille de produit nettoyant parfumé à l'orange dans la cuisine. Elle s'apprête à faire les vitres afin de pouvoir prendre des photos pour son annonce quand une forte odeur de moisi l'attire vers l'évier en émail. Le petit *pschitt* qu'émet le vaporisateur est si satisfaisant qu'après l'avoir aspergé de liquide nettoyant, elle s'attaque au comptoir en Formica. Le chlore mêlé au zeste d'orange lui chatouille les narines.

À qui peut-elle parler de sa vision ? Elle voit d'ici l'expression de son père. Impossible de lui demander si lui aussi a vu Ashmina dans le jardin.

Elle repend le vaporisateur. Bientôt, le comptoir brille uniformément, mais l'évier continue à résister à ses efforts. Elle ouvre chaque placard et finit par découvrir une fourchette tordue oubliée dans un tiroir tapissé de papier sulfurisé. Elle s'en sert pour gratter les cercles noirs autour des robinets et de la douchette antique. Ses yeux glissent alors vers le sol en vinyle et la marque laissée par le frigidaire.

Elle parcourt la maison et trouve un balai à franges et un seau dans la buanderie, au sous-sol. Elle les dépose dans la cuisine et descend les stores. Puis elle monte le thermostat, déboutonne sa chemise en frissonnant et enlève sa jupe. Vêtue d'un simple caraco en coton et de ses sous-vêtements, elle remplit le seau d'eau chaude et de nettoyant orange. Elle y plonge le balai à franges et le passe sur toute la surface de la cuisine, jusqu'à ce que ses muscles lui fassent mal.

Une heure plus tard, les sols de la cuisine et de la salle de bains sont propres, ainsi que toutes les menuiseries en aluminium des fenêtres. Elle a secoué des kilomètres de doubles rideaux bleus, tous faits du même tissu rugueux capable d'accumuler une quantité impressionnante de poussière, essuyé le linteau en bois de la cheminée et lavé les lavabos de la salle de bains et l'abattant des W.-C. rose pastel.

Éternuant, encore et encore, elle va et vient inlassablement sur le lino collant. Ses mains sont rouges, ses aisselles et le creux de ses genoux en sueur, mais elle continue de s'affairer, soulagée de ne plus être entourée des vêtements, des livres, de la vaisselle et des plantes de sa mère. Elle se sent tellement mieux loin de l'endroit où elle l'a vue apparaître, comme par magie.

Debout sur un tabouret de la salle à manger, Samara s'attaque à la poussière accumulée sur un lustre à quatre globes quand on sonne à la porte. Elle sursaute, consciente d'être en sous-vêtements. Elle n'a pas eu l'idée de fermer la porte d'entrée.

— Ohé ? s'élève la voix chaude et profonde de Shawn.

Il doit être midi. Elle lui a demandé de passer pour estimer le coût de la rénovation des parquets.

— Je suis là ! Tu veux bien fermer la porte à clef, s'il te plaît ? J'ai oublié de le faire.

Il s'avance vers elle, un grand sourire aux lèvres. Sa tête touche presque le plafond du hall d'entrée.

— Tu comptes mener les visites dans cette tenue ?

Il ôte son chapeau sur lequel est brodé HARRIS CONSTRUCTION au fil rouge.

Samara décolle ses cheveux de sa nuque mouillée et en fait une torsade avant de les laisser retomber dans son dos.

— J'ai commencé à faire un peu de ménage et je n'ai pas pu m'arrêter.

Elle descend du tabouret et lui montre le parquet à l'endroit où elle a décollé la moquette. Il prend des mesures, détendu, sûr de lui. Elle envie son éternelle assurance. Difficile de reconnaître en lui le garçon avec lequel elle jouait au ping-pong. Et elle, qu'a-t-elle de commun avec l'adolescente qui faisait équipe avec lui dans le sous-sol de ses parents ? Cette fille-là avait une mère, pas elle. Mais pour le reste, rien n'a changé.

— Je peux te montrer autre chose ?

Elle l'entraîne vers l'une des salles le bains. Le ventilateur du plafond se met en branle dès qu'elle allume la lumière.

— Ils sont remplaçables ? demande-t-elle en désignant les carreaux abîmés.

Il fronce les sourcils.

— Les prochains propriétaires de cette maison vont sûrement tout faire sauter, dit-il, englobant l'espace d'un geste, son chapeau à la main. C'est dommage. Elle est magnifique.

— N'est-ce pas ?

Samara caresse l'une des poignées étincelantes de la coiffeuse.

— Il faut être patient et prêt à payer le prix fort pour restaurer ce genre de carrelage vintage.

Il examine les carreaux fendus.

— Bah, on sait jamais. Tu trouveras peut-être des amateurs de couleurs pastel et de mini W.-C. roses.

Le rire de Shawn résonne dans la petite pièce.

Sur le chemin de la cuisine, il jette un coup d'œil aux chambres.

— Ce serait sympa de lui rendre son look des années cinquante.

— Ouais…

— Tu songes à l'acheter ?

— Bien sûr que non.

— Pourquoi ?

La voix de sa mère lui dicte la réponse :

— Je suis revenue à titre temporaire.

Allez Sammy, va de l'avant, vise plus haut, lui assène Ashmina.

— Et ce boulot est temporaire, lui aussi, ajoute-t-elle.

— Ah ouais ? Il y en a un qui te plaît davantage ?

Elle passe en revue les diverses suggestions de sa mère : retour à l'université, formation continue, stages à l'étranger…

— Je n'en sais rien, répond-elle, sincère.

Sa mère ne lui dira plus jamais comment mener sa vie. Loin de s'en sentir soulagée, Samara éprouve de la tristesse mêlée de colère.

— Oh, zut. Je suis désolé.

Shawn la prend dans ses bras.

— Je peux faire autre chose pour toi ? lui murmure-t-il à l'oreille.

Elle essuie son nez d'un revers de la main.

— Oui.

Elle lui montre la porte du dressing de la suite parentale qui chancelle sur son rail. Il baisse la tête, entre dans le placard, soulève le panneau et le remet en place. Il le fait coulisser d'un côté puis de l'autre, avant d'attraper la main de Samara et de l'attirer à l'intérieur.

— Ne sois pas triste.

Elle sent son haleine chaude sur sa joue.

— J'ai fait le ménage… Je suis toute poisseuse.

— Tu sens l'orange.

Il l'adosse au mur et l'embrasse, les mains sur ses hanches. Après une petite hésitation, elle l'enlace et lui rend son baiser.

Leurs souffles haletants résonnent dans l'espace exigu. Les doigts de Shawn s'aventurent plus bas. Elle déboucle sa ceinture et l'embrasse à pleine bouche, sentant ses dents heurter ses lèvres. Une infime douleur lui coupe le souffle. Elle enserre sa taille de ses jambes et ravale un rire tandis qu'ils vont et viennent contre le mur. Bientôt, elle ne sait plus où finit son corps et où commence celui de Shawn, et elle s'en moque. Elle pousse un cri. Il la suit de près.

L'esprit vaporeux, Samara récupère ses vêtements dans la cuisine. Elle boutonne sa jupe quand son téléphone se met à vibrer. Une inconnue avec un accent demande à parler à Ashmina Mehta.

— Je suis sa fille, Samara Mehta. Je peux vous aider ?

Shawn émerge de la chambre, les joues en feu et l'air penaud. Elle lui souffle : « Une seconde. »

— Votre mère a déjà pris sa retraite ? demande la voix étrangère. C'est merveilleux.

Samara sort dans le couloir.

— C'est à quel sujet ?

À travers la vitre de la porte d'entrée, elle distingue les formes d'un vélo et d'une remorque pour bébé.

— J'appelle au sujet de la maison à Sarapiquí.

— Quoi ?

Elle l'entend feuilleter des pages.

— La maison, ou plutôt, le chalet avec une chambre et une salle de bains que j'ai vendu à votre mère à Sarapiquí au Costa Rica.

— Une maison au Costa Rica ?

Elle éclate de rire.

— Ma mère ne possède pas de maison au Costa Rica.

— Pourrais-je lui parler ?

— Vous devez vous tromper.

— Vous pouvez me la passer, je vous prie ?

— Elle a eu un cancer. Elle est morte.

— Oh, je suis désolée.

Il y a une longue pause, puis, gênée, la femme explique à Samara que le terrain voisin de la maison est en vente.

— C'est le motif de mon appel. Il offre une belle vue sur la forêt…

Samara propose de la rappeler plus tard et raccroche, les yeux fixés sur la vitre de la porte.

— Tout va bien ? demande Shawn, derrière elle.

— Ma mère a acheté une maison au Costa Rica.

Le sentiment vaporeux qui l'habitait un instant plus tôt s'est dissipé.

— Pourquoi aurait-elle fait ça ? reprend-elle, songeuse.

— Un investissement ? suggère-t-il.

Elle secoue la tête.

— J'aurais été au courant.

— Peut-être qu'elle comptait y passer sa retraite ?

— Impossible.

La vision de sa mère plantant une pancarte À VENDRE dans le jardin la titille de nouveau.

— Elle n'avait pas prévu de prendre sa retraite.

— Les gens sont parfois imprévisibles. Quand mon père m'a annoncé qu'il se remariait, j'ai éclaté de rire. Il a eu un mal de chien à me convaincre qu'il ne plaisantait pas.

— Ce n'est pas comparable.

— Je trouve que si.

— Non, pas du tout.

Elle retourne dans la chambre et referme la porte du placard d'un geste brusque.

— Il faut que j'y aille. J'ai rendez-vous en ville.

Il y a un silence.

— D'accord. On se voit plus tard ?

Shawn rentre sa chemise dans son pantalon et rassemble ses outils. Elle aimerait lui dire quelque chose de gentil, mais elle est obsédée par la vision de sa mère dans le jardin, ses longues nattes se balançant dans son dos.

— Je t'appelle.

Il acquiesce et remet son chapeau.

Le moteur de la camionnette s'éloigne dans le brouillard quand elle tire les rideaux et éteint la lumière. La maison paraît vieille et sombre, tout à coup. Sa mère aurait acheté une propriété à l'étranger ? Dans un endroit où, à sa connaissance, elle n'a jamais mis les pieds ? Elle attend que la voix lui apporte une réponse, mais Ashmina reste muette. Elle récupère ses clefs sur la gazinière. C'est à n'y rien comprendre.

10.

Mark appelle son fils depuis la haie de mûriers qui sépare son jardin de la forêt domaniale, une bombe de peinture jaune dans une main, un mètre dans l'autre.

— Viens voir !

Le brouillard glisse entre les arbres. L'air est chargé d'une odeur d'épines et d'humus.

Noah tire un but dans la cage installée sur la pelouse et sa tignasse blond cendré rebondit entre les rangées de pruches. Ça fait trois jours que l'école est fermée. L'ennui le rend grincheux.

— Qu'est-ce que tu fais ? demande-t-il à son père.

— On va construire un truc.

— Quoi ?

— Un abri.

L'enfant grimace.

— Comme les trucs de la Seconde Guerre mondiale ?

— Un peu. Ça ressemblera plutôt à une chambre souterraine où on pourra se réfugier en cas de danger.

— Quel genre de danger ?

Mark lui tend le mètre et désigne un point sur le sol.

— Maintiens le bout juste ici.

— Le genre de danger dont tu as parlé à ton travail ? L'éruption de Broken Mountain ?

— J'espère qu'il ne servira jamais, répond-il sobrement. Mais il sera prêt à nous accueillir au cas où.

Il recule lentement sur le sol inégal, s'arrête à trois mètres soixante, secoue la bombe de peinture et trace un X au sol.

— On va le construire nous-mêmes ?

— Ouaip.

— Comment ?

Il trace une autre croix à six mètres, puis trois. La forte odeur de peinture couvre celles de la nature environnante.

— On va utiliser un kit.

L'enfant semble soudain intéressé. Il aime fabriquer des choses. Autant que de faire du sport. Suivre des instructions compliquées pour construire des stations et des vaisseaux spatiaux avec des K'nex ou des Lego.

— C'est un peu comme une boîte de Lego mais en beaucoup plus grand.

Mark dessine un dernier X et tend la bombe à son fils.

— À ton tour.

Noah trace des lignes jaunes tremblantes sur le tapis d'épines et de brindilles, pour relier les croix, recouvrant quelques bolets au passage.

— Et maintenant ? demande-t-il.

Mark tire des plans de sa poche et les lui montre. À force d'être dépliées et étudiées chaque fois que le visage sale et terrifié de l'Autre Mark lui apparaît, les pages sont déjà toutes parcheminées.

Sous le logo en forme de forteresse, on peut lire :

LE BUNKER de Hard Top Structures
La réponse à tous les « Et si ? » de la vie moderne

Suit une longue liste de tous les scénarios catastrophe imaginables : tornades, ouragans, tsunamis, tremblements de terre, incendies de forêt, glissements de terrain, bombe radiologique, apocalypse nucléaire... Mark s'empresse de tourner la page pour aller directement à la photo en noir et blanc des fondations. Il a griffonné quelques notes, comme des pattes de mouches dans la marge.

— Tu vois, là ? dit-il en suivant du doigt le mur du fond, puis en désignant la ligne jaune par terre. Cette partie de l'abri sera totalement enterrée. On ne verra que le mur de façade, du dehors. Le reste disparaîtra dans la pente du jardin.

— Comment tu vas faire pour l'enterrer ?

— On va louer une pelleteuse.

— Tu sais te servir d'une pelleteuse ? demande le garçon, sceptique.

— J'en ai déjà manœuvré une en Californie, on travaillait sur une ligne de partage des eaux.

Enfin, il avait regardé quelqu'un en manœuvrer une.

— Maman est au courant ?

Il secoue les documents d'un geste désinvolte.

— Ne t'inquiète pas pour ta mère.

Il lui montre un autre détail du plan.

— C’est une porte blindée. Elle est en acier galvanisé, comme la porte d’un coffre-fort de banque.

Il avance jusqu’à la ligne de façade et fait mine d’ouvrir une porte.

— Elle sera juste ici.

Il passe de l’autre côté et éprouve un sentiment de sécurité et de bien-être en imaginant les murs en béton.

— Entre.

Son fils le rejoint dans l’abri imaginaire.

— Il sera en quoi ? En bois ?

— Non, en béton et en acier. On va l’équiper d’un bon filtre pour avoir de l’air bien sain à l’intérieur.

Mark lui montre des photos des différentes parties du kit qui leur sera bientôt livré : grilles et armatures en acier, conduits de ventilation de tailles diverses, blocs de béton…

Noah frotte son bras griffé par des ronces.

— On dormira ici ?

— Bien sûr, en cas de nécessité. Il y aura assez de place pour y installer plusieurs lits de camp.

Une fine bruine se met à tomber sur les feuilles mortes qui jonchent le sol.

— Qu’est-ce qu’il y aura d’autre ?

Noah relève sa capuche et déambule dans le périmètre jaune.

— Tout ce qu’on voudra. Tout ce qu’on jugera important d’avoir avec nous. À manger, assez d’eau pour tenir plusieurs jours, une pharmacie…

Son fils réfléchit un instant.

— Pas de télé, hein ? Ni de PlayStation.

— Non. Il n'y aura pas l'électricité. On utilisera des lampes de poche et des lanternes à piles.

— Ce sera juste pour toi, moi et maman ? Et les chats…

— Exactement. Nous trois et les chats.

— Maman voudra prendre des livres. Plein. Parce qu'elle lit vite.

Mark rit. Il enlève ses lunettes et les essuie sur sa manche.

— Bonne idée.

Noah reste silencieux une minute.

— Quand est-ce que tu vas lui dire ?

— Bientôt.

Il y a un silence. Mark reprend :

— Elle risque de ne pas être trop emballée par l'idée. Elle pense que je me fais trop de souci.

— Mais elle ne remarquera rien. Enfin, pas tout de suite, vu qu'elle est tout le temps au travail.

Mark acquiesce. C'est vrai.

— Mais on ne pourra pas commencer avant d'avoir enlevé tous ces mûriers.

Il sort de l'abri imaginaire.

— Je vais acheter une tronçonneuse à Home Depot. Tu m'accompagnes ?

— On peut passer prendre Livi ?

— Tu penses qu'elle voudra venir ?

— Ouais. Elle est toute seule…

— Et Peter ?

— Il est à Portland chez sa grand-mère en attendant que l'école rouvre.

— OK. D'accord. On peut passer prendre Livi.

Samara attend que son père sorte pour commencer à fouiller la maison. Elle ne met pas longtemps à trouver quelque chose dans le premier tiroir du bureau de sa mère : un tas de fiches bristol couvertes de dictons espagnols griffonnés par sa mère. Dans le deuxième tiroir : une montagne de boutons multicolores. Et dans le troisième : une liasse de documents comprenant l'acte d'achat d'une petite maison à Sarapiquí. Il est daté de l'année précédente.

— Sarapiquí, lit Samara à voix haute.

Les syllabes étrangères résonnent bizarrement dans la pièce. Elle tape le mot sur le clavier de l'ordinateur et des images de forêt équatoriale inondent l'écran ; feuilles sombres couvertes de gouttes de pluie, coléoptères rayés aux antennes interminables, minuscules grenouilles vert fluo, oiseaux de la taille de chats ou de chiots, singes aux visages écarlates en forme de cœur.

Sarapiquí, lui apprend Wikipédia, est une petite ville située au bord de la forêt équatoriale sur les plaines du nord-est du Costa Rica. Les ornithologues amateurs du monde entier s'y rendent pour admirer l'ara de Buffon, la Caurale soleil et le canard musqué. En hiver, les oiseaux migrateurs des États-Unis et du Canada – le piranga à tête rouge, la paruline jaune et l'oriole de Baltimore – se mêlent aux oiseaux tropicaux, tels l'ara rouge et l'Onoré agami.

Elle essaie de se représenter sa mère à Sarapiquí et imagine une femme aux longs cheveux mouillés vêtue d'une robe jaune. Elle monte un escalier en pierre polie, pieds nus, lève une petite paire de jumelles à ses yeux. Elle ressemble à sa mère sans lui ressembler tout à fait. C'est une version plus jeune et plus robuste d'Ashmina. Elle a les yeux brillants, la peau douce et hâlée, aucune cicatrice disgracieuse n'apparaît sous les bretelles de sa robe.

Samara ouvre un autre tiroir et découvre un dossier contenant l'annonce de mise en vente de la maison de ses parents :

À VENDRE

1041 Pine Cone Court	349 000 dollars
Clearing, Oregon	Réf. : 54289
3 chambres	Surface : 675 m^2
2 salles de bains	Année de construction : 1959
1 salle d'eau	
Garage 2 voitures	Taxes (foncière et habitation) : 4 655 dollars/an
8 pièces	Chaudière au gaz, pas de climatisation
Plain-pied	Sous-sol partiel, vide sanitaire
Vue partielle sur la vallée et paysage arboré	
Écoles à proximité	

N.B. : Le vendeur est l'agent immobilier auteur de l'annonce.

Savourez la beauté de la nature depuis votre jardin. À voir absolument, maison de trois chambres, deux salles de bains et une salle d'eau en bordure de bois. Plain-pied dans une impasse, idéal pour les familles et les retraités. À quelques minutes de l'université et du centre-ville. Salon équipé d'une cheminée pour les soirées d'hiver cocooning. Système d'arrosage goutte à goutte et parterres de fleurs. Cette propriété bien entretenue ne restera pas longtemps sur le marché. Contacter : Ashmina Mehta, Broken Mountain immobilier.

Samara secoue la tête. Cette description est aussi attrayante qu'impersonnelle. Elle semble dire *N'importe qui adorerait cette maison.* Seulement, c'était sa mère qui adorait cette maison. Sa mère vendait le foyer qu'elle aimait tant. Pourquoi ?

Elle se rend dans la chambre de ses parents. Rien n'a changé. Des particules de poussière volètent devant la fenêtre. Le peignoir vaporeux d'Ashmina pend au crochet de la porte du placard. Une grande pile de livres trône sur sa table de chevet. *Anti-cancer*, *Planter son jardin potager*, *Organisez votre vie !*, *Les Aliments contre le cancer*.

Elle caresse le pied du lit. Son père l'a refait ce matin, il n'y a pas un pli. Difficile d'imaginer que ses parents prévoyaient de laisser tout ça derrière eux.

La porte du placard grince quand elle l'ouvre. Elle passe la main sur l'arc-en-ciel de tailleurs, de foulards et de robes exhalant le doux parfum maternel. Tout ce qu'elle touche lui est familier ; la robe aux motifs géométriques, la blouse bleue trop large qu'elle mettait pour jardiner, le foulard à pompons dont elle s'entourait la tête…

Au fond de la rangée, elle découvre une veste jaune fluo semblable à celles que portent les randonneurs et trois pantalons-shorts de trek en nylon. Les étiquettes pendent encore des poches arrière. Deux chapeaux à bord large bordés de filet sont rangés sur une étagère.

Elle fouille encore un peu et aperçoit une autre veste jaune, identique à la première. Pour son père, sans doute. Non. C'est un modèle femme. Comme l'autre. Seule la taille diffère. L et non M. Elle la fait glisser sur la tringle et en découvre une troisième. Taille S. Et six pantalons de plus.

Samara comprend soudain que sa mère les a achetés les uns après les autres, à mesure que son état s'aggravait et qu'elle perdait du poids.

Elle se tourne vers le côté le moins fourni de l'armoire. Celui des costumes et des chemises de son père. Remarque deux ou trois pulls mités qui auraient dû être jetés depuis longtemps. Son père. Cet homme qui n'a jamais fait une seule randonnée de sa vie, qui n'aime même pas s'asseoir dans son propre jardin. Qui ne supporte pas la brise qui lui chatouille le visage quand il tourne les pages d'un livre, et qui préfère admirer les oiseaux retranché derrière la fenêtre de la cuisine. Elle soulève la pile de vêtements pliés sur l'étagère du haut : des T-shirts éclaboussés de peinture et une paire de vieilles baskets sans lacets, rien d'autre.

Elle revoit la femme en jaune montant l'escalier en pierre dans l'air humide de Sarapiquí. Essaie d'imaginer son père à côté d'elle. Impossible. Elle n'arrive à se le représenter qu'ici et maintenant. Cet homme n'est pas fait pour vivre dans la forêt équatoriale. Il est fait pour s'asseoir dans son grand fauteuil moelleux devant la télévision, ses pieds chaussés de pantoufles posés sur la table basse. Pour tondre la pelouse en short et T-shirt usés. Pour dresser la liste des courses dans le garde-manger en écoutant la radio du service public.

Elle enfile la veste jaune taille S, et les deux autres par-dessus. Puis les trois pantalons, jusqu'à ce que son corps soit caparaçonné de tissu synthétique. Elle sort tous les autres articles étiquetés du placard et les enfile un à un. Une paire de sandales à brides larges qui empestent le caoutchouc, un affreux gilet à haute visibilité, un sac à dos orange avec des poches à zip et, enfin, les deux chapeaux à moustiquaire.

Elle s'admire dans le miroir. Ajuste les chapeaux. Elle a l'air d'une exploratrice, d'une aventurière, ou d'une scoute.

Ce projet de changer de vie devait beaucoup compter pour que sa mère s'y accroche jusqu'à la fin. Pourquoi était-ce si important ? Qu'est-ce qui n'allait pas dans ta vie ? aurait-elle voulu lui demander.

Elle gagne la cuisine d'un pas raide, le tissu crissant à chacun de ses mouvements, prend un tas de sacs-poubelles et retourne dans la chambre. Là, elle se débarrasse des accessoires et les roule en boule pour les jeter. Suivent le gilet jaune, les vestes, les pantalons et les sandales, une paire de jumelles découverte dans une boîte, sous le lit, certains livres de la table de chevet : *Guide de poche des oiseaux du Costa Rica*,

Dans les bois. Souvenirs de la forêt équatoriale. Tout ce qui semble appartenir à une version de sa mère qu'elle ne connaît pas et ne veut pas connaître.

Essoufflée par l'effort, elle traîne les sacs à travers la maison et dans l'allée de béton, tirant de plus belle lorsque le plastique fin accroche et se déchire. Elle les hisse dans le coffre de sa voiture, le claque violemment et reste là, un instant, la main posée sur le toit du véhicule, sentant les gouttes de pluie mouiller sa paume. Puis, elle pivote vers la zone du jardin où sa mère lui est apparue et essaie de convoquer la même vision : Apparais. Apparais et explique-toi ! a-t-elle envie de hurler.

11.

Ginny se tortille sur une chaise de la salle d'attente du service d'imagerie médicale. Elle prend un exemplaire écorné de *Maison et Jardin*, le repose aussitôt, jette un coup d'œil à son téléphone, dévisage la réceptionniste, tâche d'estimer le temps qu'il lui reste à patienter. Reprend le magazine et feuillette ses pages molles. Mais ses yeux glissent sur les phrases imprimées. Son esprit est absorbé par d'autres mots :

tumeur cérébrale
peut-être bénigne, mais
Noah, Mark
un effet secondaire des nouveaux bêtabloquants
une masse
Noah, Noah, Noah

On finit par appeler son nom et un manipulateur en tenue marron la conduit jusqu'à la cabine. Il lit le questionnaire fixé à une planchette.

— Mme McDonnell. Une IRM cérébrale, c'est ça ?

Elle fronce les sourcils, se retient de lui rétorquer qu'elle est chef du service chirurgie et prescrit plus d'IRM que n'importe quel autre médecin de cet hôpital. Il lui tend un vêtement qu'elle accepte avec réticence.

— Veillez à ne pas conserver d'objets métalliques sur vous – bijoux, clefs, etc.

Il consulte son questionnaire.

— Pas de pacemaker, de vis, de plaques de métal ?

— Non, rien.

— Vous pouvez ranger vos objets précieux dans ce casier.

Une fois l'homme parti, elle retire sa tenue d'hôpital et son alliance, et passe le vêtement bleu pâle. Les innombrables lavages ont rendu le tissu presque translucide. Elle ne sait plus si le manipulateur lui a dit d'attendre dans la cabine ou de sortir quand elle serait prête. Elle a froid et déteste avoir à rester plantée là dans la même tenue que ses patients.

Quelqu'un frappe.

— Attendez.

Elle a oublié d'attacher les cordelettes qui pendent dans son dos. Elle se contorsionne toujours quand la porte s'ouvre. Ce n'est pas le type en tenue marron, mais Edith.

— Salut.

La lumière des néons fait ressortir ses taches de rousseur.

— Oh, euh, salut, répond Ginny, tenant les pans de sa chemise, les joues en feu.

Elle revoit leurs doubles, face à face dans la cuisine.

Edith entre dans la cabine et ferme la porte derrière elle. Gênée, Ginny songe à ses chaussettes à pois, cadeau de Noël de Noah, et à la culotte défraîchie qui doit apparaître dans son dos.

— Qu'est-ce qui t'arrive ?

L'espace est si exigu que leurs visages se touchent presque. Elle sent son haleine sur sa joue.

— Tu te comportes bizarrement.

Ginny relâche les pans de la chemise pour consulter son bipeur.

— Qu'est-ce que tu veux dire ? demande-t-elle, faisant mine de lire un vieux message pour ne pas avoir à la regarder dans les yeux.

— Je t'ai attendue après l'opération, l'autre soir. Je voulais te parler du Dr Pierce et de sa patiente cinglée, mais tu as disparu…

— J'avais un truc à régler.

— Ah.

Il y a un silence.

— Tu fais une IRM de quoi ? Tu t'es cogné le genou ?

— Une IRM cérébrale, avoue-t-elle, regrettant aussitôt ses paroles.

— Oh.

— Rien de sérieux, s'empresse-t-elle d'ajouter pour couper court à ses questions.

— Tu en as déjà fait ?

— Non.

— Tu ne vas pas aimer ça.

— Pourquoi ?

— Il va falloir que tu restes allongée et que tu laisses faire les autres.

— Waouh. Voilà qui est franc, dit Ginny en riant.

— Sérieusement. On se sent à l'étroit là-dedans. Il ne faut pas être claustrophobe…

Ginny est trop troublée par la proximité de son corps pour l'écouter. Elles se connaissent depuis des années, ont passé des centaines d'heures à échanger des regards par-dessus la table d'opération, et néanmoins, elles n'ont jamais été si proches physiquement.

Son amie la dévisage avec un air interrogateur.

— Oh, désolée, tu peux répéter ?

— J'ai dit que Gary est un ami.

— Gary qui ?

— Le manipulateur.

— Ah.

— Je peux assister à l'IRM, si tu veux. Pour te tenir compagnie.

— Ouais, d'accord. Merci.

— Oh, et, il faut que tu saches une dernière petite chose.

— Quoi ?

— Tu ne sais pas mettre une chemise d'hôpital.

Ginny rit.

— Non, c'est clair.

— Je vais l'attacher.

Elle pose les mains sur ses épaules et la fait pivoter. Ginny sent ses doigts délicats à travers le tissu fin. Un frisson la parcourt lorsqu'ils frôlent sa nuque.

— Tu as froid ? J'ai presque fini, dit son amie, essayant d'attraper les cordons du bas de la chemise, qu'elle serre toujours dans une main.

Elle semble hésiter un instant, puis la couvre de la sienne, chaude et douce. Ginny finit par lâcher prise, espérant qu'elle ne remarquera pas son sous-vêtement disgracieux.

L'appareil d'IRM ressemble à une énorme boîte blanche traversée par un long cylindre. Il trône au centre d'une pièce vide aux murs blancs. Son corps va être glissé en entier dans ce tube étroit. Edith gagne la salle d'observation et lui fait signe à travers la vitre teintée qui estompe les couleurs et fait tout apparaître en noir et blanc.

Gary lui dit d'accrocher la clef du casier au petit crochet fixé au mur et lui explique le déroulement de l'examen : la durée de chaque séquence, la nature des bips et des grondements qui vont résonner dans ses oreilles. Il lui montre une petite poire qu'elle peut presser pour appeler si elle se sent trop oppressée. La machine est si bruyante, lui dit-il, qu'ils ne pourront pas l'entendre pendant les séquences, même si elle crie ; d'où la sonnette. Entre deux séquences, Ginny pourra les entendre grâce aux petits haut-parleurs installés dans la machine. Elle ne doit pas bouger et garder la tête dans la même position durant toute la procédure. Elle peut déglutir mais doit éviter de trop cligner les yeux. La plupart des gens trouvent qu'il est plus facile de les garder fermés.

Il l'aide à s'allonger et étale une couverture sur ses jambes. De la salle d'observation, Edith lui sourit, le pouce levé. Gary fixe un casque sur ses oreilles, lui met la petite poire dans la main et appuie sur un bouton. Son corps glisse lentement dans le tube. Elle garde les yeux ouverts. Une erreur. Elle sent la panique monter à mesure que, peu à peu, la pièce disparaît. Son souffle chaud rebondit contre les parois du cylindre, à quelques centimètres seulement de son visage. Elle a l'impression d'être enfermée dans un cercueil. C'est ce que Gary aurait dû lui dire : « Vous allez avoir l'impression d'être enfermée dans un cercueil. » Elle ferme les yeux.

Des mots résonnent dans sa tête :

tumeur
Noah
acheter de nouveaux sous-vêtements
Edith a-t-elle des taches de rousseur ailleurs ?
une masse dans mon cerveau
Noah

Son souffle est de plus en plus chaud, comme si l'air ne circulait pas là-dedans. Elle ne va pas réussir à tenir jusqu'au bout. La petite poire est dans sa main. Il lui suffit de la presser. Tout à coup, la voix d'Edith s'élève, vibrante et aiguë, derrière sa tête.

— Ça va là-dedans ?

— Oui, répond-elle, essayant de garder un visage de marbre.

— Essaie de ne pas trop parler, afin que le signal soit clair. Si tu as besoin de quoi que ce soit, dis-le-moi, ou sonne.

Le silence qui suit est presque douloureux. Pour oublier les parois du cylindre autour de ses bras, le manque d'air, le mot *tumeur*, Ginny pense au frisson qu'elle a ressenti quand Edith lui a frôlé la nuque.

— Gary est en train de préparer la machine pour la première séquence, reprend son amie. C'était une sacrée opération l'autre soir, hein ? Je me suis renseignée sur lui après. Robert Kells. Tu sais que c'est un philosophe connu ? Non… ne réponds pas. Gary a besoin que tu restes parfaitement immobile.

Il y a une courte pause, puis elle reprend.

— De quoi pourrais-je te parler ? C'est dingue ce brouillard, hein ? J'ai envoyé ma voiture dans la terrasse de mon voisin, ce matin.

La voix d'Edith l'apaise – plus que celle de Gary, c'est certain.

— Ce temps de dingue me rappelle le jour où ma maison a été inondée, quand je vivais dans le Tennessee. Je t'ai déjà raconté cette histoire ? Je parie que tu te demandes si j'avais une grande terrasse et si je me prélassais dans un rocking-chair en sirotant du thé glacé.

Elle rit.

— La réponse est oui : il y avait bien des rocking-chairs sur ma terrasse. Mais je n'avais jamais le temps de m'asseoir dedans. Je travaillais tout en faisant mes études d'infirmière. J'étais en couple à l'époque. On avait acheté la maison ensemble et on comptait…

Elle s'arrête.

— Nous sommes prêts à lancer la première séquence. Elle va durer trois minutes. Prépare-toi à entendre les *gros bips*, dit-elle, comme s'il s'agissait d'un tintamarre amusant.

Un grondement s'élève près de son oreille gauche. Ça ressemble beaucoup au bruit qu'on entend dans un avion, quand on pose la tête contre le hublot. Suivent une série de six vrombissements brefs et six claquements brusques. C'est plutôt amusant quand on arrive à oublier qu'on est enfermé dans une sorte de sarcophage.

Le silence revient.

— Tu te débrouilles comme une chef. Continue à rester aussi immobile que tu le peux, l'encourage son amie. Donc, nous avons acheté la maison et nous commencions à la rafraîchir quand Lisa a acheté un chien…

Ginny cligne des yeux et s'admoneste intérieurement. Elle sait qu'Edith est gay, bien sûr, mais c'est la première fois qu'elle fait allusion à Lisa, ou à une autre compagne.

— … et puis, tout est parti en sucette. Elle passait son temps à promener le chien, à dresser le chien. On a tout arrêté alors qu'on était en train de peindre notre chambre avec un très joli jaune. Elle est restée en l'état pendant des mois. J'avais un emploi du temps trop chargé pour m'y mettre seule. Et de toute façon, je ne pouvais pas peindre la nuit, quand Lisa dormait.

Elle rit, mais Ginny perçoit de la douleur dans sa voix.

— Et puis…

Il y a un clic. Un silence.

— Nous sommes prêts pour la deuxième séquence. Deux minutes, d'accord ?

Cette fois, les bips et les claquements arrivent du côté droit. Ginny a l'impression d'être enfermée dans un synthétiseur des années quatre-vingt. L'idée est si cocasse que, sentant son nez se plisser, elle doit faire un gros effort pour se retenir de pouffer.

— J'aime les chiens, pourtant. Mais c'était un de ces gros rottweilers revêches, continue Edith un instant plus tard. Il ne pouvait pas m'encadrer. Chaque fois que je rentrais à la maison, morte de fatigue, et que j'essayais de m'asseoir dans le canapé à côté de Lisa, il me grognait dessus. Tu imagines ne pas pouvoir t'asseoir sur ton propre canapé ? Attends… OK, celle-ci va durer trois minutes.

Après un autre intermède de cacophonie électronique, elle enchaîne :

— Et puis Lisa est partie pour participer à un championnat Agility dog. Aucune idée de ce que c'est. Des chiens qui attrapent des frisbees et sautent par-dessus des boîtes, j'imagine. Il a plu cent millimètres en deux jours et notre jardin a été inondé. L'eau avait atteint la première marche du perron derrière la maison, je ne savais pas quoi faire. J'ai fini par appeler mon père qui est arrivé de Memphis pour m'aider. Il a fait quatre heures de route. J'étais furieuse que Lisa n'ait pas écourté son séjour.

Elle soupire et annonce :

— Gary va lancer les deux dernières séquences.

Ginny se concentre pour ne pas bouger.

— Où en étais-je ? Ah, oui, l'inondation. Mon père m'a aidée à caler des sacs de sable contre les fondations de la maison pour empêcher l'eau de s'infiltrer à l'intérieur. En gros, on a passé le week-end dans la boue.

Elle entend un clic, puis il y a une longue pause.

Elle est impatiente de connaître la fin de l'histoire et de savoir ce que sont devenus Lisa et le chien. Elle imagine Edith dans une chambre à moitié peinte, vêtue d'une robe bain de soleil, pieds nus, les ongles vernis en rouge vif. Qui préfèrerait un rottweiler à cette femme ?

— La dernière séquence, l'informe son amie.

L'avion vrombit dans son oreille droite, cette fois. Puis tout s'arrête et son corps ressort lentement de la machine.

De retour dans la cabine, privée de la voix d'Edith, elle se rhabille, terrifiée à l'idée qu'elle aura bientôt les résultats de l'IRM. Elle pourrait faire un saut dans la salle d'observation pour ne pas avoir à attendre le compte rendu du radiologue, mais elle n'a pas envie de sentir le regard de Gary par-dessus son épaule quand elle fera défiler les images de son cerveau sur l'écran. Elle préfère regagner sa voiture et filer à son bureau pour se connecter au serveur de l'hôpital. Elle aime autant être seule pour encaisser ça.

Le brouillard est toujours dense et un léger crachin lui mouille les joues. Elle se persuade qu'elle se sentira mieux quand elle sera face au verdict, qu'il soit bon ou mauvais. Elle aperçoit sa nouvelle voisine – la femme enceinte – qui sort de l'hôpital. Elle a oublié son nom. Elle lui sourit et la salue d'un signe de tête, soutenant son gros ventre à deux mains.

La pluie s'intensifie. Ginny continue de progresser vers le parking quand elle remarque Edith, postée sous de grands cèdres, au bout du chemin. La grande capuche de sa veste bleu vif dissimule une partie de son visage.

— Coucou, lance-t-elle. J'ai récupéré ton IRM.

Elle ouvre sa veste et lui montre l'enveloppe.

— Merci, dit Ginny d'une voix blanche.

À présent que le moment de vérité est arrivé, elle n'a plus trop envie de savoir.

— Ma voiture est un peu plus loin, par là, ajoute-t-elle.

— Super.

Edith la suit jusqu'au parking des médecins.

Il fait froid dans l'habitacle de l'Acura, mais elles sont au sec, au moins. L'odeur du gobelet de café vide qu'elle a laissé derrière elle ce matin s'est mélangée à celle du cuir.

La pluie n'est plus qu'un clapotis étouffé. Edith se penche pour poser son sac en toile à ses pieds et lui tend l'IRM.

— Je ne vois rien d'anormal là-dessus, dit-elle.

— Rien du tout ?

— Juges-en par toi-même.

Ginny ouvre l'enveloppe. Jette un coup d'œil rapide aux images avant de les étudier avec attention. Edith a raison. Elle pose les mains sur le volant et en caresse les coutures, submergée par le soulagement. Elle n'a rien. Noah ne grandira pas sans mère. Sa vie va reprendre son cours tranquille.

Elle devrait avoir le cœur gonflé de gratitude en songeant à tout ce qu'elle risquait de perdre. Mais non. Sa vie va reprendre son cours tranquille. Elle va rentrer à la maison, réfléchir à ce qu'elle pourrait cuisiner pour le dîner. Se servir un verre de vin, nourrir les chats, décider avec Mark de ce qu'ils vont faire si l'école ne rouvre pas la semaine prochaine. Se repasser une chemise pour demain.

Elle regarde les mèches auburn collées à la nuque d'Edith, sous sa capuche.

— À quoi tu t'attendais ? lui demande son amie, se penchant pour étudier les images.

Ginny observe le mouvement de ses cils translucides.

— Je vois juste un cerveau en bonne santé, moi…

Elle ferme les yeux. Non, elle ne veut pas que sa vie reprenne son cours tranquille. Elle veut que sa vie change. Parce qu'elle a changé. Parce qu'elle est pleine d'un désir nouveau.

Elle écoute le souffle doux d'Edith. Quand elle rouvre les yeux, le visage de son amie exprime… de l'inquiétude ? Elle ne veut pas de son inquiétude. Elle enlève sa capuche, envoie voler des gouttes d'eau partout, glisse ses doigts dans l'écheveau de ses boucles rousses, hume son souffle humide et doux, et l'attire à elle.

II

CONTREFACTUELS

12.

Leah refuse d'être bercée ou allaitée, aujourd'hui. Elle se débat dans sa balancelle, tant sur le mode lent que sur le mode rapide. Lorsqu'elle la fait rebondir dans ses bras, son petit visage s'empourpre de colère. Et quand elle s'arrête, sa colère se mue en rage.

Elle se promène dans la maison, tient le bébé en l'air, Bear sur les talons. Essaie de l'installer sur une couverture, par terre, dans le siège auto, dans un panier à linge rempli de serviettes lavées. Rien à faire. Leah refuse tout en bloc. Elle fouille les cartons, en sueur, à la recherche de… quelque chose, n'importe quoi. Une tétine d'une forme différente ? Non. Un transat qui vibre ? À peine cinq minutes de paix. Un bain dans la petite baignoire ? Grosse colère.

Amar chéri,

Le bébé pleure encore. Et tu n'es pas là. Tu te souviens du jour où tu m'as dit que tu voulais avoir une famille nombreuse et que j'ai répondu

« peut-être » ? Eh bien, j'ai changé d'avis. Ce sera Leah, point final.

Je t'aime,
Cass

Elle envisage une autre promenade en voiture. Elle pourrait faire le tour de la ville, passer devant la maison de Robby – elle n'est pas très loin –, voir si sa voiture est garée dans l'allée. Elle regarde par la fenêtre et découvre le changement qui s'est opéré dans l'impasse au cours de la nuit. Un épais brouillard blanc a recouvert les arbres, les maisons, les pelouses et la route. Elle ne se voit pas rouler à travers cette purée de pois. Elle est si fatiguée que ses yeux semblent desséchés, elle ferait sûrement une sortie de route, comme la voiture de la veille.

Elle tire l'écharpe de portage violette de son sac quand on sonne à la porte. Leah se tait et regarde autour d'elle, surprise. Le silence s'étire, vide ô combien apaisant. Bear ne songe même pas à aboyer.

C'est Noah, le fils de Mark et Ginny. La vue d'un autre être humain l'apaise à un point presque ridicule. Une image lui traverse l'esprit : elle se voit tendre Leah à Noah et s'enfuir à toutes jambes.

Une autre la remplace aussitôt : celle du visage fiévreux de Mark, dans les bois.

Bear essaie de se glisser jusqu'à la porte pour faire la fête au garçon.

— Salut. J'ai oublié mes clefs, dit-il, le nez sur ses baskets.

— Oh. Entre, l'invite-t-elle, s'écartant pour le laisser passer.

Le chien en profite pour lui lécher la main.

— En fait, je me demandais si…

Le bébé recommence à s'agiter. Cass se remet à sautiller, en vain.

— Mme Bloom, la dame qui vivait ici avant vous. Elle gardait une clef de chez nous quelque part, explique l'enfant en caressant le chien. Je me suis dit qu'elle était peut-être encore là.

Cass appuie sur la sonnette, pour essayer de calmer les cris du nourrisson, de plus en plus stridents. Étonnée, Leah se tait instantanément.

Noah rit.

— Votre bébé aime le bruit de la sonnette ?

— C'est même la seule chose qu'elle aime aujourd'hui, lui confirme Cass. Viens, on va chercher cette clef, dit-elle, envoyant Leah sur son autre épaule.

— Elle la mettait dans le placard de la cuisine, précise-t-il.

— Pourquoi tu n'es pas à l'école ?

— Parce qu'il y a un champignon.

— Oh. Et tes parents…

— Ma mère travaille, répond-il, soudain gêné.

Elle hésite à lui demander où est son père, décide de s'abstenir et tire le petit escabeau du garde-manger, qu'elle déplie de sa main libre.

— Je peux la prendre, lui propose Noah. J'ai déjà porté mes petits cousins.

— Assieds-toi, alors. Ce sera plus facile. Elle gigote beaucoup.

Cass entraîne le garçon vers le canapé et dépose le bébé dans ses bras déjà prêts à la recevoir. La fillette lève les yeux vers lui, fait une grimace mais ne pleure pas. Bear se couche à leurs pieds.

— Elle s'appelle comment ? Mon père me l'a déjà dit, mais j'ai oublié.

— Leah. Si elle se remet à pleurer, on rappuiera sur la sonnette, d'accord ?

Il sourit.

Cass monte sur l'escabeau, fouille le placard, et ne tarde pas à sentir un objet dur et froid sous ses doigts. Elle jette un coup d'œil vers Noah et le bébé. Il est seulement onze heures et une longue journée décousue s'étire devant elle, ponctuée de crises de colère, de sanglots, de sautillements énergiques et de couches sales, comme celle de la veille.

Elle redescend.

— Désolée, je ne la trouve pas.

— Ce n'est pas grave, dit-il en lui tendant le bébé. Je vais attendre ma mère dans le jardin.

— Non. Tu peux rester ici, s'empresse-t-elle de proposer sans faire un geste pour reprendre sa fille. Leah t'aime bien. Tu n'as qu'à regarder la télé, ou faire ce que tu veux…

— Vous êtes sûre ? hésite-t-il, jetant un regard vers la porte.

— Certaine. Ta mère n'aimerait pas te savoir dehors tout ce temps.

— C'est vrai…

— Je vais te chercher quelque chose à manger. Tu veux bien la garder encore un peu ?

Ils regardent la moitié d'un film Disney Channel dans un silence miraculeux, puis Cass emporte Leah à l'étage pour l'allaiter, laissant le garçon avec un sandwich beurre de cacahuètes-confiture et un verre de lait. Installée dans le fauteuil à bascule, elle observe le visage apaisé de sa fille, qui tête un instant avec conviction avant de fermer les yeux. Cette fois, elle ne se réveille pas quand Cass la dépose dans son berceau et s'éloigne sur la pointe des pieds, émerveillée.

Elle emporte l'écharpe de portage violette au salon.

— Tu penses que tu pourrais m'aider à comprendre comment ça marche ? demande-t-elle à Noah, déroulant la longue bande de tissu élastique sans boucle ni attache qui pend jusqu'au sol.

— Qu'est-ce que c'est ?

— Un porte-bébé. Les nouveau-nés sont supposés adorer ça.

Il a toujours les yeux posés sur la télé.

— Je peux finir de voir cet épisode ? Je ne l'ai jamais vu, et je n'ai droit qu'à une heure de télé par jour à la maison…

— Oh, on devrait l'éteindre, dans ce cas. Que va dire ta mère ?

— Rien. Elle n'est pas là. C'est vous qui commandez ici.

Cass laisse la télévision allumée et cherche la notice de l'écharpe de portage. Il y a six manières différentes de la nouer. Elle décide de commencer par le « nouage facile », mais ses paupières sont lourdes. Elle s'adosse au canapé et, bientôt, la notice lui échappe des mains.

Lorsqu'elle se réveille, l'épisode de Noah est terminé et a été remplacé par une page de publicité. Elle se lève, regarde autour d'elle. Le babyphone est toujours muet.

Noah a ramassé la notice de l'écharpe et la feuillette.

Cass lisse la bande de tissu.

— Si tu arrives à comprendre comment ça marche, je pourrai enfin avoir les mains libres et faire deux ou trois petites choses…

— Comme quoi ? Je peux vous aider ?

Cass se retient de l'embrasser. Elle espère que Leah sera aussi adorable quand elle aura onze ans.

— Oui, peut-être. Tu pourrais m'aider à plier le linge et à passer la serpillière. Mais il y a certaines choses que je dois faire seule…

— Lesquelles ?

— Lire. Écrire.

— Vous écrivez quoi ?

— Je suis universitaire. Philosophe.

Elle réfléchit une minute avant d'expliquer :

— Un philosophe est une personne qui réfléchit au sens des choses…

— Comme Platon et Socrate ?

— Exactement, dit-elle en souriant.

— Vous êtes super intelligente, alors. Ma mère aussi est intelligente. Elle sauve des vies.

— Je sais. Elle est très impressionnante.

Cass étire l'écharpe entre ses mains.

— Ton père aussi.

Noah hoche la tête et continue à lire les instructions.

— Ils disent de plier la bande en deux, de la poser sur votre ventre comme une ceinture et de croiser les deux extrémités dans votre dos avant de les passer sur vos épaules.

Cass suit les consignes, fait un nœud bien serré et regarde le tas de tissu informe qui pend sur son ventre.

— Je pense qu'il faut que la bande reste bien plate…

Le garçon lui montre la photo d'une femme souriante soutenant un bébé potelé.

Elle recommence. Cette fois elle lisse bien l'écharpe mais la serre trop. Leah a beau être petite, elle ne tiendra jamais là-dedans. Sa troisième tentative est plus concluante. Oui, ça pourrait marcher.

— Je peux faire autre chose ? questionne Noah.

— On va attendre que le bébé se réveille pour l'essayer.

— Je peux rester encore un peu ? Ma mère ne rentrera pas avant six heures, au moins.

— Tu peux rester aussi longtemps que tu en as envie.

Ils regardent la télé en silence quelques minutes, puis Cass reprend :

— Je ne sais pas quoi faire de moi, maintenant que le bébé dort.

Elle se lève pour aller jeter un coup d'œil au sèche-linge. Elle ne sait plus si elle a lancé une machine la veille.

Oui. Elle rassemble les gigoteuses et les langes de Leah dans un panier et les porte jusqu'au canapé. Noah l'aide à les plier et à les disposer en petites piles parfumées sur la table basse. Ses pensées retournent vers Robby, sa vieille dissertation, les cartons pleins de livres, les idées qu'ils recèlent.

Lorsque Leah se réveille, babillant gaiement au lieu de hurler, Cass monte la chercher et tente de l'installer dans l'écharpe. Noah lui lit le paragraphe suivant de la notice et lui désigne une autre photo. Elle soulève la boucle de tissu qui pend sur son ventre, cale les fesses du bébé dedans et fait quelques pas autour du salon pour juger de l'efficacité du dispositif. C'est vraiment fantastique d'avoir les mains libres. Elle sent à peine le poids du bébé niché tout contre elle.

— Elle aime ça, constate Noah.

Il a raison. Elle sent la joue chaude du bébé contre sa poitrine. Bientôt, Leah s'abandonne de tout son poids et se rendort, ses petites mains agrippées à son chemisier, comme si elle craignait qu'on l'éloigne pendant son sommeil.

Cass termine alors de plier le linge, remet une machine en route et prépare une soupe pour Noah et elle. Il est presque six heures quand elle a terminé. Le garçon ne va pas tarder à rentrer chez lui.

Il lui vient alors une idée. Le bouillard est toujours dense mais il ne pleut plus. La chaussée est sèche.

— Je vais promener Bear. Tu m'accompagnes ? propose-t-elle.

Ils sortent sous les hauts pins partiellement dissimulés par l'écran de brume et descendent la rue. Noah tient le chien en laisse. Leah dort sous l'imper de Cass. Ils progressent sans quitter les trottoirs, fouillant l'air opaque de peur de voir déboucher un véhicule à la dernière minute. Les nappes blanchâtres irrégulières, tantôt denses tantôt évanescentes, évoquent le flot d'un torrent. Elles ceignent les maisons et les arbres, donnant l'impression surréaliste de toits et de cimes flottant dans les airs.

Cass compte les rues. Encore deux pour arriver à celle de Robby. Ils longent des ranches des années cinquante, des villas de style campagnard avec des vélos appuyés à leurs balustrades, un petit parc désert et un jardin communautaire en friche dont dépassent de hauts tournesols et de grosses touffes de sauge. À l'intersection suivante, Bear tire sur sa laisse et aboie sur un groupe de dindes qui détallent aussitôt vers des buissons.

À l'approche d'Arden Street, elle ralentit son allure frappée par une idée soudaine. Certes, elle n'a pas appelé Robby une seule fois de tout l'été, mais lui non plus n'a pas cherché à la contacter. Pourtant, il savait qu'elle devait accoucher au mois d'août. Était-il en colère au point de renoncer à prendre de ses nouvelles après la naissance du bébé ?

Sa maison apparaît au loin : ranch bleu au jardin couvert d'une chape brumeuse. Les lumières sont éteintes.

— Je veux juste aller voir si une personne que je connais est chez elle, explique-t-elle à Noah en avançant vers la porte.

Elle sonne. Pas de réponse. Jette un coup d'œil par les fenêtres. Mais elles sont occultées par des rideaux bleus. Elle venait ici régulièrement quand elle était élève assistante de Robby, en première année de thèse. Elle se souvient des murs couverts de livres, des piles de papiers s'élevant sur toutes les surfaces, table et piano inclus. La maison était pleine comme un œuf, et néanmoins elle paraissait étrangement vide et figée. Une fois, Cass avait jeté un coup d'œil dans la chambre de Robby et remarqué qu'il y avait une brosse, un livre de poche et une coupelle pleine d'épingles à cheveux sur la coiffeuse de sa femme.

Leah se met à sangloter. Elle la serre contre elle pour réchauffer son petit corps et suit l'allée grignotée par la mousse pour faire le tour de la maison. Le garage est vide et propre. Si propre que l'endroit semble inhabité. Elle se souvient qu'il y avait une clef de secours dans un pot. Elle s'en était servie à plusieurs reprises pour lui déposer des livres récupérés à la bibliothèque. Elle en fait basculer plusieurs mais ne trouve rien.

Elle retourne vers l'entrée et sonne une fois de plus, appelant « Robby ». Pas de réponse.

— C'est qui, la personne qui habite ici ? questionne Noah.

— Mon directeur de recherches. Un philosophe, lui aussi.

— Je crois qu'il n'est pas là.

Il désigne les poubelles de tri sélectif des maisons voisines, alignées sur le trottoir. Il n'y a rien devant celle de Robby.

— Il est peut-être en voyage.

Cass resserre son manteau autour du bébé. La nuit tombe et il commence à faire froid.

— Il est tard. Ta mère va se demander où tu es.

Leah plus lourde que jamais dans son écharpe, ils rebroussent chemin et remontent la colline, alors que les dernières lueurs du jour disparaissent derrière la montagne.

13.

Ginny allume la lumière de la chambre de Mme Carlyle et ses deux internes se postent à côté du lit. Elle a beau être plus petite qu'eux, sa voix assurée résonne dans l'espace froid. C'est exactement ce dont elle a besoin : se retrouver avec Dawson et Harper en tenue d'hôpital, comme chaque matin, comme si rien d'anormal ne s'était passé. Comme si elle n'avait pas embrassé Edith, hier, dans sa voiture. Ce souvenir la frappe, tel un éclair de couleur au milieu de tout ce blanc. Elle a besoin de travailler. De retrouver ses esprits et l'odeur du chlore. D'exécuter la routine bien huilée du service de chirurgie, la gestuelle méthodique du bloc. Elle a besoin d'entendre sa voix ferme résonner dans l'hôpital, de soutenir les regards attentifs de ses internes.

— Mme Carlyle. État postopératoire, J3 d'une cholécystectomie par laparotomie.

Elle enfonce quelques touches du clavier de l'ordinateur pour consulter le dossier de la patiente.

— Existence d'un transit de gaz pendant la nuit. Les globules blancs ont baissé de 14 à 12. On l'a déperfusée et on a enlevé la sonde urinaire.

Mme Carlyle louche dans sa direction.

— Je suis aveugle sans mes lunettes, explique-t-elle d'une voix chevrotante, presque inaudible.

Elle tend un bras noueux vers sa table de chevet pour l'approcher du lit. Son teint est cireux, ses lèvres et ses joues, livides.

Ginny attrape ses lunettes et les lui tend.

— C'est bien mieux, dit-elle en se rallongeant sur ses oreillers.

— A-t-on les résultats des prélèvements bactériologiques, docteur Harper ?

Les mains dans les poches, l'interne paraît déconcerté.

— Je ne sais pas.

En temps normal, Ginny gronderait : Reprenez-vous, et tant que vous y êtes, retirez vos mains de vos poches ! À la place, elle se tourne vers le Dr Dawson qui lui explique qu'en attendant les résultats du labo, ils continuent à lui administrer des antibiotiques à spectre large. C'est Ginny qui lui a appris à s'exprimer de cette manière : d'un ton respectueux mais assuré. Il devrait donner quelques leçons à Harper en la matière.

Elle se penche sur sa patiente. Le blanc de ses yeux a viré au jaune.

— La bilirubine ?

— Normale. 2,1, répond le Dr Harper. Ça paraît étrange, non, vu les signes d'ictère ?

— Quelque chose ne va pas ? s'inquiète Mme Carlyle.

— Non, tout va bien, répond Ginny en prenant son stéthoscope.

Elle ouvre le haut de sa chemise d'hôpital et écoute son cœur.

— Je vais devoir vous demander de vous asseoir un instant…

Elle glisse le pavillon de l'appareil entre les oreillers et le dos étroit et malingre de la malade, écoute ses poumons, puis l'aide à se rallonger.

— Refaites la bilirubine. Ça ne colle pas.

Les doigts osseux de Mme Carlyle se referment sur ceux de Ginny.

— Tout va bien, n'est-ce pas ?

Elle la dévisage de ses yeux luisants agrandis par ses lunettes.

Prise au dépourvu par une soudaine bouffée d'émotion, Ginny lui tapote le bras.

— Vous êtes entre les meilleures mains possibles, lui assure le Dr Dawson.

Mais la malade ne la lâche pas des yeux.

— Merci, doncteur McDonnell, souffle-t-elle.

— Vous n'avez pas à me remercier, répond Ginny d'une voix enrouée.

Elle se dirige vers le lavabo, fait couler un peu de savon rose au creux de ses mains et se frotte les paumes sous le jet d'eau chaude. Les yeux brouillés par la vapeur, elle revoit le pare-brise flouté par le brouillard, sent le poids des résultats de l'IRM entre ses mains, les cheveux mouillés d'Edith contre sa joue, la douceur caressante de ses lèvres. Elle songe à la femme, dans sa cuisine. Son double, sa jumelle, nez à nez avec Edith. Souriante.

Elle se passe une serviette en papier humide sur le visage. Quand elle retourne vers le lit, le Dr Harper lui coule un drôle de regard. Elle attrape une paire de gants bleus de petite taille dans la boîte près de la porte, et savoure le claquement satisfaisant du latex contre ses poignets. D'une voix raffermie, elle reprend :

— Je vais jeter un coup d'œil sous votre pansement.

Elle repousse le drap et déboutonne la chemise de nuit de sa patiente. Mme Carlyle frissonne, de la chair de poule apparaît sur son ventre. Plusieurs couches de gaze maintenues par du sparadrap recouvrent l'incision sous-costale droite. Elle tire sur la peau avant de décoller le pansement. La cicatrice est luisante de crème antibiotique. Les agrafes sont propres. Elle replace le carré de gaze et remonte les draps.

— Ça m'a l'air bien, commente-t-elle.

Sa patiente acquiesce, grelottante, puis ferme les yeux. Ginny tend la main vers le pied du lit, à la recherche d'une couverture. Il n'y en a pas.

Le Dr Dawson est concentré sur son bipeur.

— Ma maladie de Whipple, explique-t-il.

— Allez-y. Et j'aimerais que vous sollicitiez l'avis du Dr Jory. Il diffère du mien.

La porte se referme sur lui. Ginny cherche la couverture sous le lit.

— Que faites-vous ? la questionne le Dr Harper en désignant la sonnette. Je peux appeler l'infirmière.

Elle finit par la repérer sur le fauteuil.

— Elle a froid, dit-elle, l'étalant sur la malade.

Dans le couloir, elle demande à Harper d'aller voir l'infirmière en chef.

— Rappelez-lui que Mme Carlyle a un rendez-vous en ambulatoire, aujourd'hui.

Elle reconnaît un collègue de médecine interne, assis à l'ordinateur du bureau des infirmières. Elle attend que le Dr Harper soit parti pour le rejoindre. Elle lui tape sur l'épaule.

— J'ai une question pour vous.

— Allez-y.

Il a une petite coupure de rasoir sur le visage.

— J'ai vu une patiente hier. Visite de contrôle.

Elle s'interrompt, distraite par la trace de sang sur son menton.

— Elle prétend voir et entendre des choses. Aucun antécédent psychiatrique, aucune trace d'usage de stupéfiants. Elle est sous bêtabloquants. Inderal.

— Elle entend et elle voit des choses ?

— … qui ne sont pas là. Elle a des hallucinations.

— Depuis combien de temps est-elle sous bêtabloquants ?

— Un mois environ.

— Les rêves réalistes sont un effet secondaire fréquent. De temps en temps, un patient vous raconte qu'il buvait un café dans sa cuisine quand il a vu apparaître un frère défunt. Ou un chien mort depuis des années. Ce genre de choses.

Elle relâche l'air bloqué dans ses poumons.

— Sans blague ?

Le Dr Harper réapparaît soudain dans son dos.

— De quelle patiente s'agit-il ?

— Ne vous en faites pas pour ça.

— Pourquoi est-elle sous Inderal ? demande l'interniste.

— Hypertension artérielle.

— C'est Mme Wong ? insiste Harper.

— Non.

— Dites-lui d'aller voir son médecin traitant et d'essayer un autre bêtabloquant, ça devrait régler le problème.

L'interniste se lève.

— Et assurez-vous qu'elle est au courant qu'elle ne doit pas arrêter d'un coup. Il faudra réduire le dosage graduellement. Les effets secondaires pourront continuer à se manifester pendant une semaine ou deux, mais mieux vaut avoir des hallucinations qu'une crise cardiaque.

— D'accord. Merci.

Bien sûr, il y a une explication logique au phénomène. Le monde est fait de causes et d'effets tangibles. Elle fait signe à Harper de la suivre puis, à la dernière minute, pivote vers l'interniste.

— Vous avez un peu de sang sur le menton, lui dit-elle, tirant un mouchoir en papier d'une boîte posée sur un chariot.

Il l'accepte les sourcils froncés.

— Merci.

Elle rejoint le Dr Harper dans le couloir et lui rappelle le planning des consultations et des analyses à faire pratiquer.

— Et je veux qu'on surveille la respiration de M. Morales, conclut-elle, raffermie.

Il tire un demi-bagel de sa poche et mord dedans.

— Compris, dit-il en mâchant.

Le ventre de Ginny gargouille.

— Où avez-vous trouvé ça ?

— Il y en a dans la salle de garde.

Il hésite devant son air exaspéré :

— Vous en vouliez un ?

— Non.

Il gobe le reste du bagel.

— Si les constantes de M. Morales continuent de baisser, il faudra lui poser un drain. Vous avez déjà procédé à ce genre d'opération ?

Une tache rouge apparaît au fond du couloir. Edith avance vers eux, coupant par le service de chirurgie pour gagner le bloc.

Ginny se fige. Aucun moyen de l'éviter.

— Attendez, dit-elle à Harper qui continue à marcher. Je veux qu'on jette un coup d'œil au nouveau logiciel de gestion des stocks.

Elle l'entraîne dans le bureau des infirmières puis derrière la grande vitrine.

— Maintenant ? demande-t-il, déconcerté.

— Oui. Tout de suite.

Harper regarde derrière lui, comme s'il soupçonnait une raison cachée à ce soudain attachement au protocole d'utilisation des fournitures pharmaceutiques.

— Allez-y, faites-moi une démonstration, insiste-t-elle.

Il se met à tapoter l'écran tactile fixé à l'armoire. L'espace fait à peine deux mètres carrés, Ginny sent le bagel au raisin dans l'haleine de son collègue. De l'autre côté, Edith s'arrête pour saluer l'infirmière. Elles discutent d'un patient du cinquième étage, mordu au doigt par un alpaga. Le rire doux et mélodieux d'Edith s'élève.

Pendant que le Dr Harper explique consciencieusement comment enregistrer deux rouleaux de bandage non élastique, Ginny observe les portions d'Edith qui apparaissent entre les étagères couvertes de gaze, de sparadrap et de tubes, les taches de rousseur soulignées par le col en V de sa blouse, la montre en or qui enserre son poignet, la raie pale qui sépare ses cheveux. À la vue de cette peau rosée, une onde de chaleur l'enveloppe. Sentant tout son corps s'affaisser, elle songe aux animaux invertébrés, spongieux et translucides, étudiés à l'école de médecine : les cténophores, l'anémone trompette, le corail Tubastraea coccinea.

Harper secoue le scanner à code-barres et souffle dessus.

Elle le lui prend des mains et lui montre comment s'en servir. Edith salue l'infirmière et s'éloigne.

— Il faut vous entraîner un peu, dit Ginny sans quitter son amie des yeux.

Elle regrette d'avoir cherché à l'éviter. De ne pas lui avoir parlé. Mais le temps de sortir de sa cachette, Edith tourne déjà à l'angle du couloir, sa queue-de-cheval flottant derrière elle, évoquant les plumes caudales d'un oiseau rare prenant son envol.

Elle la regarde s'éloigner, elle-même observée par Harper.

— On attend quelque chose ? demande-t-il.

— Non.

Elle rajuste son stéthoscope.

— On y va.

14.

Debout dans le hall d'entrée du département de Philosophie, inhalant une odeur familière de photocopieuse et d'humidité, Cass essaie de lutter contre le sentiment de ne plus avoir sa place en ces lieux. C'est tellement étrange de se retrouver là avec Leah. La dernière fois qu'elle a mis les pieds ici, son bébé était en boule au creux de son ventre. Elle longe une bibliothèque présentant les publications de la faculté. Les différentes traductions de *Contrefactuels* occupent toute une étagère :

Contrafactuales
Гипотезы
反事实
Kontra
Αντιπαραδείγματα
Ténycllentétes
Controfattuali
反事実
Alternatívy

Kontrafaktiska
Phản thực

Elle parcourt le labyrinthe de cloisons et de bureaux répartis de manière désordonnée sur l'étage de l'immeuble des années cinquante. S'arrête devant le sien : l'un des nombreux box marron plantés au milieu d'une allée moquettée de jaune. La table est toujours encombrée de papiers et de dissertations notées que des étudiants ont oublié de récupérer. Agrafés à la cloison, un portrait au format carte postale d'Anne Conway, et une photo d'Amar et Bear sur la terrasse de leur vieille résidence universitaire.

Les portes des bureaux des professeurs sont toutes fermées. Au bout du couloir, des radiateurs en métal soufflent de l'air chaud. La sueur ruisselle sous ses bras et entre ses seins. Elle pousse le corps de Leah sur le côté pour faire entrer un peu d'air sous l'écharpe.

Elle songe à la fraîcheur relative qui règne généralement dans le bureau de Robby : il garde toujours la fenêtre entrouverte, même en plein mois de janvier. Elle hésite devant la porte vitrée du bureau 707. Aimerait frapper, attendre la réponse de Robby, mais la pièce est éteinte. Elle n'a jamais été aussi propre. Elle se tourne vers le bureau de sa secrétaire, Mme Trevy : idem.

De retour dans le hall, la grande horloge indique neuf heures cinquante-cinq. Un jeudi, avant dix heures... Mais oui ! Ils sont tous à la réunion hebdomadaire du département. Dans quelques secondes, le corps enseignant se déversera de la salle de conférences. Elle pivote vers le salon des doctorants, pour éviter d'avoir à saluer tout le monde d'un coup, lorsque les portes s'ouvrent avec un grincement sonore. Leah sursaute et régurgite un peu de lait caillé.

Alors que le hall se remplit soudain, Cass tire une couverture de son sac à langer et, fuyant la foule dont se détachent déjà deux ou trois visages familiers, éponge furieusement son chemisier taché et file vers les toilettes des femmes, le bébé babillant des « ah » dans son sillage.

La porte des W.-C. est si lourde que le groom met une éternité à la rabattre.

Retranchée dans les toilettes au carrelage blanc et jaune, elle écarte une mèche de son visage en sueur et observe les petits jets de savon rose pastel amassés sur les lavabos. Les robinets gouttent. Leah renverse sa tête en arrière pour mieux fixer les globes lumineux au-dessus des miroirs striés de coulures d'eau.

Cass la sort de l'écharpe et l'allonge sur le sofa en vinyle vert installé dans un coin, veillant à bien la stabiliser. La fillette a toujours les yeux rivés aux globes. Elle tire un change de son sac à langer, la débarrasse de ses vêtements mouillés et lui met une couche propre.

— Je n'ai pas d'autres vêtements de rechange, mon chou, alors je t'en supplie, la prie-t-elle, joignant le geste à la parole, reste propre.

Leah se redresse et la dévisage.

Cass la rhabille, essaie de détacher son chemisier malodorant à l'aide de lingettes et secoue l'écharpe mouillée quand la professeure Ellen Porchet apparaît chargée de deux sacs en toile pleins à craquer. Elle rassemble prestement le tas de lingettes sales, mais la linguiste en chemise asymétrique vaporeuse et Crocs de feutre gris ne lui prête aucune attention : elle fonce droit sur une cabine et très vite un long ruissellement d'urine s'élève dans le silence.

Lorsqu'elle ressort, elle pose ses sacs par terre et, s'approchant des lavabos, adresse un signe de tête à Cass.

— Contente de vous voir, dit-elle, faisant mine de ne pas remarquer le bébé. Mon assistant de recherches a décroché un poste en Allemagne. C'est génial pour lui, mais ça tombe vraiment mal pour moi. Vous pensez que vous pourriez me donner un coup de main ? Juste une dizaine d'heures par semaine ?

— J'aimerais beaucoup, mais…

Cass se racle la gorge. En dehors des quelques mots qu'elle a échangés avec Noah, elle n'a presque pas parlé depuis plusieurs jours ; sa voix est râpeuse et inarticulée.

— Je suis en train de corriger les épreuves de mon nouveau livre sur les morphèmes, et je sais d'avance qu'ils vont me coller un jeune diplômé qui ne me sera d'aucune utilité, enchaîne la linguiste avec une moue désabusée.

Elle fouille dans un des sacs, en sort un bâton de Nivea qu'elle se passe sur les lèvres.

— Je ne suis pas inscrite ce semestre, lui explique Cass, envoyant Leah sur son bras le temps de fourrer les lingettes dans la poubelle.

L'universitaire semble remarquer le bébé pour la première fois.

— Vous avez renoncé à votre thèse ?

Leah se tortille à la recherche des globes lumineux.

— Non, pas du tout. J'ai l'intention de revenir.

— Ah, c'est bien, ça.

— Je serai disponible l'année prochaine, si vous avez encore besoin d'une assistante à ce moment-là…

— On verra.

Ellen Porchet lâche le bâton de Nivea dans son sac.

— Comment s'appelle votre ami, au fait ? Celui qui s'asseyait à côté de vous en classe ? Andrew je-ne-sais-plus-quoi…

— Andrew Morrison.

— J'ai trouvé son article sur la langue ergative tout à fait intéressant… quoique moins que le vôtre.

Elle se regarde dans le miroir et ébouriffe ses cheveux. Ses boucles d'oreilles se balancent.

— Je vais lui demander si ça l'intéresse, décide-t-elle en se tournant vers la porte.

Cass s'écarte pour la laisser sortir.

— Ne tardez pas trop à revenir, lui conseille la linguiste avant de partir, secouant un index menaçant. J'ai eu une élève de doctorat très talentueuse, il y a quelques années. Brillante, même. Elle a pris un an de congé pour avoir un bébé – ou pour soigner son bébé malade, je ne sais plus… peu importe. Le fait est que l'année s'est étirée en longueur et que je n'ai plus jamais entendu parler d'elle.

Une fois seule, Cass passe l'écharpe autour de son corps. Elle se moque de ce que pense le professeur

Porchet. Les paroles de Robby résonnent dans sa tête : « Je fonde de grands espoirs sur vous, Cassandra. »

Elle passe la bande de tissu sur son épaule gauche, puis sur la droite, et l'attache dans son dos. Cette fois la tension est parfaite. Elle niche Leah dedans, enfile son manteau pour cacher la tache humide laissée par la couche, et attrape son sac à langer avant de retourner vers le bureau de la secrétaire de Robby. Cette fois, il est allumé.

— Cass ! Et le bébé ! C'est une fille ?

Mme Trevy se penche par-dessus son bureau, tout sourire.

— Oui. Elle s'appelle Leah.

Elle pénètre dans la pièce. À la différence du bureau de Robby, celui-ci est rempli de plantes, de piles de papier bien nettes, et n'est encombré d'aucun livre.

— Dites, je n'arrive pas à joindre Robby. Il ne répond pas au téléphone. On m'a dit qu'il était en congé…

Le sourire de la secrétaire s'efface.

— Je vous ai laissé un message, il y a plusieurs mois. Vous ne l'avez pas eu ?

— Nous avons déménagé. Et avec Leah…

Elle étouffe sous son manteau.

— Non, je ne l'ai pas eu.

Mme Trevy pointe le menton vers le bureau voisin.

— Je l'ai trouvé par terre.

Ses yeux pailletés d'or trahissent la panique. Et autre chose. De la colère ?

— J'ai cru qu'il était mort.

— Qu'est-ce que c'était ?

— Un coma éthylique.

— Oh, mon Dieu, s'exclame Cass, serrant sa fille contre elle. Quand est-ce arrivé ?

Elle a un horrible pressentiment.

— À la fin du deuxième semestre, lui confirme la secrétaire. Vous étiez passée le voir, ce jour-là…

— Et où est-il, maintenant ?

— Il habite chez l'un de ses fils, Ben, dit-elle, faisant tourner son alliance autour de son annulaire. Il fait des allers-retours constants à l'hôpital, depuis.

— Ce qui explique pourquoi sa maison est vide.

— Je crois qu'ils ont décidé de la vendre.

Cass retire son manteau, sans plus la moindre considération pour sa chemise tachée. Leah fait des petits bruits de succion dans son décolleté.

— Elle a faim. Elle a toujours faim.

— Asseyez-vous. Je vais fermer la porte.

Cass pose le sac à langer par terre, s'assied sur la chaise, dégrafe son soutien-gorge et relève l'écharpe pour dissimuler son sein.

— Je n'arrive pas à croire que je n'ai rien vu.

Mme Trevy soupire.

— Il n'a jamais été là où on l'attendait. Mais au moins, quand Lillian était en vie, il était plus soigné.

— Il ne m'a jamais parlé d'elle.

— Il a toujours le cœur brisé, même après toutes ces années.

— Je sais juste qu'elle jouait du piano, et qu'elle relisait les brouillons de ses articles.

— Oui. De la première à la dernière ligne. C'est sans doute pour ça qu'il n'a pas réussi à finir ce deuxième livre. Pourtant… ces dernières années, quelque chose l'avait sorti de sa langueur.

— Quoi ?

— Vous.

Leah tète moins vite.

— Il pensait que vous alliez assurer la relève. Mais en avez-vous seulement envie ?

— Je le croyais, avant, dit-elle, redressant le bébé pour lui faire faire son rot. Maintenant, je ne sais plus.

La secrétaire se lève.

— Je peux la prendre ?

— Bien sûr.

Cass tire un lange du sac.

Mme Trevy prend le bébé dans ses bras après avoir étalé le carré de tissu sur son épaule du geste sûr d'une habituée et lui tapote le dos.

— Elle est magnifique.

— Mais si petite.

— Allons, ne perdez pas votre temps à vous soucier de ce genre de chose.

Elle caresse la tête du bébé.

— Ce n'est pas facile, je sais.

— Je l'adore. Mais rien n'est plus pareil depuis qu'elle est là.

— Oui, de ça aussi je me souviens. Enfin, ça passera… Ou peut-être pas, ajoute-t-elle, lui rendant la petite en riant.

De fines gouttes de pluie martèlent la fenêtre.

— Dites, madame Trevy, c'est vous qui m'avez envoyé ma vieille dissertation ?

— Oh, oui, c'est moi.

Leah lui donne de petits coups de pied dans les hanches.

— Pourquoi ?

— Après votre départ… Robby m'a demandé de vous faire parvenir un pli important. Il m'a dit qu'il le laisserait sur son bureau.

Elle se rassied.

— Je suis partie avant lui, ce soir-là. Et à mon arrivée, le lendemain…

— Vous l'avez découvert…

— Quand l'ambulance l'a emporté, j'ai appelé ses fils, puis je me suis mise à ranger son bureau. Je ne sais pas pourquoi. J'avais besoin de m'occuper. Je savais qu'il n'allait pas bien, mais je n'aurais jamais cru qu'il…

Elle pose les mains à plat sur son bureau.

— C'est alors que je me suis souvenue qu'il devait laisser quelque chose pour vous. J'ai trouvé le dossier sous une pile de copies de première année.

Leah s'agite. Cass la remet dans l'écharpe et lui souffle des petits *chut* à l'oreille.

— Il m'a écrit un message sur la copie, mais il manque la dernière page.

— Cela ne me surprend guère. Pourquoi ne pas aller le voir à l'hôpital ? Il est dans la chambre 507. Demandez-lui ce qu'il vous a écrit. Ce sera encore mieux de lui parler de vive voix, vous ne croyez pas ?

Bien sûr, elle a raison.

— J'aurais dû vous rappeler, se reproche Mme Trevy. Ce n'était pas votre genre de ne pas donner de nouvelles.

— C’est ma faute. J’étais… préoccupée. Pas tout à fait moi-même.

— Vous vous occupiez de votre bébé, et c’est ce que vous étiez supposée faire.

— Je ne suis pas certaine que Robby soit de cet avis…

— Bien sûr que si, affirme la secrétaire avec un regard triste. Même s’il ne le reconnaîtra peut-être jamais.

15.

Ginny s'enferme dans un box des toilettes, s'assied sur la cuvette des W.-C. et prend sa tête entre ses mains. Ça fait quinze heures qu'elle ne s'est pas assise. Elle a mal aux bras et la gorge sèche comme du papier de verre. Sa cholécystectomie a été retardée par un problème d'emploi du temps du bloc, et les tissus abdominaux de sa patiente étaient tout scarifiés. Elle n'a pas aimé l'aspect engrainé de l'artère mésentérique, mais c'est tout ce qu'elle pouvait faire sans craindre d'endommager le pancréas. Elle n'est pas contente de son travail.

Elle n'a pas revu Edith, et hier semble déjà loin. Elle se frotte le visage. Elle n'a pas mangé de la journée. Ni avalé de repas décent depuis des jours, en fait. Son ventre est presque concave.

Elle sort son téléphone, compose le numéro de son mari et demande à parler à Noah.

— Il dort déjà. Il était épuisé, répond Mark.

— Zut. Bon, tant pis.

Elle est triste de ne pas pouvoir entendre la voix de son fils. De ne pas avoir pu le border.

— Comment s'est passé le match ?

— Il s'est débrouillé comme un chef. Ils ont gagné. Dis, je travaillais dans le jardin tout à l'heure quand j'ai découvert une fuite. La compagnie des eaux ne pourra pas intervenir avant demain matin alors tu ferais mieux de te doucher avant de rentrer.

— Tu es sérieux ?

Son grognement se répercute sur les murs carrelés.

— D'accord. J'en ai encore pour deux ou trois heures, conclut-elle avant de raccrocher.

Elle tire sur le col de sa blouse et respire une odeur de sueur et d'antiseptique. Elle n'a ni savon ni shampooing, ne peut espérer qu'un rinçage à l'eau tiède dans les douches moisies de l'hôpital.

Ses internes ont l'air fourbus, eux aussi, quand elle les retrouve pour la tournée des chambres. Le bas du pantalon du Dr Dawson est tacheté de sang et le Dr Harper a encore la marque de l'élastique de la charlotte qu'il portait en salle d'op. Elle les suit à travers les chambres, n'intervenant que pour poser une éventuelle question.

Ils sont de retour dans le couloir quand une infirmière fait signe à l'interne en chef.

— La pression artérielle de votre patient n'est pas bonne.

— Mon Whipple ?

— Allez-y, lui dit Ginny. On a presque terminé, de toute façon.

— Et qu'est-ce qu'on fait pour M. Morales ? On lui pose un drain ?

Elle se passe la main sur le front.

— Oui. Attendre une heure de plus ne changera pas grand-chose.

Il s'éloigne d'un pas vif.

— Allons examiner le professeur Kell, lance-t-elle à Harper. Ensuite vous vous occuperez du drain et vous pourrez rentrer chez vous.

Il sort une barre énergétique de sa poche et mord dedans.

— Désolé. Je n'ai pas mangé depuis… ce matin, je crois.

Il mâche encore quand ils arrivent devant la chambre de M. Kells. Elle s'arrête.

— Vous me voyez manger en ce moment ? lui demande-t-elle.

— Non… Mais vous devriez peut-être.

Elle lui jette un regard noir.

— À quand remonte votre dernier repas ? insiste-t-il. Vous avez l'air à bout de forces.

— Je ne suis pas votre amie, docteur Harper.

— Pardon ?

— Nous ne sommes pas amis. Je suis votre supérieure.

— C'est juste que…

Il se redresse.

— Je suis désolé. Ce ne sont pas mes affaires. Je n'aurais pas dû dire ça.

Il envoie sa barre à peine entamée dans la corbeille la plus proche.

— Je me tais.

— Bonne idée.

Ils trouvent les deux fils du professeur en train de discuter devant la fenêtre. L'un porte un jean et une chemise écossaise grise, l'autre un costume décontracté. Ils ont les cheveux épais de leur père et mesurent tous deux plus d'un mètre quatre-vingts. Elle jette un coup d'œil aux longues jambes couvertes par les draps : elle ne l'a jamais vu debout, mais M. Kells paraît grand, lui aussi.

Elle les salue et inspecte les cicatrices de son malade. Ses yeux ressemblent à deux fentes creuses sous ses sourcils broussailleux, et ses lèvres sont presque blanches autour de l'appareil respiratoire. Mais ses organes vitaux fonctionnent étonnamment bien étant donné son âge et ce que son corps a subi ces quatre derniers jours. Il n'a pas l'air mourant. Ses joues ont repris un peu de couleur. Ses traits sont toujours pleins. Quelque chose dans l'expression de ce visage décidé à survivre lui fait penser à son père.

Les deux fils semblent se quereller. Celui qui porte un jean se tourne vers Ginny :

— Quand pourrons-nous voir son médecin ?

— Vous l'avez devant vous.

L'homme en costume lui tend la main.

— Rebonjour. Je m'appelle Ben. Nous nous sommes croisés l'autre jour. Et voici mon frère, Greg.

— Il y a tellement de personnes qui vont et viennent. Difficile de savoir qui est qui, se justifie ce dernier.

— Ne faites pas attention à lui. Les hôpitaux le font paniquer, l'excuse son frère.

— Avez-vous des questions particulières à me poser concernant l'état de santé de votre père ?

Greg s'approche du lit.

— J'aimerais savoir comment il va.

— Je pense qu'il s'en tire à merveille vu son âge et ses antécédents hépatiques. Ses signes vitaux sont bons, mais nous devons stabiliser sa pression vésicale.

Greg désigne le pansement sur l'abdomen du malade.

— Mince, il n'a vraiment pas l'air d'aller bien, dit-il avec une grimace douloureuse, prenant la main inerte de son père dans la sienne.

— Quand comptez-vous lui enlever ce truc ? s'enquiert Ben en désignant l'appareil respiratoire.

— Demain matin, s'il passe une bonne nuit.

Greg approche une chaise du lit.

— On ne l'a pas beaucoup vu quand nous étions petits. Et encore moins après la mort de maman. Son travail a toujours été plus important. Et maintenant qu'il est enfin disposé à faire une pause, et qu'il veut apprendre à nous connaître…

Il se tourne vers Ginny.

— Vous n'êtes pas certaine qu'il va s'en sortir, n'est-ce pas ?

En temps normal, elle leur délivrerait son éternel discours sur la difficulté d'établir un pronostic fiable quand les variables sont si nombreuses, et sur la qualité des soins dispensés à l'hôpital universitaire. Mais elle n'y arrive pas. Elle pose sur le vieil homme livide le même regard que ses fils, laissant glisser ses yeux sur la perfusion, le tube qui sort de sa bouche.

C'était tout ce qu'elle voyait quand son père était étendu à sa place. Elle détestait la chemise fine qui couvrait si mal son large torse, détestait les infirmières et les médecins qui venaient le palper et le tâter, lui volant ses dernières minutes en sa compagnie. En temps normal, elle évite de penser aux siens entre ces murs. Elle sait séparer le professionnel du privé. Mais ce soir, elle n'y arrive pas.

Le Dr Harper la tire de ses pensées en prenant la parole à sa place, utilisant les mots qu'elle a l'habitude d'employer. Son ton est compatissant mais pragmatique. Il va droit au but sans digresser. Du bon boulot. Elle a réussi à lui apprendre quelque chose, en fin de compte…

Lorsque l'interne a terminé son discours, Greg se rassied pesamment sur la chaise et Ben les remercie. Ginny fait signe à Harper d'ouvrir la porte.

— Nous surveillerons la pression intra-abdominale de votre père au cours de la nuit, dit-elle. Au revoir.

Une fois dans le couloir, elle demande à son subordonné de gagner la chambre de M. Morales et fait un saut à la salle de garde. L'endroit empeste le pop-corn et les chaussettes sales. Un anesthésiste ronfle sur le divan, indifférent à la télé allumée sur CNN poussée à plein volume. Elle ouvre le frigo, fixe les minuscules bouteilles d'eau et de soda et un sac en papier brun portant l'étiquette CECI EST LE DÎNER DE VANESSA, PAS LE VÔTRE. Elle prend un Coca, le boit d'une traite et attrape une banane sur le comptoir. Elle la repose aussitôt : sa faim s'est évaporée.

Elle s'est laissée emporter par ses émotions, aujourd'hui. Elle est… à fleur de peau. Pas dans son assiette, songe-t-elle, envoyant la bouteille dans la poubelle de recyclage. C'est à cause de ce qui s'est passé avec Edith. Il faut qu'elle arrête d'y penser. Qu'elle aille la trouver et lui explique que ce baiser était une erreur. Elle prend un autre Coca et le boit sur le chemin de la chambre de M. Morales. Elle s'arrête au bureau des infirmières.

— Vous pouvez appeler le bloc et demander si Edith est encore là ? J'aimerais qu'elle passe me voir chambre 509 avant de partir.

16.

Le Dr Harper a étalé son matériel sur la table de nuit de M. Morales : de l'anesthésique, un drain pleural, une pince Kelly et une pince porte-aiguille.

Coiffé d'un calot et sous respirateur, le malade est étendu sur ses oreillers. Ses yeux sombres et rapprochés naviguent entre le chirurgien et le médecin.

— Lui avez-vous expliqué la procédure ? demande Ginny tout en enfilant ses gants en latex.

Le Dr Harper acquiesce.

Elle se penche sur le malade, le sachant un peu sourd d'oreille.

— Vous allez ressentir une pression juste avant que nous vous intubions. Nous ferons aussi vite que possible.

— J'injecte la Xylocaine un pourcent avec une aiguille péri... une aiguille hypodermique de 22 gauge, se reprend le Dr Harper, la voix étouffée par son masque.

— Oui.

— Dans le quatrième espace intercostal.

— Exact.

Le malade grimace lorsqu'il enfonce l'aiguille. Il appuie sur le piston en regardant sa montre, puis se saisit du scalpel.

— J'effectue une incision de trois centimètres.

Il se penche et s'exécute. Ginny lui tend des compresses qu'il applique sur l'incision avant d'attraper la pince Kelly. Son front luit de sueur.

— Prenez votre temps. Visualisez le geste avant de le poser.

— J'enfonce la pince dans les muscles intercostaux pour atteindre la cavité pleurale, puis j'écarte.

— Attention, Matt…

Elle veut le prévenir de ne pas écarter trop vite… Trop tard. M. Morales se cabre et peste en espagnol, ses bras battant le matelas. Un jet de fluide pleural les éclabousse.

— Oh, merde, lâche Harper.

— Trop tard. Continuez, lui ordonne Ginny en maintenant les bras du malade sur le lit. Glissez votre doigt à l'intérieur afin que le poumon ne vous gêne pas et insérez le drain.

Elle se penche sur M. Morales.

— Le pire est passé, dit-elle d'une voix forte.

Le Dr Harper glisse un doigt dans l'incision, louchant vers le plafond, puis, lentement, enfonce le tube dans l'ouverture avant de le fixer à l'unité de drainage thoracique.

— Waouh.

Il s'essuie le fond d'un revers de main et sourit. Ginny sent du liquide pleural pénétrer la toile de son pantalon.

Elle quitte la salle, saisissant une poignée de serviettes en papier au passage. Une fois dehors, elle se penche pour essuyer ses Crocs. Sa chaussette trempée lui colle au talon. C'est terminé pour aujourd'hui. Et cependant, l'idée de rentrer chez elle ne la réconforte en rien. Noah dort, et Mark sera sûrement assis devant la télé. Elle mangera les restes du repas dans la cuisine et ira se coucher seule.

Quand elle se redresse, elle se trouve nez à nez avec Edith.

— Tu voulais me voir ?

Son ventre se serre.

— Oui, je voulais te dire…

Les paroles qu'elle a préparées refusent de sortir.

— Qu'est-ce qui t'est arrivé ?

— J'ai eu droit à une douche de liquide pleural.

Elle essuie le petit filet qui coule sur son bras.

— Histoire de bien couronner cette journée désastreuse.

— À ce point-là ?

Le visage en feu, elle reprend :

— Au fait, Edith. C'était gentil à toi de me tenir compagnie l'autre jour, pendant mon IRM.

— C'est tout ce que tu voulais me dire ? demande son amie, mi-amusée, mi-taquine.

Un silence gêné s'installe. Ginny fait une boule des serviettes en papier.

— Bon, je vais rentrer prendre une…

Elle s'interrompt les sourcils froncés.

— Un problème ?

— Juste qu'on a coupé l'eau chez moi. Je vais devoir endurer les douches du deuxième étage.

Edith grimace.

— On les sent d'ici.

— Bah, je ne vaux guère mieux.

Elle envoie la boule de papier dans une corbeille, et regrette aussitôt son geste, ne sachant plus que faire de ses mains.

— Tu veux que je te prête ma douche ? propose Edith d'une voix douce.

Ginny pense à Mark et à Noah, l'un devant la télé, l'autre endormi.

Elles échangent un regard.

— Tu n'as pas oublié où j'habite ? Juste à côté de l'université.

— La maison jaune de Starker Drive.

— Exact.

La petite maison d'Edith est de plain-pied et à l'inverse de celles de ses voisins, sa terrasse n'est pas encombrée d'outils de jardin, d'arrosoirs et de roues de vélo. Il y a juste deux pots de romarin sur l'escalier et un beach cruiser appuyé à la balustrade.

— Coucou, lance Ginny, postée devant la porte entrouverte, nerveuse.

Il pleut encore. Elle a déjà reconduit Edith chez elle deux ou trois fois, mais la situation est bien différente, à présent.

Son amie lui crie d'entrer. De l'eau coule, quelque part. Une méridienne aux coussins aplatis sépare le salon de la salle à manger, un livre de poche ouvert perché sur un de ses accoudoirs. Les rideaux sont tirés.

Edith apparaît, une serviette de toilette verte dans les mains. Ses cheveux frisés cascadent sur ses épaules.

— Je suis sale, dit Ginny, plantée au milieu de la pièce.

Elle a étalé deux serviettes chirurgicales sur le siège de sa voiture pour ne pas le salir.

— Je t'ai fait couler un bain.

— Oh, ce n'était pas la peine…

— Ne discute pas… c'est exactement ce qu'il te faut.

Ginny la suit dans la cuisine étroite au carrelage jaune. Il s'en dégage une légère odeur de toast brûlé.

— Où est ton chat ?

— Oh, quelque part. Sans doute caché derrière le canapé.

Fisher et Pinky dorment sûrement au pied du lit de Noah, eux. Elle se tourne vers la porte d'entrée, hésitante : et si Noah se réveillait ? S'il la cherchait ? Non, ça n'est pas arrivé depuis des années.

— Tu as faim ?

Sans attendre sa réponse, Edith attrape le plat posé sur le comptoir et le débarrasse du film plastique qui le recouvre.

— J'ai fait un gâteau fourré à la confiture.

Elle en coupe une grosse part et la pose sur une serviette. Puis, elle l'entraîne dans le petit couloir qui mène à la salle de bains.

La vapeur qui s'élève de la baignoire a envahi la pièce. Des feuilles de palmier dansent sur le fond blanc du papier peint et un tapis carré couleur pelouse recouvre une partie du sol en damier noir et blanc. C'est la deuxième fois en deux jours qu'elles se retrouvent dans un si petit espace. Ginny accepte la serviette que lui tend Edith et la serre contre sa poitrine. Puis son amie pose la part de gâteau sur le lavabo et plonge la main dans l'eau.

— Les robinets sont capricieux. Voilà, c'est mieux.

Elle se redresse.

— Là, tu as l'antidote contre le liquide pleural, dit-elle en prenant un flacon à l'étiquette fleurie sur une étagère pleine de produits pour le bain.

Elle en fait couler un peu dans l'eau, sous le robinet et ressort, fermant la porte derrière elle.

Ginny dévore l'épais gâteau fourré d'écorce d'orange et saupoudré de sucre glace en trois bouchées, et regrette de ne pas en avoir une deuxième part. Puis elle se déshabille, repousse sa tenue souillée du pied et pénètre dans le bain chaud et mousseux. L'oreille tendue vers la porte, elle se lave à toute vitesse avec un savon au parfum tropical. Elle n'entend que des bruits de vaisselle et le ronronnement d'une radio en arrière-fond.

La tête appuyée contre le rebord en porcelaine, elle hume l'air capiteux et se détend, laissant vagabonder son regard sur les divers objets qui l'entourent. Tout ça appartient à Edith. La brosse à dents isolée sur la vasque peu profonde. Les trois barrettes abandonnées dans un bol argenté sur le rebord de la fenêtre. Le rasoir rose posé en équilibre sur un coin de la baignoire.

Elle sursaute en entendant frapper à la porte. Envoie un peu d'eau sur le tapis vert en se redressant derrière le rideau de douche.

— Je t'apporte un verre de vin. Ou de bière, si tu préfères. Je peux entrer ? demande Edith.

Ginny s'enfonce sous la mousse et passe la main sur la cicatrice de sa césarienne. Seuls ses genoux pointent hors de l'eau.

— Oui, lance-t-elle.

Les yeux rivés sur son visage, son amie pose la bière à côté de la baignoire.

— Tu as meilleure mine. Tu parais plus détendue.

Elle s'assied sur le couvercle des W.-C. et se met à parler : du travail, de sa maison, du voyage itinérant qu'elle a fait dans la région de Redwood, cet été. Ginny l'écoute en sirotant la bière fraîche, quasi silencieuse, ce qui ne semble pas déranger son amie.

Elles ont souvent ce genre de conversation dans le salon du personnel de l'hôpital, ou sur le parking, leurs capuches remontées pour se protéger de la pluie. Mais c'est différent, cette fois. Edith se lance dans la narration minutieuse du dernier film qu'elle a vu, allant jusqu'à lui en mimer des scènes. Elle parle sans discontinuer. Ginny voudrait provoquer un rapprochement, mais ne sait pas comment. Peu à peu, elle cesse d'écouter pour se concentrer sur la manière dont son amie étire ses voyelles quand elle prononce t*oi*, f*ai*re, dem*an*de, ou t*i*r*oi*r.

Il n'y a presque plus de mousse, à présent. Edith rit, révélant trois molaires argentées. Puis, le silence s'abat sur la pièce. On n'entend plus que le léger balancement de la bonde au bout de sa chaînette. Edith pose son verre sur la fenêtre.

— L'eau doit être froide.

Ginny acquiesce, même si l'eau, l'air et son corps sont à la même température.

Elle s'assied et croise les bras sur la poitrine, s'attendant à ce qu'Edith lui tende la serviette. Au lieu de quoi, elle s'agenouille à côté d'elle et glisse la main dans l'eau savonneuse pour vérifier sa température, frôlant le creux de son genou du bout des doigts.

— Allonge-toi. Je vais te réchauffer, dit-elle.

Ginny obéit et ferme les yeux. Un frisson la parcourt quand la main remonte le long de sa cuisse…

Des doigts glissent en elle, doux et fermes à la fois, caressent, massent. Doucement, trop doucement. Ginny détourne la tête, s'arc-boute, mais Edith l'immobilise de l'autre main. Il lui semble que son souffle haletant résonne contre les murs carrelés. Le rythme s'accélère. Elle a le sentiment d'être happée hors de son corps. Tout son être suit le mouvement, jusqu'à ce qu'elle ne soit plus qu'une enveloppe vide, hoquetante, hors d'haleine.

17.

Samara prend la bouilloire, se fige et jette un regard autour d'elle, perturbée. Le mixeur a disparu du comptoir, de même que le panier rempli de serviettes de restaurant et de dosettes de sauce piquante que sa mère n'aurait jamais jeté. Elle ne voit plus l'ordonnance et les flacons de vitamines sur le plateau tournant, et remarque un espace vide à côté du grille-pain. Qu'y avait-il, là ? Le presse-agrumes ? La machine à pain ? Elle suit la trace collante du doigt.

Les placards et les tiroirs sont vides. Elle file au salon. Les livres ont disparu des étagères et il n'y a plus de magazines sur la table basse. La collection d'oiseaux en porcelaine de sa mère ne trône plus sur la cheminée et le meuble où elle rangeait ses CD de musique classique est également vide. Elle hurle :

— Papa !

Pas de réponse. Elle s'apprête à partir à sa recherche lorsqu'elle entend l'échelle télescopique grincer devant la maison. Elle enfile des chaussures au hasard et sort. Son père est encore perché sur ce truc, à coller des carrés d'aluminium sur le flanc de la maison – technique présumée efficace pour repousser les piverts. Elle se poste devant les baskets Asics usées les bras croisés.

— Maman a acheté une maison au Costa Rica. Elle comptait emménager là-bas, se surprend-elle à déclarer.

Il se retourne, bien accroché à l'échelle et plisse les yeux, ébloui par un rayon de soleil qui perce à travers les nuages.

— Je sais.

— T'étais au courant ? dit-elle, sidérée.

Son père descend de l'échelle. Une feuille d'aluminium brille dans la poche de sa chemise.

— Bien sûr, dit-il.

— Mais pourquoi ? Vous y êtes allés ?

— Non, jamais.

— Alors pourquoi diable...

— Tu sais comme ta mère pouvait être têtue, parfois. Elle avait vu un documentaire sur les oiseaux migrateurs sur PBS. Ils parlaient des oiseaux d'Amérique du Nord qui passaient l'hiver en Amérique centrale. Elle s'est mise à lire tout ce qu'elle a pu trouver sur le sujet, puis elle m'a annoncé qu'elle voulait acheter une propriété là-bas. Je me suis dit qu'elle avait perdu la tête.

— Vous comptiez aller vivre au Costa Rica ?

Il chasse un moucheron de son visage.

— Oui.

— Toi ? Vivre dans la forêt équatoriale ?

— Oui.

— Pourtant, cette maison est à son nom seul. Et il y a tous ces trucs que j'ai trouvés dans l'armoire… le matériel de rando. Il n'y en a pas pour toi.

— La maison est à son nom pour des raisons fiscales. Quant au matériel…

Il rit, mais des larmes brillent dans ses yeux.

— Elle voulait que je perde quelques kilos avant de m'acheter quoi que ce soit.

Il fronce les sourcils.

— Donc tu es au courant de tout. Tu sais qu'elle allait mettre la maison en vente ?

Il hésite.

— C'est pour cette raison que je fais du tri. Je veux mener notre projet à bien.

Les yeux écarquillés, Samara essaye d'organiser les faits en deux catégories : ce qu'elle croyait savoir de ses parents, et ce qu'elle vient de découvrir à leur sujet.

— Tu as ta vie à vivre, Sammy. Tu n'as pas besoin de rester pour moi.

— Je veux rester.

— Je me sentirai plus proche de ta mère à Sarapiquí qu'ici. En tout cas, je l'espère.

— Rien ne ressemble davantage à maman que cette maison.

— Je n'ai pas le même sentiment. Elle me rappelle surtout la manière dont elle est morte.

— Tout ça, c'est à cause du Dr McDonnell, rétorque Samara.

Elle baisse la voix, voyant Cass sortir de chez elle avec son chien.

— C'est elle qui devrait déménager, pas nous…

— Il faut que tu arrêtes avec ça, Sammy. Le Dr McDonnell n'est pas responsable de la mort de ta mère. Ce n'est la faute de personne.

— On aurait pu la garder avec nous plus longtemps. Elle n'avait pas besoin de l'opérer.

— C'est ta mère qui a pris cette décision.

— C'est le Dr McDonnell qui lui en a donné l'idée. C'est elle…

— Non. Ta mère était parfaitement consciente des risques.

Samara donne un coup de pied dans l'herbe mouillée.

— À quoi comptiez-vous consacrer vos journées au milieu de la forêt équatoriale ?

— À observer les oiseaux. À apprendre à faire pousser des plantes tropicales.

— Tu ne connais rien à tout cela.

— Justement. Je voulais apprendre. Nous voulions vivre de nouvelles expériences.

La passion qu'elle lit sur ses traits lui rappelle les moments où il remplissait le coffre de la voiture, quand elle était petite, et qu'ils partaient en voyage, suivant un plan de route décidé par sa mère. Samara était toujours malade durant ces expéditions.

— Tu veux faire tout ça sans elle ?

— Je veux essayer.

— Tu vas détester. Et tu le sais.

— C'est peut-être une mauvaise idée, mais c'était ce qu'elle voulait, alors je vais le faire.

Il pivote et remonte sur l'échelle.

— Je veux savoir ce que tu as fait de toutes ses affaires, lance Samara dans son dos.

Il jette un coup d'œil par-dessus son épaule. L'aluminium étincelle dans sa poche.

— Où as-tu mis ses affaires, papa ?

— Je les ai données.

— À qui ?

— À l'Armée du salut.

Elle s'élance vers sa voiture.

— Elle n'aurait pas voulu que tu t'encombres de toutes ces choses, Sammy ! crie-t-il dans son dos.

— On n'est pas obligés de lui obéir, aboie-t-elle sans s'arrêter. Elle n'est plus là.

Cass attend le bus à quelques rues de chez elle. Le brouillard s'est dissipé. La silhouette sombre de la montagne domine l'horizon. Leah se débat dans l'écharpe. Elle a manifesté une soudaine aversion pour son siège auto, ce matin, hurlant à chaque fois que Cass essayait de l'y installer. D'où sa décision de se rendre à l'hôpital en bus. Elle choisit un siège proche du conducteur et regarde les maisons défiler. Les asters ont remplacé les soucis dans les paniers de fleurs qui décorent le centre-ville, et des citrouilles luisantes de pluie trônent sur les terrasses. Lorsqu'elle descend du bus, Leah dort paisiblement, un petit poing fermé sur son sein.

Cass passe les portes coulissantes de l'hôpital et s'arrête net. Elle n'a pas remis les pieds ici depuis son accouchement, depuis leur départ avec leur nouveau-né. Une infirmière les avait aidés à la sangler dans son siège, et Amar et elle avaient pris l'ascenseur pour gagner la sortie, échangeant des regards nerveux, se sentant coupables d'emmener ce petit être humain tout neuf dans le vaste monde. Leah portait encore le bracelet de l'hôpital et son visage rose paraissait minuscule entre les oreillettes du siège rembourré. Ils avaient hésité un instant dans ce hall. Cass avait plissé les yeux, éblouie par le soleil, et sursauté en sentant le vent frais sur sa peau, comme si elle aussi sortait pour la toute première fois.

Elle gagne l'ascenseur, ses baskets couinent sur le sol ciré. Le cinquième étage est baigné d'une lumière artificielle criarde.

Elle frappe à la porte de Robby. Deux hommes se lèvent à son entrée. Ses fils. Elle a déjà vu des photos d'eux. Ils sont aussi grands que leur père et ont ses épaules larges et ses cheveux épais. Elle serre Leah contre elle.

— Bonjour.

La pièce est petite et sa fenêtre, étroite. Le rideau bleu qui entoure le lit est à demi tiré.

— Je m'appelle Cass. Je suis venue voir Robby.

— Les visites sont réservées à la famille…

— Allons Greg, c'est Cass. Tu ne te souviens pas ?

— Ah oui. La « géniale » Cass.

— Je suis Ben, se présente le plus affable des deux.

Greg l'imite de mauvaise grâce.

— Je n'arrive pas à croire que nous ne nous soyons jamais rencontrés, dit-elle.

Regrettant aussitôt ses paroles, elle s'empresse d'enchaîner avec un pieux mensonge :

— Votre père m'a beaucoup parlé de vous. Et de votre mère…

— Il est très malade, l'interrompt Greg. Il est inconscient.

— Mais son état s'est beaucoup amélioré, modère Ben. Il quitte les soins intensifs aujourd'hui.

— Peut-être.

— Arrête ça, Greg. Avec un peu de chance, il ne devrait pas tarder à se réveiller.

Les deux frères sortent pour se rendre à la cafétéria et Cass s'assied près du lit. C'est étrange de voir Robby dans cet état. Pâle, prostré, les yeux fermés. On dirait un enfant qui vient d'être bordé, avec ce drap qui le recouvre presque jusqu'au menton.

Il a une mine affreuse, même si Ben affirme qu'il va mieux. Ses rides sont plus prononcées et ses traits tirés. Même sa célèbre tignasse est tout aplatie, comme vaincue. Des tubes sortent de sous les draps. Derrière la tête de lit, une machine bourdonne et émet des bips. Son souffle est lent et léger, mais il respire sans assistance, au moins. Elle regarde sa poitrine se soulever et s'abaisser.

La chambre sent le chlore et autre chose… le savon et le cèdre. Elle se penche sur lui. La crème à raser. Il en reste un peu sur sa joue lisse.

— Robby ? l'appelle-t-elle doucement.

Dehors, de hauts cèdres entourent une grande prairie gorgée d'eau. Le monde paraît si distant, la pièce si figée.

— Je voulais vous parler. Je suis désolée de ne pas être venue plus tôt. Je ne savais pas que vous étiez malade. Je me sens affreusement coupable… Ça fait des mois que nous ne nous sommes pas parlé. Mon bébé est né. C'est une fille. Elle s'appelle Leah. Si vous ouvrez les yeux vous la verrez.

Aucune réaction.

Elle sort le dossier rouge du sac à langer.

— Je sais que ce n'est pas le plus important pour l'instant, mais j'aimerais savoir pourquoi vous avez conservé cette vieille dissertation ?

Les paupières du professeur frémissent. Elle ne le jurerait pas, mais il lui semble qu'il l'écoute.

Leah gesticule et se met à chouiner. Cass la sort de l'écharpe et lui caresse le dos, le nez sur sa petite tête chaude.

Soudain, un murmure rauque s'élève.

— Elle était prometteuse…

— Quoi ?

Robby entrouvre les yeux.

— Je l'ai conservée parce qu'elle était prometteuse.

Cass sent les larmes lui monter aux yeux.

— Je n'aurais jamais dû dire ça, ce jour-là, dans votre bureau. Vous avez perdu votre femme…

Il essaie de la faire taire d'un geste de la main, mais elle poursuit :

— Je n'imagine pas ce que je ressentirais si je perdais Amar ou Leah.

— Je ne veux pas que vous soyez moi.

Il tousse et se racle la gorge.

— Vous pouvez faire bien plus. Et mieux. Je le sais…

Elle se penche sur lui, tenant la tête du bébé d'une main.

— Je vous ai laissé tomber, j'en suis désolée.

Le professeur enveloppe le petit poing du bébé de sa grande main.

— Il y a un moyen de vous faire pardonner.

— Lequel ?

Il désigne la dissertation et, d'une voix plus rauque encore, répond :

— Repartez de là.

18.

Samara parcourt les allées du dépôt-vente de l'Armée du salut, un entrepôt rectangulaire illuminé. Il est quasi désert : en dehors de la grande femme qui trie du linge derrière la caisse, elle ne voit que deux clientes qui piochent des tasses et des bols au rayon « Articles de maison », les retournent, et les remettent à leur place. Son regard balaye l'espace et s'arrête sur l'horrible couverture crochetée qui pendait du fauteuil de la chambre de ses parents et sur le tas de coussins à motifs criards du canapé du salon. Elle envoie la première sur son épaule et coince tout ce qu'elle peut sous son bras. Une odeur de moisi et de biscuits apéritifs lui chatouille le nez. Elle porte son fardeau à la caisse.

— Je peux laisser tout ça là ? Je compte les acheter.

— Bien sûr. Prenez votre temps, répond la caissière, étonnée.

La voix de sa mère résonne plus fort que jamais dans sa tête alors qu'elle pivote pour récupérer les derniers coussins en satin unis, à fleurs ou tissés de fils multicolores. *Tu n'as pas entendu ton père ? Je ne voulais pas conserver ces vieilleries.*

Mais Samara ne l'écoute pas. Elle va chercher un caddie à l'avant du magasin, envoie son chargement dedans et file au rayon « Cuisine » où elle retrouve la machine à pain et les Tupperware, puis au rayon « Vêtements femmes » où elle reconnaît les sabots de jardinage de sa mère et un écheveau de chaussettes.

Elle écume les allées, remplissant et vidant son caddie trois fois de suite. La montagne d'affaires ne cesse de grandir sur le comptoir de la caissière. Elle refait un saut aux « Articles de maison » pour récupérer une carafe orange vif quand elle voit l'une des deux autres clientes s'en saisir.

— Deux dollars cinquante ! Un authentique broc Fiesta, se félicite la femme.

Samara fonce droit sur elle, esquivant un portant de chemises d'homme.

— Excusez-moi, dit-elle en lui tapant sur l'épaule, vous comptez l'acheter ?

— En effet, oui.

— C'était à ma mère. J'aimerais la récupérer.

La femme fixe Samara quelques secondes.

— Il a été donné par erreur ? demande sa compagne. Oh, c'est affreux. Tu devrais le lui laisser s'il a une valeur sentimentale pour cette demoiselle.

— D'accord, répond l'autre cliente à contrecœur en lui tendant le pichet.

Tu n'as pas besoin de cette vieillerie, Sammy, insiste la voix de sa mère. *Le fond est ébréché*. Mais Samara tient à cette vieillerie. Non, ce n'est pas un simple pichet, c'est une porte d'accès à un autre temps. À tant de choses. Ce jour d'été sur la terrasse qui donne sur le jardin de ses parents, le bruit des glaçons, la chaleur des rayons du soleil sur leurs dos, leurs cuisses, leurs mains ; la saveur acidulée de la limonade, la pression des doigts frais de sa mère sur son épaule quand elle se penche pour la resservir.

Samara pose la carafe dans le caddie et se dirige vers la pancarte « Livres et musique ». Elle récupère les *Quatre Saisons* de Vivaldi, les concertos pour violon de Bach et *La Flûte enchantée* de Mozart. Un Post-it griffonné par sa mère est collé au dos du dernier CD – « appeler Claire ». Au moment où elle lâche la pile dans le chariot, quelque chose glisse de la poche distendue d'un vieux pull torsadé. Elle le ramasse. C'est une photo montrant une jeune femme attendant sur le tarmac d'un aéroport, à côté d'un avion TWA. Elle porte un sari violet. Une mèche de cheveux cache une partie de son visage juvénile. Elle regarde le photographe, les yeux plissés, l'air hésitant.

Samara connaît l'histoire du départ de sa mère pour les États-Unis où elle devait rejoindre son père. La seconde moitié de l'histoire, du moins. Ses parents la lui ont racontée des douzaines de fois. Elle sait qu'il y a eu des turbulences sur sa dernière correspondance et qu'elle a été malade. Qu'à son arrivée à JFK, elle est entrée dans la première boutique de vêtements qu'elle a vue pour se changer. Et que lorsqu'elle a retrouvé son père devant le carrousel à bagages, elle portait un immense sweat-shirt imprimé des mots I LOVE NY.

Samara observe la femme de la photo. Difficile de voir en elle l'héroïne de la vie de sa mère. Elle ne semble ni sûre d'elle, ni compétente, ni capable d'autodérision. Elle paraît même hésiter à monter dans l'avion. Elle avait vingt-quatre ans. L'âge de Samara aujourd'hui. La photo a sans doute été prise par sa grand-mère. Qu'est-ce que Nanni a bien pu dire à sa fille pour la convaincre de partir ?

Samara pousse le caddie jusqu'au comptoir, sans détacher les yeux du visage de la jeune femme.

— Terminé ? demande la caissière.

Le monceau d'affaires la dépasse presque. Elle regarde le triste barda. *Tu n'en veux pas vraiment*, dit la voix. *Ça m'appartenait, et je n'en voulais pas moi-même.*

La pluie dégouline en petits ruisseaux sur la vitrine du magasin. Sa mère a modifié le cours de son existence en montant dans cet avion. Et elle comptait recommencer. Avec son mari, cette fois. Samara regarde la photo une dernière fois, la glisse dans sa poche et attrape la carafe orange.

— En fin de compte, je ne prends que ça, déclare-t-elle.

Cass quitte l'hôpital et décide de rentrer à pied. Quand la pluie se remet à tomber, elle met sa capuche et resserre sa veste autour de Leah.

Elle feuillette sa vieille dissertation, le souffle chaud du bébé contre sa poitrine. Ses fautes d'orthographe et son style maladroit la hérissent – *par* au lieu de *part*, *siècle* à la place de *décennie* –, mais sa présentation de *L'Origine radicale des choses* de Leibniz démontre une réelle maîtrise du sujet. Et il y a quelque chose d'implacable dans la rigueur avec laquelle elle met ce texte en rapport avec celui de Spinoza sur la nature de la possibilité et ses expressions dans le monde. Entre les lignes de ces longs paragraphes explicatifs, on sent poindre l'étincelle d'une pensée originale, que Robby a soulignée au stylo noir.

Elle se remémore leur rencontre, les heures passées à discuter dans son bureau : du problème corps-esprit, du concept d'utilité, de l'idée du bien-vivre. Elle arrivait avec une liste de questions, et il y répondait point par point. Et quand elle essayait de trouver des failles dans son discours et qu'ils se querellaient, ils le faisaient comme des égaux, et non comme un professeur et une étudiante. C'était exaltant. Leurs discussions étaient d'une richesse infinie. Un sujet en amenait un autre, puis un autre, et ils étaient encore là, à parler, alors que la nuit tombait derrière les fenêtres du bureau et que tous les autres étaient rentrés chez eux.

Elle reprend sa lecture, Leah ronfle doucement contre elle. Il y a quelques longueurs vers la fin, quand elle fait référence à *Contrefactuels*, parle de l'assertion de Leibnitz selon laquelle il y aurait un nombre infini de mondes possibles dans l'esprit de Dieu, mais un seul et unique monde réel, choisi comme la plus parfaite de toutes les possibilités. Elle ne sait plus ce qu'elle essayait de dire dans ces paragraphes. Elle y voit une suite de faux départs, d'esquisses d'idées. Robby a entouré un paragraphe de ce passage à deux reprises, une fois en noir, une autre en bleu.

Chaque philosophe cherche l'idée qui résoudra tous les problèmes, une Théorie du Tout, ou TT : Leibnitz, Spinoza, et vous-même dans votre livre, professeur Kells. Mais vous n'y parvenez pas tout à fait. Parce que les possibilités infinies dont vous parlez, et que vous développez dans *Contrefactuels*, sont hypothétiques. Cela ne fonctionnerait que si elles étaient réelles.

Cela ne fonctionnerait que si elles étaient réelles.

C'est la partie du devoir dont voulait parler Robby le jour de leur dispute. Il y avait quelque chose là. L'ébauche d'une idée. Dans son livre, son professeur postulait des mondes alternatifs hypothétiques comme le moyen de répondre à certaines questions sur la causalité, et sur les théories erronées et idéalisées de la nature. C'était une véritable percée. Peu de philosophes contemporains avaient été si près d'aboutir à une Théorie du Tout.

Et du haut de ses vingt ans, Cass avait osé questionner cette théorie. Se demander s'il n'aurait pas pu la pousser un peu plus loin, proche d'affirmer qu'il aurait dû le faire. La TT de Robby ne pouvait être valide si les mondes alternatifs décrits dans *Contrefactuels* étaient fictifs. Pour qu'elle soit valide, il fallait prouver que ces mondes parallèles existaient bel et bien et que notre monde n'était qu'une entité parmi l'infinité d'entités d'un multi-univers.

Soudain, tout s'ordonne dans son esprit. Elle repense à certains passages de Quine, Kripke et Plantinga. Aux problèmes jamais résolus et aux questions si souvent soulevées dans les séminaires de dernière année et durant les heures passées dans le bureau de Robby. Une grande idée tentaculaire semble prendre forme, s'étendre, absorber toutes ses réflexions et tous ses questionnements. Grossir et grossir encore, pour devenir une masse difforme et hideuse. Puis s'affiner, çà et là, retrouver une certaine cohérence.

« Repartez de là », a dit Robby. Il veut qu'elle recommence à zéro, qu'elle reparte de cette vieille dissertation ampoulée et truffée de fautes d'orthographe. De ce paragraphe entouré deux fois. Qu'elle remette en question sa précieuse théorie, sans vergogne. Mais Cass n'est plus la jeune femme intrépide et insouciante qui a écrit ces lignes.

Ses moyens sont plus limités depuis qu'elle a Leah. D'un autre côté, sa vie s'est enrichie. Elle n'est plus juste une simple étudiante. Elle est mère, épouse et tant d'autres choses à présent. Elle n'est plus aussi inexpérimentée qu'à l'époque. Alors… pourquoi pas ?

Elle tire les pans de sa veste. Leah marmonne, ses paupières frémissent. Cass se souvient de sa première lecture du livre de Robby. Elle avait l'impression que son esprit s'ouvrait d'un coup. *Contrefactuels* a changé sa manière de penser la philosophie et le monde. L'étudiante qui a rédigé cette dissertation était loin d'être capable d'écrire quoi que ce soit de si puissant. La femme qu'elle est devenue le pourra-t-elle ?

Quand elle arrive dans sa rue, la pluie s'est arrêtée. Elle est devant sa porte et son téléphone sonne, le numéro d'Amar s'affiche sur l'écran.

— Qu'y a-t-il ? demande-t-elle, surprise.

— Cass ? répond la voix profonde et familière de son mari.

Il y a de drôles de *clic* sur la ligne. Il parle plus fort.

— J'ai du mal à t'entendre.

Elle entre dans la maison, accueillie par un Bear bondissant, lâche le sac à langer par terre et s'assied sur le canapé.

— Comment va Leah ? C'est si dur d'être loin d'elle. De vous deux.

— Elle va bien. Elle a faim.

Cass déboutonne son chemisier et le bébé s'arrime fermement à son téton.

— Tu dois être…

Les *clic* couvrent la fin de sa phrase.

— Je ne t'entends pas, Amar.

— Le signal est presque inexistant, ici…

Entre les *clic* elle parvient à entendre « au large des côtes de l'Alaska » et « rentrer au port à cause… ».

Les bruits parasites se taisent un moment.

— J'ai reçu tous tes e-mails d'un coup. Dans le dernier message tu me disais que tu roulais sur Broken Mountain au milieu de la nuit…

— Je n'avais pas l'intention de t'envoyer celui-là.

— Nous repartons dans quelques minutes. J'ai besoin de savoir si tu vas bien.

Elle éclate de rire, mais étrangement, c'est un sanglot qui résonne dans la pièce.

— Je n'allais pas bien, mais ça va, maintenant.

— Parce que tes messages, Cass…

— Avaient l'air un peu dingues ?

— Beaucoup.

— Je vais bien. Promis.

— Il faut que je te dise. Comme je n'arrivais pas à te joindre… j'ai téléphoné à Mme Mehta. Elle va passer t'aider à t'occuper du bébé, en attendant que je rentre.

— Je n'ai pas besoin d'aide. Je m'en sors.

— S'il te plaît.

Cass regarde les cartons alignés dans le couloir, l'évier rempli de vaisselle sale, les touffes de poils de chien accumulées par terre.

— D'accord, admet-elle. Ce n'est peut-être pas une si mauvaise idée.

19.

Mark est perché sur le siège d'une pelleteuse de location. La manette de contrôle du bras vibre dans sa paume. L'engin s'est montré récalcitrant au début, mais il a fini par prendre le coup de main. Même avec des bouchons dans les oreilles, le bruit ahurissant chasse toutes les pensées qui s'aventurent dans son esprit.

Sentant la machine se cabrer, il déploie le long bras d'acier, le laisse retomber sur la butte et le ramène vers lui, charriant la terre meuble mêlée de racines, satisfait de voir le trou s'élargir à chaque nouvelle manœuvre.

Il suit les lignes jaunes dessinées avec Noah. De temps en temps, il éteint le moteur, descend et consulte le carnet noir dans lequel il prend des notes, reproduit des schémas et effectue ses calculs. Toujours avec ses bouchons dans les oreilles, il descend dans le trou avec un mètre pour voir où il en est. Une odeur d'essence et de terre mouillée plane tandis que ses semelles s'enfoncent dans les rainures laissées par le godet. La paroi du fond est déjà presque aussi haute que lui. Quand Noah rentrera, la fosse aura les dimensions voulues.

Lorsque Ginny se réveille en fin de matinée, un vacarme assourdissant arrive du jardin. Elle referme les yeux et revoit le papier peint de la chambre d'Edith. Son visage penché sur le sien. Sent les draps couleur saumon contre sa peau moite. Elle roule sur le ventre et enfonce sa joue brûlante dans l'oreiller, à la fois honteuse et satisfaite.

Un drôle de grincement aigu perce le brouhaha ambiant. Elle se lève et se traîne jusqu'à la fenêtre. Elle ouvre les stores et écarquille les yeux. Son mari est en train de manœuvrer un énorme engin dans leur jardin. Il y a un trou carré dans le sol au niveau de la butte. Elle ne voit pas son visage mais ses bras sont couverts de traînées noires. La machine pivote, son godet se balançant dans tous les sens.

Il y a deux jours, Mark lui a annoncé qu'il allait construire un abri de jardin. « Tant qu'il n'est pas moche », avait-elle répondu, sans songer à lui demander pourquoi il n'en achetait pas un en kit chez Home Dépôt. Il préférait l'encastrer dans la butte. Il serait dissimulé par les arbres, elle ne le verrait même pas, avait-il argué. Pourquoi diable vouloir camoufler un abri de jardin ? Elle n'aurait pas dû céder si vite.

Le corps nu d'Edith lui apparaît de nouveau, mais elle chasse prestement cette vision.

Elle enfile sa robe de chambre et attrape son bipeur. La fenêtre du couloir offre une meilleure vue sur le jardin. La machine a tracé de larges sillons dans le gazon. L'un des buis hors de prix qu'ils ont planté au printemps et que Mark prenait soin d'arroser et de fertiliser est à moitié écrasé. Le trou paraît encore plus grand vu d'ici : on dirait qu'un géant a mordu à pleines dents dans leur jolie colline boisée.

Elle descend et découvre une maison laissée à l'abandon. Les bottes boueuses de Noah ont laissé des empreintes mouillées dans le tapis de l'escalier et ses pas soulèvent des petites touffes de poils alors qu'elle gagne la porte de derrière. Elle l'ouvre et appelle Mark, mais il lui tourne le dos et le moteur de la pelle mécanique couvre tous les autres bruits.

Elle cherche une paire de chaussures et finit par enfiler des tongs quand le vacarme s'arrête. Elle sort rejoindre son mari planté au bord de la fosse. Il porte des gants de travail noirs et a des traces de rouille sur les joues.

La forte odeur de gaz d'échappement la fait suffoquer.

— Au nom du ciel, Mark, dit-elle en toussant.

Elle resserre sa robe de chambre autour d'elle et traverse le jardin, s'enfonçant dans la boue.

Il secoue la tête pour lui signifier qu'il ne l'entend pas, puis enlève ses gants et retire des bouchons orange de ses oreilles.

— Qu'est-ce que tu fais ?

— Je te l'ai dit. C'est mon petit projet.

Des traces de sueur assombrissent sa chemise au niveau des aisselles.

— Tu m'as dit que tu allais construire un abri, pas creuser une fosse gigantesque dans notre jardin.

— Tu as l'air épuisée. Retourne te coucher.

Comment pourrait-elle dormir avec ce vacarme ? songe-t-elle, irritée.

Mark parcourt le périmètre de sa tranchée.

— Je dois rendre la pelleteuse dans une heure. Ensuite, je rentre te préparer à manger.

Elle grimpe laborieusement la pente, ses pieds glissant dans ses tongs, mais très vite, un tas de terre, d'herbe et de racines se dresse sur son chemin. Des tiges du Cœur de Marie qu'ils ont planté il y a plusieurs années pour attirer les colibris dépassent du monticule.

— Je n'ai pas faim…

Mark ne l'écoute déjà plus. Campé sur ses jambes écartées, de l'autre côté de la fosse, il prend des notes sur un petit cahier noir. Elle aperçoit son propre reflet dans la flaque d'eau qui s'est formée au fond du trou. Ses cheveux pointent dans tous les sens, sa robe de chambre est ample autour de sa taille et sa ceinture traîne par terre.

Elle se rajuste.

— Ça ne me plaît pas, Mark. Je ne comprends…

— Je vais tout replanter, ne t'inquiète pas.

Il glisse son carnet dans sa poche et retourne à sa pelleteuse.

Un léger crachin s'est mis à tomber. Elle recule d'un pas, mais ses pieds glissent hors de ses tongs et elle bascule à la renverse. Son mari bondit et la rattrape *in extremis*.

— À quelle heure es-tu rentrée, hier soir ? lui demande-t-il, plaçant ses mains gantées au-dessus de sa tête pour l'abriter de la pluie.

Ginny s'oblige à soutenir son regard.

— Tard.

— Je t'ai attendue.

Elle se sent rougir.

— L'opération a duré plus longtemps que prévu.

Elle change de sujet.

— Où est Noah ?

— Chez une amie.

— Ah.

Elle croise les bras.

— Tu as froid, lui fait-il remarquer.

— Ça va.

— Tu n'as pas de chaussettes. Rentre à la maison et prépare-toi un café.

Il remet les bouchons dans ses oreilles.

Elle désigne le trou, elle aimerait savoir s'il va encore l'agrandir, mais il est déjà remonté sur la pelleteuse. Il appuie sur un bouton et l'engin se remet à rugir.

Lorsque Mark redescend de la machine pour prendre de nouvelles mesures, sa femme est rentrée. Elle est en colère pour l'instant, mais elle changera d'avis. Elle avait l'air minuscule devant la tranchée avec sa robe de chambre vaporeuse et ses tongs. Parfois, il oublie combien elle est petite. Il n'aurait aucun mal à la porter au besoin.

Il est dans la fosse avec son mètre quand un camion à plateau recule dans l'impasse et s'arrête. Un homme descend de la cabine. Mark s'empresse de le rejoindre.

— J'ai un abri souterrain en kit de Hard Top Structures pour vous. Serie 100, lance-t-il, les yeux posés sur un porte-bloc surdimensionné. Et une... quoi ? Une « trappe d'accès verticale » numéro 366 vendue séparément.

Mark sourit.

— Ça ne devait pas arriver avant lundi !

Il en sauterait presque de joie.

— J'ai essayé de vous joindre ce matin, ça ne répondait pas.

Le kit est couvert d'une gigantesque bâche noire retenue par deux élastiques gros comme des câbles. Mark tire dessus pour voir à quoi ils sont attachés.

— Il faut que je vérifie que tout y est, et que je vous fasse signer le reçu.

— OK, d'accord.

Mark coince ses gants sous son bras et essuie ses mains moites sur son jean.

— Un conduit d'aération vendu séparément, une unité de filtration de l'air NBC.

Il s'arrête.

— NBC, qu'est-ce que ça veut dire ?

— Nucléaire, biologique, chimique, répond Mark d'un ton solennel.

L'homme écarquille les yeux.

— OK, OK. J'ai juste besoin de votre signature ici.

Il pose le doigt au bas de la page.

— Je ne vois pas la manivelle de secours pour l'unité de filtration de l'air. C'était un article vendu séparément.

L'homme reprend le porte-bloc et feuillette les documents.

— Ils disent que c'est en rupture de stock. Ça n'arrivera pas avant le 1er décembre.

Mark croise les bras.

— Merde ! J'ai besoin de cette manivelle.

Ginny passe un jean et un sweat OHSU quand elle entend un bruit de moteur différent de celui de la pelleteuse. Elle se hisse sur la pointe des pieds pour jeter un coup d'œil par la fenêtre de la salle de bains. Un camion recule dans l'impasse. Une bâche noire luisante de pluie recouvre son chargement. Quelqu'un se fait livrer un truc gigantesque. Les voisins vont adorer. Comme si le boucan de la pelleteuse ne suffisait pas.

Son mari apparaît près du véhicule et lève les bras en l'air.

Hein ? Elle dévale l'escalier et enfile son imper et ses bottes. Quand elle sort, son mari est à l'arrière du camion, les bras chargés de barres de fer.

— Mark, je veux que tu me dises ce qui se passe, maintenant !

— Ça ne devait arriver que lundi. Je comptais t'en parler ce week-end.

— Me parler de quoi ?

— Je ne construis pas un abri de jardin.

Il envoie les barres sur son épaule.

— Je t'ai menti.

— Qu'est-ce que tu vas faire de tout ça, alors ?

— Je construis un abri d'urgence pour notre famille. Il a coûté 9 500 dollars. C'est beaucoup d'argent, je sais, mais je fais des économies en le montant moi-même.

Elle le dévisage, sidérée.

— C'est lourd, dit-il en montrant son épaule. Laisse-moi porter tout ça dans le jardin.

— Attends.

Elle pose la main sur sa poitrine.

— Qu'est-ce que tu entends par abri d'urgence ? Une sorte de bunker ? En cas d'apocalypse ?

Elle éclate de rire.

— C'est complètement absurde.

Il la fusille du regard.

— Rentre à la maison. On en parlera plus tard.

Il s'éloigne d'un pas raide.

Pas question de rentrer. Ginny se poste sur la terrasse de devant, les mains sur les hanches, et assiste au défilé ahurissant de poutres et d'armatures métalliques, au comble de l'exaspération. Mark aide le livreur à porter un drôle de tube de trois mètres de long au bout effilé. Ses parois étincellent dans la lumière de l'après-midi. Suivent une cascade de tuyaux en plastique bleu et un filet rempli de crochets et de boulons.

Chaque nouvel article porté ou roulé devant elle la perturbe un peu plus. Qui est l'homme qui pousse ce bidon géant enveloppé de cellophane ? Soulève ce tas de gros câbles ? Pas son mari, en tout cas. À cette heure-ci, son mari ferait les courses pour remplir le frigo. Son Mark aurait déjà tondu cette pelouse depuis des lustres.

Sa nouvelle voisine ouvre sa porte, fronce les sourcils en découvrant la scène, et la referme aussitôt.

Mark inspecte une énorme plaque couchée sur la plate-forme du camion. Il essaie de la soulever, mais rien à faire. Avec l'aide du livreur, il réussit à la faire basculer à terre. C'est une porte blindée de près d'un mètre d'épaisseur. Sa poignée ressemble à une roue d'écoutille de sous-marin. Les mots DANGER. SE TENIR À DISTANCE DE LA PORTE BLINDÉE sont peints en rouge dessus.

Mark tourne la roue dans les deux sens et sourit.

Ginny descend de la terrasse.

— Mark.

Il monte sur la plate-forme et pousse une caisse vers le bord.

— Mark, arrête.

Elle est obligée de lever la tête pour le voir, elle est à peine plus grande que les roues du camion.

— Arrête ça.

Il baisse les yeux sur elle.

— Je ne veux plus que tu entasses quoi que ce soit dans notre jardin. Pas avant de m'avoir expliqué pourquoi.

— Je te l'ai déjà dit.

— Je sais ce que tu construis. Je veux savoir *pourquoi* tu le construis.

— Je vais tout t'expliquer, c'est promis.

— Génial. Je t'écoute.

Il descend du camion.

— On a presque terminé. Encore deux ou trois bricoles…

— Non, insiste Ginny d'une voix sonore.

Le livreur lui coule un regard, surpris.

— Je t'écoute.

— Je fais ça, répond son mari, englobant la scène d'un geste, pour toi et Noah.

— Nous sommes supposés faire équipe, toi et moi. Nous sommes supposés discuter des choses importantes ensemble.

Elle rougit au souvenir d'Edith mais poursuit malgré tout :

— Et ce qui se passe ici, ça m'a l'air foutrement important.

Il pose la main sur la porte blindée et lève le menton avec un air de défi ridicule.

— Oui, c'est vrai, c'est foutrement important.

— J'ai l'impression que tu as perdu l'esprit, dit-elle.

Il s'approche et la prend par les épaules.

— Pourquoi es-tu à ce point incapable de me faire confiance ? Pourquoi ? demande-t-il avec une expression presque féroce.

Soudain, ses yeux se posent sur un point derrière elle. Ginny se retourne. Noah est rentré. Il porte sa veste imperméable à capuche bleue. Il est accompagné d'une fille aux jambes maigrichonnes moulées dans un jean vert fluo. Elle a les yeux rivés sur la porte blindée.

Noah fait au moins une tête de plus qu'elle. Il a l'air robuste et tout en muscles à côté d'elle. Il paraît plus vieux, aussi. Ou c'est seulement parce qu'il a grandi. Après tout, il aura douze ans en janvier. Mais, sous sa capuche, ses traits trahissent toujours la douceur du petit garçon qui s'accrochait à ses jambes quand elle le déposait à la crèche.

Son tendre amour. Il évite son regard à présent, gêné de les avoir surpris en train de se hurler dessus devant la maison. Et la situation ne risque pas de s'arranger si elle continue à… faire ce qu'elle fait avec Edith.

— C'est arrivé plus tôt que prévu, explique Mark à son fils, enthousiaste. Tout est là !

Il compte les articles sur ses doigts :

— La trappe d'accès verticale et l'échelle, l'unité de filtration de l'air, les conduits d'aération…

— Et si tu nous présentais ton amie, Noah ? l'interrompt Ginny.

Son bipeur se met à vibrer dans sa poche alors qu'elle entraîne les enfants à l'intérieur de la maison.

— Je m'appelle Livi, se présente la fillette en lui tendant la main.

Mark remonte sur la plate-forme.

— Quand j'aurai fini de décharger, on ira au magasin de bricolage chercher le ciment, lance-t-il à son fils.

Ginny lit le message sur l'écran du petit appareil. Une urgence au cinquième étage.

— Je ne pense pas que ça l'intéresse, Mark, crie-t-elle à son mari en poussant les enfants dans la maison. Ça vous dirait de goûter ?

Elle compose le numéro du service de chirurgie. Personne ne répond. Elle laisse sonner.

— Il faut que j'aille au travail, explique-t-elle à son fils. Fais-moi plaisir, reste à la maison. Tu peux jouer à la PlayStation, si tu veux.

— Qu'est-ce que t'as comme jeux ? questionne Livi.

— C'est pas le week-end, s'étonne Noah.

Le téléphone collé à l'oreille, Ginny répond :

— Je sais. Mais je fais une exception.

— Pourquoi ?

— Il faut que j'y aille.

Par la fenêtre, elle voit son mari soulever la bâche et dévoiler un caisson creusé de sillons sur les côtés. Elle attrape les clefs de sa voiture et lance à son fils :

— Tu me promets de rester ici, hein ?

20.

Samara n'est jamais entrée chez Shawn mais elle connaît la petite maison sur deux étages avec son jardin ombragé située à une dizaine de rues de celle de ses parents. Il est tard lorsqu'elle arrive. La rue est sombre et déserte, les terrasses des voisins, éteintes. Les pins remuent au-dessus de sa tête. Elle n'est toujours pas sûre de ce qu'elle ressent pour lui. Pas certaine d'être prête à lui donner ce qu'il attend d'elle. Mais elle s'en veut de l'avoir rejeté lors de leur dernière rencontre, chez les Kells. Il cherchait juste à l'aider.

Elle sonne, réveillant un concert d'aboiements et une cavalcade à l'intérieur. Shawn ouvre la porte, entouré de deux grands chiens, un roux avec une tache blanche près du museau, un autre gris et noir à poils touffus. Ils lui font la fête et lui lèchent les mains.

— Waouh, ils sont immenses ! Et couverts de boue, dit-elle en essuyant les mains sur son jean.

— Pardon. Je les ai emmenés faire une promenade à Split Ridge.

— Aucun souci.

Il les tire à l'intérieur.
— Qu'est-ce que tu fais ici ?
— Je peux entrer ?
Elle tend le cou et aperçoit un joli parquet couleur miel.
— Il est tard. J'allais les laver…
— Je peux t'aider ?
Il hésite.
— T'es sérieuse ?
— Ouais.
— Tu vas te salir.
Elle franchit le seuil de la maison.
— Ça m'est égal.

Il fait chaud à l'intérieur, et une odeur de cire et de citron lui emplit les narines. En dehors du courrier entassé sur le guéridon et des traces de boue laissées par les pattes des chiens dans l'entrée, tout est bien rangé. Il y a des étagères ouvertes en guise de placards dans la cuisine, et un plan de travail en béton. Le canapé et les fauteuils en cuir du salon sont orientés vers la cheminée et un tapis tissé couvre le sol. Il n'y a pas de table dans la salle à manger, juste une bibliothèque en cours de construction.

Shawn va chercher des serviettes en papier et essuie les traces de boue.

Samara désigne le foyer de la cheminée.
— C'est toi qui as construit ça ?
— Ouais.
Il enlève leurs colliers aux chiens.
— Avec des pierres d'un ruisseau de Broken Mountain.
— J'aime beaucoup. Et la cuisine ?
— Mon père m'a aidé à la faire.

Elle avance vers la salle à manger.

— Qu'est-ce que c'est ?

— Des chutes de bois récupérées au boulot.

Elle passe la main sur les belles étagères en merisier ciré.

— Je n'arrive pas à croire que je ne sois jamais venue ici.

— Ce n'est pas faute d'avoir été invitée…

— Je sais, dit-elle, gênée.

Il lui fait signe de le suivre à l'étage. Elle monte derrière les chiens qui lui fouettent les genoux avec leurs queues. Le couloir dessert une chambre sans autre mobilier qu'un tapis de course et une autre, celle de Shawn, meublée d'un grand lit en bois à colonnes et de trois grands coussins.

— Tu as combien de chiens ?

— Deux.

Il caresse la tête du roux.

— Ça, c'est Maple. Et l'autre, Ruff.

— Ruff ? C'est toi qui as choisi ce nom-là ?

— Non, c'est ma nièce.

Il ouvre la porte de la salle de bains et tire les bêtes à l'intérieur.

— J'en avais trois, avant. Ladybird était très vieille. J'ai dû la faire euthanasier l'année dernière.

Sitôt qu'il ouvre le robinet de la baignoire, les chiens essaient de fuir, envoyant une nuée de poils dans les airs.

Samara leur barre la route et ferme la porte en toussant. Hilare, elle s'assied par terre et Maple et Ruff en profitent pour lui lécher le visage.

La salle de bains est la seule pièce qui n'a pas été rénovée. Le lavabo jaune date des années soixante-dix et la douche au carrelage marron et noir sent légèrement le salpêtre. De vieilles serviettes de toilette sont empilées derrière les W.-C.

— Tu vas les mettre là-dedans tous les deux ?

— Non, un par un. Mais je les enferme tous les deux, sinon l'autre file se cacher.

La pièce est envahie de vapeur à présent.

— Allez, Maple, viens, appelle-t-il en tapotant le rebord de la baignoire.

La chienne avance, s'arrête, puis se replie vers la porte.

— C'est un long processus, explique-t-il en riant. Allez ma belle…

L'animal saute dans l'eau et se fige, l'air malheureux, tandis que son maître essaie de l'immerger davantage.

— Tu veux que je la savonne ? propose Samara.

Il lui tend le shampooing.

Elle se met au travail, détachant la boue du poitrail et des pattes de la chienne.

Lorsqu'ils ont terminé, la salle de bains empeste le chien mouillé et le savon. Sitôt la porte rouverte, les deux bêtes détalent dans le couloir, poursuivies par leur maître, armé d'une serviette de toilette.

— Il est tard. Tu veux rester dormir ? lui propose-t-il, ayant renoncé à rattraper les fuyards.

Ils sont trempés et ont les doigts fripés par l'eau.

— Tu voudrais bien ?

— C'est à toi de décider.

— Bon, je veux bien.

Ils retrouvent les chiens dans la chambre, en train de s'ébrouer et de se frotter sur le tapis.

Shawn tend un T-shirt propre à Samara et va leur chercher deux bières à la cuisine. Ils les boivent allongés sur le lit.

— Je sais que je me suis comportée bizarrement, l'autre jour, commence-t-elle.

— Oui.

— J'étais… préoccupée.

— Je comprends, je me souviens de cette époque de ma vie, dit-il.

Ils étaient lycéens quand il avait perdu sa mère. Cancer du sein. Sa sœur s'était absentée deux mois entiers. Samara passait régulièrement lui déposer ses cours et ses devoirs devant leur porte. Ils ne l'invitaient pas à entrer. Elle n'en avait jamais parlé avec lui. Pas même après la mort d'Ashmina.

Maple est couchée par terre. Ruff debout, près de son maître.

— Je ne t'ai jamais posé de questions… sur ta mère. J'aurais dû…

Le chien pose la tête sur l'oreiller de Shawn.

— Elle me manquait tellement. Je l'imaginais dans ma chambre, la nuit. Elle s'asseyait au bord du lit et me regardait. Parfois, elle écartait une mèche de cheveux de mon visage…

— Je suis désolée.

Il donne une petite tape sur le matelas. Ruff saute sur le lit, se couche entre eux et pose sa gueule mouillée dans la main de Samara.

Shawn lui caresse la tête.

— Enfin, on a la chance d'avoir nos pères.

Ils boivent en silence. Soudain, un coup de vent entrouvre la fenêtre, les tirant de leur torpeur.

— Allez Ruff, dans ton panier, dit Shawn.

Le chien descend avec un regard triste.

— Lequel est le sien ?

— Le bleu.

Il éteint la lumière et ils se glissent sous les couvertures.

— J'ai essayé de me débarrasser de celui de Ladybird, mais ils aiment dormir dedans.

Il la prend dans ses bras. Maple ronfle, à présent.

— Qu'as-tu décidé, alors ? demande-t-il, la voix ensommeillée... Tu restes ou tu pars ?

— Je reste.

À l'instant où elle prononce ces paroles, Samara comprend qu'elle n'a aucune envie de retourner à Seattle. Elle aime ce boulot, même si elle n'est pas aussi douée que sa mère pour l'immobilier.

— Il va falloir que je trouve un logement.

Il rit.

— Tu ne veux pas rester avec ton père ?

— Il va vendre la maison. Il part pour de nouvelles aventures...

— Tant mieux pour lui.

Elle soupire.

— Oui, tant mieux pour lui.

Elle niche sa tête au creux de l'épaule de Shawn.

— Peut-être que ce sera tant mieux pour moi aussi.

21.

Le samedi suivant, Mark et Noah prennent la route pour acheter la manivelle qui actionne le système de filtration de l'air du refuge. Le soleil de cette fin de matinée miroite sur le pare-brise de la Jeep. Au loin, une nappe de nuages glisse sur la montagne. Il tapote le volant du pouce. Il lui faut cette manivelle pour finir l'abri. L'imaginer terminé et opérationnel est la seule chose qui parvient à l'apaiser et à museler ses questions sur son double. Lorsqu'il a téléphoné à Great Outdoors, le vendeur, Lee, lui a dit que son oncle Harry en avait peut-être une de trop. Mark n'est pas certain de prendre la bonne décision en se rendant « au *complexe* perdu au milieu de nulle part » décrit par Lee avec trois cents dollars en poche. Et accompagné de Noah, qui plus est. Mais au moins a-t-il réussi à dissuader son fils de s'arrêter pour prendre Livi au passage.

Il s'engage sur l'autoroute de l'Est et suit les instructions notées sur le Post-il qu'il a collé sur le tableau de bord. Le soleil disparaît sitôt qu'ils prennent la sortie

« forêt domaniale » et gravissent Broken Mountain par une voie de service bordée d'arbres aux troncs moussus. Il repense à l'Autre Mark, à son visage crasseux, à sa manière de scruter l'horizon, et articule une question muette : Que va-t-il se passer, Mark ? Dis-moi ? Dis-moi ?

Noah éteint sa console.

— On est où ?

Il jette un coup d'œil à son fils dans le rétroviseur et ce qu'il voit le réconforte : Noah, l'air si solide, si robuste dans son maillot bleu et son short de foot noir.

— De l'autre côté de la montagne.

Il lui tend le Post-it.

— Tu peux m'aider à trouver la route qui part à gauche ? Il y a une borne marquée du chiffre 23 juste avant.

La forêt est de plus en plus dense. Noah reste silencieux un moment, puis demande :

— Dis… est-ce que maman croit que tu es dingue ?

— Quoi ? Tu as peur que ton vieux père soit devenu fou ?

Il n'avait pas envisagé cette éventualité. Il essaie de prendre une expression détachée et répond :

— Non, je ne crois pas.

La pente est de plus en plus raide.

— Là, dit son fils. Il y a un panneau 23.

Après un virage, un chemin de gravier presque entièrement dissimulé par les ronces monte sur la gauche. Il ne voit aucun nom de rue, juste une pancarte PROPRIÉTÉ PRIVÉE clouée à un cèdre.

Il ralentit, hésitant. La route a tout juste la largeur d'un véhicule.

— Ta mère a parlé de moi ? demande-t-il, curieux.

Noah regarde son père, puis le chemin.

— On est au milieu de la route, papa.

— Dis-moi ce qu'elle t'a dit.

— Elle ne veut pas que je t'aide à construire le refuge.

Il baisse les yeux et donne des petits coups de pied nerveux dans le dossier du siège passager.

— Elle trouve que ce n'est pas convenable.

Mark fixe l'horizon. Le visage sérieux de sa femme et celui de l'Autre Mark lui apparaissent, côte à côte. Il secoue la tête pour chasser cette vision.

— Tu veux me faire une faveur, dis ? Ne lui parle pas de l'abri. Si elle t'interroge, dis-lui de venir me parler.

Il s'engage sur le chemin de gravier abrité par les branches des mélèzes flamboyants et des sapins touffus. Il roule doucement, s'attendant à voir traverser un cerf mulet ou une dinde sauvage. Si un autre véhicule débouche en face, ils seront bloqués. Impossible de reculer sur ce terrain. À intervalles réguliers, d'autres pancartes PROPRIÉTÉ PRIVÉE apparaissent, parfois clouées sur des troncs de frênes de l'Oregon, ce qui agace Mark. L'une d'elles est percée de trous, comme si on avait tiré dessus. Il évite d'attirer l'attention de Noah dessus.

— Il n'est pas rassurant, cet endroit, fait remarquer l'enfant, les yeux collés à la vitre.

— Non.

Le visage réprobateur de sa femme se dessine à nouveau sous les mélèzes dorés. Il l'ignore. Bientôt, une grille semblable à celles qui ferment les enclos apparaît au loin. Elle est couverte d'un grand drapeau jaune sur lequel on peut lire QUI S'Y FROTTE S'Y PIQUE sous un dessin représentant un serpent noir enroulé sur lui-même. À côté de la grille, le panneau d'une agence immobilière a été couvert de peinture blanche, puis de lettres noires peintes au pochoir :

VOUS ÊTES SUR LE POINT D'ENTRER
DANS LA RÉPUBLIQUE SOUVERAINE DE
FICHEZ-LE-CAMP-DE-CHEZ-MOI

— Waouh. T'as vu ça ? dit Noah.

Mark sait qu'il est encore temps de faire demi-tour et de rentrer chez eux, mais il a besoin de cette manivelle. Son pouce rebondit sur le volant.

— Tout va bien se passer, décrète-t-il.

Il met la Jeep au point mort et éteint le moteur. La voiture avance de quelques centimètres et s'immobilise.

Noah lit la suite des instructions sur le Post-it : « Dénouer la corde qui ferme la grille. »

Mark descend de voiture. Une grosse corde nouée à un cèdre rouge maintient la barrière fermée.

— Attends ici, lance-t-il à son fils.

— Pas question. Je veux voir ça.

— Je suis sérieux, Noah. Tu restes là.

Il essaie de dénouer la corde, mais c'est plus difficile que ça n'en a l'air. Il la tord d'un côté, de l'autre, rien à faire. C'est ridicule, il doit y avoir un moyen de… Il essaie de glisser ses doigts dans les boucles. Trop serrées. Zut ! Il se redresse et examine le reste de la corde.

Noah le rejoint.

— Et si on laissait la Jeep ici ? On n'a qu'à sauter par-dessus la grille et y aller à pied.

Il est à la fois fier et irrité par sa témérité.

— Non.

— Pourquoi ?

— Parce que.

— Mais il nous faut ce truc, pas vrai ? Cette manivelle. Pour l'abri.

— Laisse-moi réfléchir.

Pas question de rebrousser chemin à cause d'un foutu nœud. Il tord les fibres de la corde et tire sur les boucles de toutes ses forces. Ses pieds en sueur glissent dans ses chaussures de marche. Il tire encore, mais perd l'équilibre et s'étale dans la boue.

Noah éclate de rire, puis s'arrête net.

— Tu ne t'es pas fait mal, papa ?

Mark se relève et essuie son pantalon.

— C'est ce qu'on appelle tomber sur le cul… mais ne répète pas ça.

— Quoi ? Le mot cul ?

— Ouais.

— D'accord.

Il se remet à tordre la corde sous le regard de son fils.

— Franchement, Noah, tu ne pourrais pas trouver autre chose à faire ?

Le garçon tourne autour de la Jeep deux ou trois fois puis secoue la barrière. Le drapeau jaune et noir claque contre le métal.

— On pourrait facilement passer par-dessus, insiste-t-il.

— Tu veux bien rester à côté de la voiture ?

Il parvient à desserrer le nœud de quelques millimètres… d'un centimètre. Un oiseau gazouille non loin.

— Tu entends ça, Noah ? dit-il, essayant de détourner l'attention de son fils de la grille. C'est une mésange à dos marron. Je n'en ai jamais entendu en ville.

Noah pose un pied sur la barrière pour tester sa résistance.

— Tu entends ? Ce *ti-di, ti-di, ti-di* ?

Mark parvient enfin à dénouer la corde. La grille s'ouvre en grinçant. Il a réussi, bordel ! L'air fier, il enlève ses lunettes et essuie son visage avec sa manche.

Noah semble déçu.

— Remonte dans la voiture.

Il redémarre et roule jusqu'au complexe hétéroclite peint de diverses nuances de vert, se fondant dans le décor de manière presque surréaliste : une ferme, une caravane, une grange et deux remises.

Ils descendent de la Jeep avec prudence. La peinture mate produit un drôle d'effet vue de près : elle a la couleur d'une feuille d'érable sans son lustre. Tout ce que rencontre son regard est peint en vert : la ferme, sa terrasse, ses escaliers, sa boîte aux lettres, la caravane, la grange et le poulailler.

— C'est un drôle d'endroit, dit Noah.

Il y a un pick-up customisé garé devant la caravane. L'arrière de la cabine a été enlevé et les deux appuie-têtes, peints de motifs camouflage. Un autocollant noir et blanc PRÉPAREZ-VOUS a été collé sur la barre anticapotage.

Mark demande à Noah de rester dans l'allée et monte les marches de la terrasse pour frapper à la porte. Il tend l'oreille mais n'entend que le souffle du vent dans les arbres. C'est le calme absolu, ce qui renforce encore l'atmosphère inquiétante du lieu. Il frappe à nouveau. Rien. Voyant son fils approcher, il lui dit de rester où il est et le rejoint.

Des rideaux épais occultent les fenêtres de la caravane et un X en scotch coloré barre la sonnette. Il frappe à la porte, sentant Noah sur le qui-vive derrière lui. Pas de réponse non plus. Bêtement, il essaie de voir à travers les rideaux, sentant l'angoisse monter en lui, puis pose la main sur l'épaule de son fils et l'entraîne à l'arrière de la caravane. La forêt paraît dense et menaçante devant eux. Une odeur florale qu'il ne parvient pas à identifier traverse l'air.

L'heure de son rendez-vous avec Harry est dépassée. Il ne sait pas quoi faire.

— Ça sent bizarre, dit Noah.

— Ouais, je sais.

L'enfant escalade un grand tas de bûches, saute à terre et s'aventure vers les arbres.

— Non, reviens ici, dit son père. On va attendre un peu.

Mais Noah a déjà disparu derrière un cèdre.

— Papa, il y a de la fumée ici ! crie-t-il.

— Quel genre de fumée ? Où ça ?

Mark renifle l'air et remarque la colonne de fumée qui s'élève du sol, entre deux cèdres rouges de l'Ouest. Son fils est penché sur une sorte de pot d'échappement qui sort de la terre. Il jette un coup d'œil à l'intérieur.

Ce n'est pas de la fumée qui sort de la terre mais bien de la vapeur. Mark s'agenouille sur le tapis de trèfles, se penche à son tour. Il y a une odeur de parfum, et il entend une sorte de battement métallique familier.

— De la lessive, identifie Noah. Ça sent la lessive.

Mark s'assied par terre et essuie ses lunettes embuées. Il y a un bunker sous leurs pieds. Il en est certain.

— Ohé ? dit-il, la bouche sur le tuyau.

— Il y a quelqu'un ? renchérit Noah, glissant sa tête à côté de celle de son père.

Ils se mettent à hurler en chœur, tels deux gamins surexcités.

— Ohéééééé !

Une voix étouffée leur répond : « Ouais ? »

— Je suis Mark.

— Qui ça ?

— Je viens chercher la manivelle.

— Quoi ?

Mark se penche plus bas, pose les lèvres sur le métal froid.

— La manivelle ! hurle-t-il.

Après un silence, la voix lui répond :

— La porte est ouverte.

Ils vont entrer dans un refuge antiatomique, songe-t-il. Un vrai ! Mais où se trouve l'entrée ? Ils s'enfoncent dans le bois, scrutant le sol. Noah ne court plus, à présent. Il avance lentement à côté de son père, esquivant les ronces. Plus les troncs se resserrent, plus la lumière se fait rare. Une marque de balisage jaune leur indique qu'ils viennent de pénétrer dans la forêt domaniale. Ça ne peut pas être si loin.

Mark est sur le point de dire à Noah qu'ils ont dû manquer la porte quand sa bouche s'assèche et que la terre se met à trembler. Il serre son fils contre lui.

— Qu'est-ce que c'est ? demande Noah.

Il regarde entre les arbres…

À une dizaine de mètres de là, dans une petite clairière, il distingue un feu de bois. Un homme brun est accroupi devant. L'Autre Mark.

— Papa, pourquoi le sol a-t-il tremblé comme ça ?

Le pas mal assuré sur le terrain inégal, il rebrousse chemin, entraînant son fils avec lui. Des branches de mûriers égratignent ses bras et s'accrochent à son pantalon, mais il ne s'arrête pas avant d'avoir atteint le tuyau.

— Reste ici, Noah.

— Qu'est-ce qui se passe ? proteste l'adolescent.

— Rien, tout va bien.

Il fait tomber une mûre écrasée de son coude.

— Je veux que tu restes devant ce tuyau.

Il fait volte-face et fonce dans la forêt, piétine un tronc décomposé et repousse des branches de sapins des épaules, à bout de nerfs. Bientôt, la clairière se dessine au loin.

Son double est toujours là, assis en tailleur devant le feu. Il se penche sur le tas de brindilles incandescentes et son visage maculé de boue s'illumine. Mark remarque une vieille cabane jaune en partie dissimulée par les arbres derrière lui.

— Hé, lance-t-il les poings levés, croyant crier mais n'émettant qu'un râle à peine audible. Hé, vous !

Il trébuche sur une racine et se retient à un tronc.

— Vous !

Il ne se résout pas à l'appeler par son nom.

Rien ne se passe. L'expression de l'Autre demeure inchangée. Mark s'élance encore vers lui.

— Que voulez-vous ? Dites-moi ce que vous voulez ou allez-vous-en !

Son double n'est plus qu'à cinq mètres de lui, Mark charge aussi vite que le permet le terrain, esquivant un tronc, puis un autre. Mais il y a quelque chose d'irréel dans ce décor, cette lumière.

— Je vous ai dit de *partir* ! crie-t-il.

Encore trois mètres. Un. Non, ça ne colle pas. Tout cela est surréaliste. Et soudain, un *bing* résonne dans son crâne. La douleur explose juste au-dessus de son œil droit. Sa nuque heurte le sol mouillé. Puis plus rien.

Quand il ouvre les yeux, un grand visage buriné l'observe.

Une douleur lancinante lui traverse le haut de la tête. Non loin, des branches remuent. Il lève la main à son front, palpe la bosse au-dessus de son œil. Il ne porte plus ses lunettes. Il y a un vieux sapin à quelques centimètres de ses pieds. Ses racines sont incrustées dans son dos. Il murmure le nom de son fils. Puis le hurle.

— Je suis là, dit Noah, s'agenouillant à côté de lui.

Mark inspire l'air riche de la forêt, regarde autour de lui et ne voit que les arbres, la terre, le ciel. Il serre Noah contre lui, avec un sentiment d'immense soulagement. L'Autre Mark l'a écouté, il est parti.

L'inconnu se redresse.

— Je suis Harry.

Il est bien rasé et son crâne rose apparaît sous ses cheveux coupés à ras. Il porte un short de sport et de grandes chaussettes. Ses bras sont courtauds mais musclés.

Mark cherche ses lunettes à tâtons dans les épines de pins. Noah les lui tend.

— Je les ai trouvées comme ça.

— Vous les avez explosées, dit Harry. Qu'est-ce qui vous a pris ?

Mark s'assied et les remet. Le monde semble soudain fendu en deux.

— J'ai trébuché.

Harry désigne le vieux sapin du pouce.

— On dirait que vous avez foncé droit dessus.

Mark se frotte le front, couvert de bouts de terre et d'écorce. Harry lui apparaît la tête collée à la taille à travers ses verres brisés.

— Qu'est-ce qui vous a pris ? répète-t-il.
— Je ne sais pas.
L'inconnu l'aide à se relever.
— Il doit bien y avoir une raison.
— C'est bon, tout va bien.
— Mouais, que vous alliez bien ou non, je n'ai aucune envie de rester planté là à faire la causette, répond l'homme, esquissant un mouvement pour s'en aller.
— Attendez. Et la manivelle ?
Mais les chaussettes blanches ont déjà disparu dans les buissons.
— Viens. Aide-moi à marcher, dit-il à son fils, passant un bras autour de ses épaules.
Les chaussettes blanches réapparaissent à quelques mètres d'eux. Luttant contre la nausée que provoquent les images fragmentées par ses lunettes, il les fixe. L'homme s'arrête devant une pruche de l'Ouest, puis, jouant des coudes, réussi à se glisser sous ses branches.
Mark et Noah l'imitent et découvrent une porte blindée encastrée dans une pente moussue. Harry tourne sa roue deux fois et un grincement évoquant le gémissement d'un animal retentit. Il tape un code sur un boîtier, écarte les jambes pour avoir un meilleur appui, ouvre la porte et descend dans l'abri.
Mark est sur le point de l'imiter lui aussi quand il remarque que Noah est très pâle. La manche de son maillot est déchirée.
— Je veux rentrer à la maison, papa.
— On va bientôt rentrer. Ça ne prendra qu'une minute.

Il s'écarte et pose la main sur le dos de son fils pour l'encourager.

Noah ne bouge toujours pas. Il a l'air terrifié.

— Je ne veux pas entrer là-dedans, dit-il.

Un bourdonnement leur parvient de l'intérieur.

— Tout va bien se passer. Je te le promets.

22.

L'endroit est faiblement éclairé mais la température est agréable. Le murmure d'un chauffage à air pulsé et le vrombissement d'un lave-linge ont remplacé le chant des oiseaux et les craquements des branches. Des effluves d'huile à lubrifier et de lessive traversent l'air. Noah est collé à Mark, dont la tête touche presque le plafond voûté de la pièce. Il y a un grand canapé le long d'un mur et une petite table entourée de chaises derrière. Des étagères couvertes d'objets se chevauchent un peu partout.

Harry verrouille l'écoutille, les coupant résolument du monde, avant de se tourner vers ses invités. Ses chaussettes sont toujours bien tirées sur ses mollets.

— Bon, dit-il.

— Bon, répète Mark.

Une liste de plusieurs pages pincée sur un porte-bloc pend d'un clou, à côté de la porte. Lui aussi est en train d'en rédiger une. Il ferme l'œil gauche et essaie de lire la première page.

— Votre garçon saigne, lui fait remarquer Harry.

Mark ajuste ses lunettes. C'est vrai. Noah a une égratignure à la mâchoire.

— Ce n'est rien, élude le garçon.

— Il vaut mieux nettoyer ça, insiste leur hôte.

— Oui. Vous avez du désinfectant ?

— Vous n'en avez pas avec vous ?

— Euh, non.

— Asseyez-vous sur le canapé, je reviens.

Harry s'éloigne vers le fond du tunnel, passant entre deux rangées de lits de camp prêts à accueillir des invités.

Le père et le fils restent debout près de la porte. Mark passe la main sur le plafond et étudie les étagères surchargées. Ses yeux glissent sur des boîtes de conserve, de serviettes en papier, de piles – AA, AAA, C, D et E. Du linge de lit roulé, un coffre à outils scintillant, trois pelles, des sacs de sable gros comme des lièvres. Des jumelles et des cannes à pêche. Un énorme bidon d'eau de Javel, un chauffage à kérosène portatif, un gros écheveau d'élastiques et d'attaches de câbles.

— On n'a pas besoin de digicode, nous, hein ? demande Noah, les yeux rivés sur le pavé numérique en inox poli percé de petits boutons jaunes.

— À quoi ça peut bien servir ?

— Je ne sais pas, dit l'enfant d'une voix tremblante. À ton avis ?

— Non, on n'en a pas besoin.

— Et pourquoi il en a besoin, lui ?

— Parce qu'il… Parce qu'il n'est pas comme nous, chuchote Mark.

— Tu veux dire qu'il est…

Harry réapparaît avec une bouteille d'eau oxygénée, une boîte en fer pleine de boules de coton et des pansements.

— Merci beaucoup, lance Mark d'une voix un peu trop forte.

— Il faut te rincer, d'abord. Tout droit et à droite.

Noah regarde son père.

— Ouais, c'est vrai. Il a raison. Rince-toi bien, d'abord, approuve-t-il, lui adressant un sourire rassurant.

Le garçon gagne le fond du refuge à contrecœur. Quelques secondes plus tard, ils entendent l'eau couler.

Harry propose une bière à son invité.

— Avec plaisir, accepte Mark, sentant que refuser ne serait pas une bonne idée.

Une fois de plus, leur hôte disparaît au fond de l'abri.

Mark remarque un masque à gaz sur une étagère, au-dessus de la table. Il hésite, puis le prend et le place devant son œil gauche afin de pouvoir lire son étiquette orange. Elle est rédigée en hébreu, mais il y a une notice en anglais agrafée à la sangle.

Importations de biens à double usage.

Cet article a été identifié comme nécessitant potentiellement une autorisation ou droit d'exportation des douanes des E.-U., s'inscrivant dans le cadre de la réglementation du trafic d'armes (ITAR) et du commerce des produits à double usage.

Il est sur le point de l'essayer quand Noah revient de la salle de bains, s'essuyant les mains sur son maillot.

— Il y a une vingtaine d'armes là-bas, murmure-t-il.

Mark repose le masque sur l'étagère et marche vers le fond du refuge en forme de T. Sur la droite, une porte entrebâillée laisse entrevoir un grand lavabo en acier et l'abattant des W.-C. et sa housse bleue à poils longs. Son ventre se serre lorsque, se penchant vers la gauche, il découvre un râtelier contenant cinq fusils aux crosses bien cirées alignés à la verticale et deux pistolets rutilants suspendus à des crochets, canon vers le sol. Harry est penché sur le réfrigérateur ouvert dans la petite cuisine située juste derrière.

Mark rebrousse chemin sur la pointe des pieds, prend le flacon d'eau oxygénée et désinfecte l'égratignure de Noah.

— Aïe ! proteste l'enfant.

— Ça va. Ce n'est presque rien.

Il ouvre un pansement Spider-Man.

— On avait les mêmes à la maison, se souvient-il.

— Tu crois qu'il a des enfants ? demande son fils.

— Non.

Il jette un regard vers les couchettes.

— Ou alors ils sont grands.

Harry revient avec un panier de linge propre dans lequel il a niché deux Indian Pale Ale. Il le tend à Mark pour qu'il se serve, puis s'installe sur le canapé et entreprend de plier des sous-vêtements gris semblables à ceux qu'il achète lui-même par paquets de douze chez Costco.

— Donc, vous êtes un ami de Lee.

— Pas tout à fait, non. Je l'ai rencontré au Great Outdoors Store.

— Et vous construisez un refuge.

— Oui.

— Pourquoi ?

Mark boit une gorgée de bière. Il n'a pas envie de répondre à cette question.

— Vous avez des enfants ? demande Noah en montrant son pansement.

— Mon petit-fils vivait avec moi, avant, répond Harry sans lever les yeux du T-shirt qu'il est en train de plier.

— Et il est où maintenant ?

— Arrête de poser des questions indiscrètes, Noah, intervient son père.

— Il me semble t'avoir déjà vu. Tu joues au baseball ?

— Ouais, et au foot. Et au basket-ball, aussi.

— Oui, c'est un bon jeu pour toi, le basket. Tu es grand.

Il pose le T-shirt plié sur la pile bien nette.

— J'ai coaché l'équipe de softball de l'école Pascal quand j'étais prof d'éducation physique.

— Vous étiez professeur ?

Mark ne sait pas pourquoi il prend cet air étonné, le gars a tout du prof de sport.

— Je vais à l'école primaire Niels-Bohr, lui dit Noah.

Harry se tape le front.

— Mais oui, on a joué contre votre équipe plusieurs fois. Je me souviens bien de toi.

Il se tourne vers Mark.

— Il est rapide, ce petit, et son bras droit est plutôt puissant.

— Il tient ça de sa mère.

— Dis, j'ai un jeu de fléchettes, juste là, dit-il en désignant l'endroit. Si tu me montrais ce que tu sais faire ?

Pendant que Noah lance les fléchettes, l'homme reporte son attention sur Mark.

— Pourquoi construire un bunker ?

Il n'a pas plus envie de lui répondre qu'à Ginny, mais il soupçonne que, comme la bière un peu plus tôt, c'est un test. Ce gars est en train de décider s'il mérite la manivelle qu'il est venu chercher. Or, Mark la veut.

— J'ai fait un rêve, dit-il à voix basse, ôtant ses lunettes. Un rêve très réaliste dans lequel ma famille était en danger. Quelque chose d'horrible se préparait et j'étais le seul à pouvoir la protéger.

Harry approche son visage rougeaud du sien.

— Quelle chose horrible ?

— Je ne sais pas.

Leurs regards se croisent, et, bien qu'il ne lui ait pas raconté toute l'histoire, bien qu'il n'ait rien en commun avec lui, cet inconnu semble plus apte à le comprendre que quiconque.

Noah récupère les fléchettes sur la cible.

— C'est pour ça qu'il faut être prêt à tout, répond Harry.

Mark acquiesce.

— Je n'arrête pas de le répéter à Muriel – mon ex-femme. Mais elle croit que je suis devenu dingue.

— Je ne pense pas qu'il soit dingue de vouloir se préparer.

Mark remet ses lunettes cassées, la tête d'Harry se déforme.

— C'est pour ça que je lis beaucoup. J'imagine qu'un homme tel que vous appréciera la démarche. Parce qu'il faut se préparer à toutes les éventualités. Catastrophes naturelles. Attaques nucléaires ou chimiques. Guerre biologique. Attaque terroriste sur nos réserves d'eau. Ce sont ces possibilités-là qui me tiennent éveillé la nuit.

« Et je vais vous dire ce qui me terrifie le plus… ce qui me fout la trouille : une impulsion électromagnétique qui grillerait tous les circuits électriques des États-Unis. Il suffirait que la Corée du Nord lance un missile nucléaire dans notre atmosphère. Ça provoquerait une onde de choc électrique et on serait tous grillés.

« Vous imaginez ? Plus de téléphones portables, plus d'ordinateurs. La moitié de la population mourrait de faim ou de maladie en quelque mois.

Il parle fort à présent. Noah se retourne.

— Ce sera chacun pour soi, poursuit Harry. C'est pour ça que j'ai équipé cet endroit d'un système de secours de faible technologie. En cas d'impulsion, je n'ai pas l'intention de me retrouver cul nu.

Mark ignore la nature du danger imminent contre lequel son double essaie de le prévenir, mais il est certain que ce n'est pas une impulsion électromagnétique. Ni rien qui provienne de la Corée du Nord.

— Vous ne pensez pas qu'il vaudrait mieux vous concentrer sur les désastres les plus vraisemblables ? demande-t-il gentiment. Les éruptions volcaniques, les tremblements de terre, les tsunamis ? Si on en croit les statistiques, ce sont des dangers plus probables qu'une attaque terroriste sur l'Oregon.

— Vous réfléchissez en scientifique. Je comprends. Mais je ne fonctionne pas comme ça. Je me fie à mes tripes. Et mes tripes me disent de *tout* envisager.

Une veine palpite dans son cou.

— Si nous vivions sur la côte Est ou dans une grande ville…, insiste Mark.

— Tout ! l'interrompt Harry en tapant son genou du poing, l'air dément, tout à coup. *Absolument tout.*

Il se reprend aussitôt et se penche sur le panier.

— Ma femme ne supportait pas d'avoir à s'inquiéter de tout. Elle trouvait ça épuisant.

Mark lui donne une petite tape maladroite sur l'épaule.

— En tout cas, vous avez choisi le meilleur endroit possible pour vous prémunir contre la plupart des catastrophes, reprend-il, se voulant rassurant, changements climatiques, guerre, maladie. Selon moi, le seul réel danger vient de la terre. Des plaques tectoniques qui sont sous nos pieds.

— Ah ouais ?

Harry prend la pile de T-shirts pliés et la dépose dans le panier vide.

— Vous êtes sismologue ?

— Oh non. Je fais de l'écologie comportementale. Mes recherches actuelles portent sur l'effet des changements géothermiques des eaux souterraines sur le comportement de la grenouille maculée de l'Oregon…

Mais Harry n'écoute déjà plus. Il regarde l'écoutille comme pour s'assurer qu'elle est bien fermée.

— Vous êtes marié ?

Mark acquiesce.

— Votre femme vous soutient ?

Il hésite, puis avoue :

— Pas vraiment.

Harry ramasse le panier de linge.

— Je vais vous chercher cette manivelle.

Mark oublie instantanément ce qu'il était sur le point de dire. Il jette un coup d'œil aux quatre couchettes, aux étagères couvertes de vivres, à l'énorme réservoir d'eau en plastique marron de la taille d'un ours brun. Il aimerait en savoir davantage sur l'ex-femme d'Harry. Voudrait lui demander si elle l'a quitté avant qu'il ne construise ce bunker, avant qu'il ne s'installe sous terre.

Harry revient avec un paquet sous vide et refuse l'argent que Mark lui tend.

— Nan, prenez-la.

Mark le remercie et ils échangent une poignée de main vigoureuse.

— Je ne vais pas beaucoup en ville, mais si vous avez besoin d'aide pour votre installation, appelez-moi.

Tendant la main à Noah, il ajoute :

— Prends soin de toi, mon garçon.

Puis, il ouvre la porte blindée et le père et le fils remontent vers le jour humide.

23.

Ginny gare sa voiture devant l'école primaire Niels-Bohr, un bâtiment en briques au toit plat. Des vélos encombrent sa double porte. D'ordinaire, le samedi après-midi, à cette heure-ci, elle s'occupe de la paperasse accumulée et rédige des e-mails. Des tas de choses l'attendent sur son bureau : l'article qu'elle aurait déjà dû rendre au *Journal de chirurgie générale*, les évaluations des internes, un plein dossier de contrats à signer. Sans compter qu'elle a au moins une semaine de retard sur ses rapports. Mais il faut qu'elle assiste à ce match de foot avec Mark. Elle s'est trop absentée de la maison.

L'air est saturé d'humidité. Elle relève sa capuche, ouvre le coffre de la voiture, en sort une chaise pliante et troque ses sabots de travail contre des bottes en caoutchouc. Un concert de sifflets s'échappe de l'école.

Rien ne semble avoir changé à l'intérieur. Elle a oublié quelle salle était touchée par le champignon, mais on a du mal à croire que le bâtiment est fermé pour travaux. À l'arrière, les terrains de foot sont maculés de flaques de boue. Au loin, la montagne sombre et auréolée de brume domine la scène, ses neiges éternelles se détachant contre le ciel gris.

Elle longe les premiers terrains fourmillant de parents en imperméables et d'entraîneurs aux mines graves et se poste sur la ligne de touche de celui où doit jouer Noah. Les deux équipes s'échauffent. Les Monarchs en maillot bleu à droite, les Aphids en rouge à gauche. Ils sautillent, font rebondir le ballon sur leurs genoux et leurs chevilles.

Elle cherche le numéro 14 du regard. Un coup de sifflet retentit et Peter et Gus, les camarades de Noah, pataugent jusqu'au centre du terrain où se trouve leur entraîneur. 8, 10, 4. Pas de 14.

Elle remarque un groupe de parents, à l'abri des arbres. Mark devrait se trouver parmi eux, assis sur une chaise assortie à la sienne, les pieds posés sur une glacière contenant la bouteille d'eau de Noah et des sandwiches au beurre de cacahuète et à la gelée. Mais il n'est pas là. Le père de Seneca (elle a oublié son nom) est au bord du terrain, mains en l'air, prêt à applaudir.

— Alleeeez les Monarchs ! hurle-t-il, lui adressant un sourire hésitant, comme s'il ne la remettait pas.

C'est alors qu'elle les voit arriver au pas de course : Mark et Noah. Son mari s'excuse auprès de l'arbitre d'un signe de la main, la mine contrite.

Les Aphids filent devant elle, se repassant le ballon et envoyant voler des touffes d'herbe avec. Mark salue les autres parents (qu'il connaît tous par leurs noms, lui) et la rejoint comme si de rien n'était. Ses lunettes sont cassées et il a une marque violacée au-dessus de l'œil droit.

— Que t'est-il arrivé ?

— Rien, ça va. Un truc idiot. J'ai emmené Noah faire du vélo. J'ai foncé dans une branche et je suis tombé.

— Et lui, il va bien ?

Elle constate que oui : au bord du terrain, son fils trépigne d'impatience. Il se penche pour repositionner son protège-mollet et lui fait coucou de la main.

— J'ai été maladroit, c'est tout.

— Tu ne portais pas ton casque ? Tu le mets toujours, d'habitude.

— Si. Mais la sangle était mal attachée. Elle s'est déclipsée quand je suis tombé.

Elle palpe la contusion du bout des doigts. La peau est froide, légèrement humide. Elle se demande s'il ment.

— Pourquoi tu n'as pas pris tes lunettes de rechange ?

Elle a beau lui parler d'un ton tranquille, rien n'est plus comme avant depuis leur dispute devant la maison.

— Je ne voulais pas perdre de temps. On était déjà en retard.

Il ôte sa veste, l'étale par terre et s'assied, les coudes posés sur les genoux.

Elle déplie sa chaise et s'installe à côté de lui. Un autre coup de sifflet retentit : l'entraîneur demande un changement de joueur et Noah rejoint son poste d'attaquant. Ils regardent le match en silence pendant quelques minutes. Les Monarchs prennent le ballon. Un coéquipier fait une passe à Noah.

— Il joue bien, dit Mark et suivant leur fils des yeux.

— Oui, dit Ginny.

Elle se laisse vite distraire par le bruissement des arbres, se tortille sur sa chaise, croise les jambes, les décroise. Sa place est ici, avec sa famille. Elle a envie d'être ici. Mais elle voudrait aussi être ailleurs. Dans sa voiture, en train de rouler vers la maison d'Edith. Elle ignorait que le sexe pouvait être… si électrique, si dévorant. Elle n'a jamais éprouvé ce besoin urgent avec Mark. Elle ne ressent presque rien avec lui.

— Parle-moi de l'abri, dit-elle. J'aimerais comprendre.

Il met un certain temps à répondre.

— Ces idiots de la fac ne financeront jamais DAMN.

Elle ravale un sourire en entendant l'acronyme.

— Tu veux dire que c'est lié à ton travail ?

— Non. Enfin, oui et non.

L'arbitre siffle la mi-temps. Les Monarchs se rassemblent autour de leur entraîneur.

— Quand on a acheté la maison, on l'a mise aux normes sismiques. On a ce générateur et tous ces bidons d'eau dans le garage…

— Ça ne suffit pas.

— Pourquoi mêler Noah à ça ? Ce n'est pas bien. Il n'a que onze ans.

— On ne peut pas le protéger de tout.

Elle avait si souvent prononcé cette phrase, quand Mark ne voulait pas que Noah essaie le football américain pour les enfants, quand il insistait pour accompagner sa classe en sortie dans les tunnels de lave de Broken Mountain, quand il avait fallu faire piquer Pepper, leur vieux chat…

Son mari remonte ses lunettes cassées sur son nez.

— Et puis, ça nous amuse de travailler ensemble. Ça nous rapproche.

— Vous êtes toujours ensemble !

— Parce que tu n'es jamais à la maison.

L'arbitre siffle un temps mort. Noah arrive en courant et demande sa genouillère à sa mère, les joues rouges et les bras couverts de brins d'herbe.

— De quoi vous parlez tous les deux ?

— De rien. Ne t'inquiète pas de ça.

Elle fouille dans le sac de Mark.

— Vous vous disputez ? insiste-t-il.

— On se disait que tu t'en sortais comme un chef.

Elle essaie de l'aider à enfiler sa genouillère.

— Tu te trompes de jambe, lui lance Mark. C'est la gauche.

— Oui, bien sûr, dit-elle.

Au coup de sifflet suivant, Noah retourne sur le terrain, non sans avoir jeté un dernier coup d'œil à ses parents qui se lèvent aussitôt pour regarder le coup d'envoi.

— J'aurais dû t'en parler avant, dit Mark.

— Oui, tu aurais dû.

— Mais c'est une chose que j'ai besoin de faire, et je veux que Noah m'aide.

Les joueurs se disputent la balle au centre du terrain. Mark applaudit et avance jusqu'à la ligne de touche. Ginny observe sa nuque, la jonction entre les boucles mouillées et la peau blanche. Remarque la terre et les morceaux de feuilles coincés dans son col, corroborant la thèse de la chute de vélo.

Elle sait qu'elle devrait insister. Qu'elle devrait chercher à savoir ce qui s'est vraiment passé. Mais elle ne le fait pas. Noah émerge de la mêlée de genoux et de coudes, la balle au pied.

— D'accord, concède-t-elle.

— Tu veux bien ? dit-il, surpris.

— À condition que Noah n'approche pas de cette pelleteuse.

Mark sourit.

— La fosse est déjà creusée. Nous allons nous attaquer aux fondations.

Leur fils est sur la ligne de milieu de terrain, prêt à tirer. Mark se hisse sur la pointe des pieds. Ginny pense à sa prochaine rencontre avec Edith, réfléchit au moyen de reprendre les choses où elles les ont laissées, s'autorise à jeter un coup d'œil vers le parking, et à la route, au-delà.

III

BROKEN MOUNTAIN

24.

Cass descend à la cuisine avec Leah et trouve M. et Mme Mehta en train de préparer du café et de chercher une poêle pour faire des œufs au plat. Ils se querellent gentiment : l'un veut laisser les jaunes, l'autre pense qu'il vaut mieux les enlever. Cela fait deux jours qu'ils l'aident à faire la lessive, la vaisselle, et s'occupent du bébé pendant qu'elle se repose. Noah est passé deux fois, lui aussi, et à chaque fois, elle lui a préparé un festin bien trop copieux pour un enfant.

Son ordinateur l'attend près de la porte, avec sa vieille dissertation augmentée des commentaires qu'elle a griffonnés dans les marges. Le point de départ de son futur livre : sa réponse à *Contrefactuels*, sa théorie du multi-univers. Pour la première fois depuis la naissance de sa fille, elle a envie de sortir un peu. De passer quelques heures devant son écran, comme lorsqu'elle travaillait à la bibliothèque de l'université. D'explorer ses embryons d'idées, de perdre la notion du temps, de s'oublier.

Ashmina – car c'est ainsi qu'elle l'appelle désormais à sa demande expresse – verse du café moulu dans le percolateur. Ses cheveux sont retenus en une longue natte souple et elle a mis une touche de blush rose sur ses joues. La regardant casser les œufs dans un bol en fredonnant, Cass se dit qu'elle peut lui faire confiance pour bien s'occuper de sa fille.

Leah debout contre son épaule, elle entre dans la cuisine et se verse un verre de jus de fruit. Le bébé se débat un peu, fait une grimace, puis renonce à lutter.

— Prête à partir ? lui demande Ashmina.

Elle boit le jus, mange les œufs et s'approche de l'évier pour débarrasser son assiette quand Leah recommence à se débattre dans ses bras, le visage grimaçant comme si elle avait mal. Cass l'emporte au salon et lui fait faire l'avion en tournant autour du canapé.

— *Chut*, *chut*, murmure-t-elle contre son oreille.

Ashmina apparaît, charriant un effluve de parfum printanier, sa chemise ample imprimée d'orchidées bouffant dans son dos.

— C'est peut-être une mauvaise idée de la laisser, dit Cass.

— Tout ira bien. Je vous le promets, lui dit sa voisine d'un ton tranquille mais ferme.

Elle prend la tétine dans le transat mais Leah la repousse.

— J'ai juste besoin d'un biberon, et vous pourrez partir, insiste Ashmina.

— Je viens de l'allaiter. Chut, chut, mon chou.

Elle parvient à glisser la tétine dans la bouche de sa fille. Elle continue à la promener jusqu'à ce que ses gémissements se transforment en gazouillements et qu'elle se détende. Bientôt, ses yeux s'arriment à une lampe du couloir et elle referme son petit poing sur le sein de Cass.

La voix de M. Mehta s'échappe de la cuisine.

— Nous avons réussi à garder notre Sammy en vie, nous devrions être capables de garder Leah quelques heures…

Ashmina tend les bras pour prendre le bébé.

— Si elle pleure, jetez un coup d'œil à sa couche. Elle ne supporte pas d'être mouillée, même un tout petit peu. Et n'oubliez pas de lui mettre de la crème avant de la changer. Elle a eu des rougeurs il y a deux ou trois jours…

Le sourire de sa voisine se fige. Elle poursuit néanmoins :

— Si elle continue à pleurer, essayer la balancelle. Ou bercez-la dans la poussette, comme ça.

Elle fait passer Leah sur son autre bras pour mimer le mouvement, puis réfléchit, craignant d'avoir oublié quelque chose.

La petite main mouillée du bébé s'accroche au col de sa chemise. Elle l'ouvre délicatement et le tend à Ashmina.

— Promettez-moi de m'appeler si elle pleure plus de dix minutes, dit-elle, enfilant sa veste et attrapant son sac.

Sa voisine est déjà devant les fenêtres du salon qui donnent sur les sapins.

— Ou même cinq minutes, lance Cass en récupérant son trousseau de clefs.

Elle se sent étrangement légère sans sa fille dans les bras ou sanglée dans son écharpe.

M. Mehta revient sur ses pas et la pousse vers la porte.

— Allez, allez.

Immobile sur la terrasse, Cass voit l'un des chats de Mark et Ginny émerger des buissons, traverser l'impasse d'un pas tranquille et disparaître derrière les arbres, de l'autre côté. Elle pense à la table du salon de thé paisible qui l'attend, à la boisson chaude qu'elle va siroter en travaillant ; s'imagine tapant ses réflexions et la liste de questions qu'elle aimerait poser à Robby, sent déjà le contact des touches du clavier sous ses doigts. Mais ses pieds ne veulent pas bouger. Elle sort son téléphone et écrit un e-mail à Amar.

Amar chéri,

Les Mehta m'ont proposé de garder Leah ce matin pour que je puisse écrire. Mais je n'arrive pas à quitter la terrasse de la maison. Comment as-tu réussi cet exploit ? Ça a dû être un crève-cœur pour toi.

Je t'aime,
Cass

Incapable de résister, elle tend l'oreille vers la porte. Au début, elle n'entend rien. Puis un gémissement étouffé lui parvient. Sa gorge se serre. Les cris se font plus stridents. Ses seins commencent à chauffer et à picoter. Non, elle ne peut pas. C'est impossible.

Elle ouvre la porte à la volée. Ashmina se lève du canapé, l'air surprise.

— Elle a faim.

— Vous m'avez dit que vous veniez de l'allaiter…

Elle lui prend sa fille des bras ; son poids, sa chaleur, l'apaisent instantanément.

— Les bébés pleurent, Cass. Je pensais que vous aviez du travail.

— J'en ai, répond-elle, la joue collée à celle de Leah. Je veux aller travailler mais je veux aussi rester.

Des larmes lui brûlent les yeux et des taches humides s'élargissent sur son soutien-gorge d'allaitement.

— Il faudrait que je me dédouble.

L'expression d'Ashmina s'adoucit.

— C'est ce que vous ressentez aujourd'hui. Ça passera.

Ça ne la rassure pas. Elle n'est même pas sûre que ce soit vrai.

— Mais on peut facilement résoudre le problème, poursuit sa voisine.

— Je ne peux pas laisser mes seins à la maison…

— Il vous faut juste un tire-lait.

— J'en ai un… Dans l'un des cartons. Une drôle de machine reliée à des tubes. Je n'ai pas compris comment ça fonctionnait.

En réalité, elle ne l'a même pas sorti de sa boîte.

— J'ai vendu trente maisons l'année où Sammy est née. Je me suis débrouillée pour trouver le moyen d'être à deux endroits en même temps…

Cass respire le duvet de Leah.

— Vous savez ce que je vous dirais si vous étiez ma fille ? Tout va bien se passer. Vous n'êtes pas la première à en passer par là.

J'ai l'impression que si, pourtant, se retient-elle de répondre.

Lorsque les Mehta reviennent cet après-midi-là, Cass a sorti le tire-lait de son étui et étalé les différentes parties sur son lit : des entonnoirs, des disques blancs souples, de longs tubes fins. Le mode d'emploi est un petit livret de cinquante pages. Après avoir tout emboîté comme il faut, elle lit *Placer la téterelle sur votre sein, le mamelon bien au centre. Démarrer l'extraction en tournant le bouton gradué vers la droite.*

Heureuse de savoir Leah en bas avec ses voisins, elle dégrafe son soutien-gorge, relève son chemisier et place sur ses seins les deux entonnoirs froids reliés à la machine par des tubes translucides.

L'extraction débute par une phase de stimulation, lorsque le cycle commence, ajustez la force de succion à votre convenance.

Elle fronce les sourcils : *Phase de stimulation* ? Bon. Elle prend son courage à deux mains, tourne le petit bouton jaune au maximum et hoquète de douleur : elle a l'impression qu'on lui broie les seins. Elle le tourne dans le sens inverse jusqu'à ce que la pression devienne supportable, horrifiée à la vue de son mamelon étiré de manière surréaliste.

Pour trouver la puissance de succion la plus confortable, augmentez la vitesse de pompage jusqu'à ce que l'extraction soit légèrement inconfortable (sans être douloureuse), puis baissez un peu.

Les biberons sont vides. Elle augmente la vitesse de succion, peu à peu, et grimace. La pompe émet des bruits d'animal essoufflé. Cela n'a rien de comparable avec la petite bouche délicate de sa fille.

Enfin, une goutte de liquide jaunâtre traverse le tube de gauche. Elle ressent les petits picotements familiers de la lactation. Bientôt le lait s'écoule également dans le deuxième biberon. Cass observe la graduation – dix millilitres, vingt –, fascinée par la substance qui a nourri Leah depuis deux mois. Et déconcertée, aussi, chaque goutte de lait faisant écho à la douleur causée par son extraction.

Tout ça pour pouvoir aller travailler, tout ça pour être à deux endroits à la fois. Sans doute est-ce la raison pour laquelle, à chaque nouvelle succion, quelque chose se relâche en elle, cède. Se scinder en deux est une bien étrange affaire.

Elle regrette de ne pas avoir de stylo pour jeter ces réflexions sur le papier ; elle a laissé son ordinateur dans le couloir. Le débit est moins rapide, à présent. Il y a près de cinquante millilitres de lait dans chaque biberon. Elle arrête la pompe, détache délicatement les entonnoirs de ses seins, ragrafe son soutien-gorge et file jusqu'à la fenêtre du couloir, en haut de l'escalier, pour récupérer son portable. Elle s'agenouille devant, l'ouvre, et commence à taper sitôt que l'écran s'éclaire.

Elle entend Ashmina chanter. Se dit qu'elle n'est pas obligée de travailler par terre, qu'elle peut sortir, se retrouver seule avec ses pensées, maintenant.

Amar chéri,

Je me suis remise à écrire. J'ai un nouveau projet. Trop énorme pour que je t'en parle tout de suite. Je suis pleine d'énergie. Je te raconterai quand tu rentreras.

Je t'aime,
Cass

Le comptoir de la cuisine est rutilant. Les deux ou trois cartons qui encombraient la cheminée du salon ont disparu et les livres qu'ils contenaient ont été rangés sur les étagères de l'entrée. Un bouquet de tournesols trône sur la table de la salle à manger, et des photos encadrées de ses parents et de ceux d'Amar accompagnés de ses frères, sont alignées sur la cheminée. Sa voisine a dû les découvrir dans un carton. Elle ne sait comment remercier ses si précieux voisins, se demande comment elle fera quand ils auront déménagé. Elle brandit les biberons pleins devant Ashmina qui les accepte avec un sourire approbateur. Noah apparaît à la porte de la cuisine, un balai couvert de poils de chien à la main. Cass le salue chaleureusement puis prend Leah des bras d'Ashmina et hume sa douce odeur de lait et de savon.

— Je vais sortir un petit moment, mon chou, lui chuchote-t-elle à l'oreille. Pas longtemps.

Elle prend une dernière inspiration et la rend à sa voisine.

— Tout est sous contrôle, lui assure Ashmina.

— Et nous sommes trois pour nous occuper de ce bout de chou, renchérit son mari.

— D'accord. Bon. À tout à l'heure, alors.

Le bébé gigote un peu mais ne pleure pas, cette fois. Ses yeux sombres cherchent sa mère puis, comme si c'était la chose la plus naturelle du monde, comme si c'était déjà arrivé des milliers de fois, un sourire émerveillé illumine son visage minuscule.

— Oh ! s'exclame Cass, le souffle coupé.

M. Mehta pince gentiment la joue du nourrisson.

— Si ce n'est pas un bébé heureux, ça !

— Tu aimes ta maman, toi, pas vrai ? plaisante Ashmina, secouant le poing de Leah en l'air. Allez, on lui dit au revoir. Bye bye, maman ! Bye bye !

Dire qu'elle pensait pouvoir partir sans difficulté. Qu'il lui suffisait de le vouloir. Elle songe aux notes qu'elle vient de prendre… Oui, elle va y arriver. Mais elle se sent si coupable. Sera-t-il toujours aussi difficile de la quitter ?

25.

Le mardi matin suivant, Samara ouvre la porte de la maison des Kells et écoute le frottement et le *clic* déjà familiers des clefs ouvrant la serrure.

— Il est rare de trouver une maison aussi bien préservée à Clearing, explique-t-elle à ses clients. Elle n'a subi presque aucune altération depuis sa construction en 1959. Vous allez avoir l'impression de remonter le temps.

Elle s'écarte pour laisser entrer le couple. L'épouse, une petite femme rondelette aux traits délicats, a déjà pris des photos de l'extérieur avec son téléphone. Le mari, un grand barbu longiligne, traverse le salon à grandes enjambées.

— Il pleut toujours autant, ici ? s'enquiert l'épouse, secouant sa veste mouillée et lissant ses cheveux.

Elle a si souvent entendu sa mère répondre à cette question que les mots jaillissent naturellement de sa bouche :

— Le temps idéal pour boire un café ou un thé au coin du feu, répond-elle en désignant la cheminée.

— Elle est au gaz ?

— Non, au bois.

Le mari tire un petit mètre de sa poche et la mesure.

— J'ai vendu plusieurs maisons de cette époque, mais celle-ci est de loin la mieux entretenue, reprend Samara, caressant le linteau en bois ciré. Elle a une âme, je trouve.

Elle n'est pas certaine de savoir ce qu'elle entend par là, mais c'est le mot qui s'est imposé à elle.

L'épouse porte un regard critique sur la pierre jaune et grise.

— Il faudra enlever tout ça… Il n'y a pas de place pour une télé, ici.

— Je pense que les anciens propriétaires en avaient une là-bas, dit Samara, se tournant vers le mur du fond pour dissimuler son irritation.

Elle se poste au milieu de la pièce.

— Et il y avait un divan à cet endroit.

Quelque chose la pousse à ajouter :

— J'ai vu la même cheminée dans le numéro de *Demeures de charme* du mois dernier…

Elle est certaine que sa mère aurait ajouté : « Bien entendu, vous pourrez faire les modifications nécessaires pour l'adapter à votre mode de vie. » Pourtant, la voix qui résonne dans sa tête la surprend, cette fois : *Si tu ne veux pas que ces gens achètent cette maison, ne la leur vends pas. Montre-leur plutôt le plain-pied de Starker Drive.*

Samara entraîne le couple dans l'escalier.

— Il y a une magnifique coiffeuse chromée dans la grande salle de bains. Et le carrelage est dans un état remarquable.

Elle entre dans la pièce et allume la lumière.

— Oh, mon Dieu, s'exclame l'épouse, du rose bonbon !

— Elle est plutôt grande, lui fait remarquer son mari. Imagine-la avec du carrelage métro blanc.

À nouveau, Samara songe que sa mère l'aurait encouragée à approuver. Oui, ce serait parfait, vous avez un goût très sûr. Mais, une fois encore, la voix la contredit :

Tu ne les aimes pas, hein, Sammy ?

Non.

Pourquoi ?

Ils n'ont aucune imagination.

Et c'est grave ?

Samara réfléchit un instant

Oui.

La femme l'observe avec une drôle d'expression.

— Allons voir les autres pièces du bas, enchaîne-t-elle, éteignant la lumière. J'ai une autre propriété à vendre qui pourrait vous intéresser dans Starker Drive. Style Arts and Crafts. Fin des années trente.

— Nous avons déjà restauré ce genre de maison-là. Nous avons envie de changer de style.

Elle leur montre les autres pièces sobrement, s'abstenant de leur désigner les détails qu'elle trouve charmants : l'alcôve du téléphone dans le hall d'entrée, les étagères à chaussures faites sur mesure dans les placards, les rangements sous l'escalier…

Puis, elle les abandonne dans le garage afin qu'ils puissent discuter un moment et retourne seule à l'intérieur. À nouveau, elle est frappée par la ressemblance de cette maison avec celle de ses parents autant que par ses différences. En l'absence de mobilier, les lignes architecturales ressortent davantage. Le plan rectangulaire de la salle à manger et du salon séparés par la grande cheminée en pierre. La cuisine fonctionnelle orientée vers le soleil du matin, à l'écart des bruits de la route. Sans meubles, ni lampes, ni coussins, ni chlorophytums et piles de romans policiers, il est plus facile d'apprécier l'intention de l'architecture. L'esprit des lieux. De comprendre à qui ils étaient destinés.

Samara s'arrête dans la chambre parentale qui sent légèrement le nettoyant à l'orange. Elle repense aux mains chaudes de Shawn sur ses hanches quand il l'a adossée au mur du placard. À sa suggestion concernant la maison. Devrait-elle l'acheter ? L'idée est-elle si dingue ?

Elle s'attend à ce que la voix lui réponde : *Bien sûr que oui ! Tu n'es pas supposée rester à Clearing, Sammy. Ta vie est ailleurs.* Mais sa mère se contente de lui demander : *Tu crois vraiment que cette maison a une âme ?*

Elle est surprise quand ses clients la rejoignent et lui annoncent qu'ils sont prêts à faire une offre d'achat.

— Je croyais qu'elle ne vous plaisait pas.

— L'agencement n'a aucune importance, explique le mari. La surface nous convient, et nous sommes dans le bon secteur scolaire.

Leur offre est inférieure au prix de vente, mais de cinq mille dollars, seulement. Elle devrait sauter de joie : Samara représente le vendeur et les acheteurs, ce qui lui garantit une commission de six pourcents ; mais c'est d'un pas lent et soucieux qu'elle gagne sa voiture pour chercher les formulaires dont elle a besoin pour rédiger la proposition. Le vent s'est levé, des feuilles mortes tourbillonnent dans le jardin. *Le plain-pied*, lui souffle la voix.

De retour à l'intérieur, elle leur demande :

— Vous êtes sûrs de ne pas vouloir voir la maison des années trente ?

— Non, c'est celle-là que nous voulons, répond la femme, échangeant un sourire avec son époux.

Ils paraissent si sûrs d'eux, si satisfaits. Sa mère a raison : elle n'aime pas ces gens. Ils vont casser le carrelage rose, murer l'alcôve de l'entrée et se débarrasser des belles poignées mélaminées des placards de la salle de bains. Quand ils auront terminé, cette maison sera comme toutes les autres. Générique. Banale.

Elle pose le document à signer sur le comptoir de la cuisine et baisse les yeux sur la marque laissée par le piano de Mme Kells sur la moquette. Elle revoit ses mains voleter au rythme du métronome. La lumière vacille, les arbres se balancent derrière les baies vitrées. Sa mère s'est tenue devant des baies identiques, un jour. Elle portait une robe imprimée de tournesols et écoutait de la musique, ondulant, une pince à grillades à la main – « Laisse ton livre, Sammy. Viens prendre l'air. »

Cass travaille dans sa chambre à côté de Leah installée dans son transat électrique, la boîte à musique à plein volume. Des courants d'air traversent la maison. Un rayon de soleil caresse brièvement la fenêtre. Son idée commence à prendre forme. Sa théorie du multi-univers. Elle a réussi à formuler ses pensées en phrases intelligibles. Chaque fois qu'elle doute de sa capacité à accomplir ce travail colossal et potentiellement avant-gardiste, elle pense à Robby, aux questions qu'il lui posera la prochaine fois qu'ils se verront, à ses encouragements.

Le sol se met à trembler. Encore une de ces secousses qui proviennent des entrailles de la montagne. Elle a un goût métallique dans la bouche. Le même que celui qu'elle a déjà eu pendant sa grossesse. Un bruit émane du couloir. Quelqu'un fredonne. Elle tend l'oreille, les mains figées au-dessus du clavier de son ordinateur. C'est sans doute le vent. Non. C'est un air de musique. Il lui évoque les chansons que fredonnait son père lorsqu'il bricolait dans la cave. *Tuesday Afternoon*, ou *A Whiter Shade of Pale*.

— Qu'est-ce qui peut bien faire ce bruit, mon chou ? demande-t-elle à Leah.

Elle la prend dans les bras. Les petites mains se referment aussitôt sur sa queue-de-cheval.

— Aïe !

Elle écarte ses doigts un à un pour libérer ses mèches.

— Qui ça peut bien être ? chantonne-t-elle en sortant de la chambre.

Elle s'arrête devant l'escalier. Le bruit vient du fond du couloir. De la chambre de Leah. Mais c'est impossible, sa fille et elle sont seules à la maison, avec le chien.

Le babyphone. Il a dû capter une onde radio, ou le signal d'un autre babyphone. Elle jette un coup d'œil sur son bureau. Les petits voyants verts sont allumés. Elle éteint l'appareil, mais le bruit ne fait que s'estomper. Est-elle en train de l'imaginer ? Sa fille lui donne des coups de pied dans les hanches en gazouillant. Cass s'immobilise.

Oui, elle l'entend toujours.

La peur au ventre, elle appelle le chien et l'envoie dans son panier, au coin de la chambre.

— Reste ici, Bear. Reste avec le bébé.

Elle sangle Leah dans sa balancelle et retourne dans le couloir. Le vent s'est intensifié. De la grêle tambourine contre les fenêtres. Et néanmoins, derrière le bruit du vent, derrière le bruit des grêlons, quelqu'un fredonne.

La chambre de Leah est entrouverte. Elle avance de quelques pas et entend distinctement :

Tuesday afternoon…
Something calls to me,
The trees are drawing me near

L'espace d'une seconde, elle soupçonne son père d'être venu lui rendre une visite surprise. Il sera entré sans sonner et monté l'attendre ici.

Non, c'est une voix féminine qu'elle entend.

Elle avance encore un peu, jette un coup d'œil dans la chambre…

La femme qui est assise dans le rocking-chair n'est pas réelle, c'est évident.

Parce que c'est à un double d'elle-même que Cass fait face.

Un double qui lit des pages imprimées tout en caressant son ventre rond moulé par son T-shirt. La grêle fouette la fenêtre de l'escalier. *Clac-clac-clac.*

Elle ne bouge pas, ne dit rien. Debout sur le seuil de la chambre, elle s'attache aux petits détails qui clochent. Les yeux noirs et le nez fin de la femme. Le pli des cheveux. Sa manière de pousser sur ses talons pour envoyer le fauteuil en arrière.

Ça ne lui ressemble pas. Ses yeux, ses cheveux et sa peau sont plus clairs. Elle est une version un peu plus délavée de cette autre Cass. Une photo surexposée. Son double est une splendeur polychrome en comparaison. Même au repos, on la devine agile et sûre d'elle. Gracieuse.

Or, *gracieuse* n'est pas un mot qu'elle emploierait pour se décrire. Ni même *sûre* d'elle. Pas depuis la naissance de Leah, en tout cas. Elle n'a rien de commun avec cette femme, en dehors de cette manière de caresser son ventre. Il n'y a pas si longtemps, celui de Cass était tout aussi gros.

Un sanglot lui parvient de l'autre chambre. Leah ! Soudain, elle sent la truffe de Bear contre le creux de ses genoux. Elle le repousse d'un geste. Le temps de relever les yeux, la femme s'est évaporée.

Elle ouvre la porte en grand. Le rocking-chair est immobile.

Le bébé hurle, à présent. Envahie d'une peur irrationnelle, elle traverse le couloir en courant. Ce n'est rien. Leah a fait tomber sa tétine.

Elle retourne dans l'autre chambre : le fauteuil à bascule est toujours vide. La grêle s'est arrêtée de tomber. Allons, se dit-elle, la maternité t'a fait perdre la tête. Pourtant, elle se sent bien, en ce moment. Depuis qu'elle a vu Robby à l'hôpital, elle se sent plus dynamique, plus présente. Soudain, une idée lui traverse l'esprit : la femme assise dans le rocking-chair était enceinte. Et si… ? Non, ce n'est pas possible.

À moins que…

Elle fait le calcul. Combien de rapports Amar et elle ont-ils eus depuis son accouchement ? Deux ? Plus une fois la veille de son départ – trois ? Non, c'est impossible…

26.

Des gouttes de pluie explosent sur le pare-brise de Ginny. Elle attend une accalmie pour courir jusqu'à la petite maison jaune. Pour la première fois en douze ans de carrière, elle a annulé ses trois dernières consultations. Elle était incapable d'attendre cinq heures et demie pour voir Edith. Elle ne cesse de penser aux moments passés sur son canapé, dans sa baignoire, dans son lit. Et à ces secondes volées entre deux patients, dans l'ascenseur, sur le chemin de la cafétéria ou dans le couloir entre le service de chirurgie et le bloc.

Un collègue lui a prêté son chalet. Elles vont pouvoir passer toute une nuit ensemble. Elle sursaute en entendant la portière passager s'ouvrir. Edith s'assied à côté d'elle, le visage luisant de pluie.

— Qu'y a-t-il ? s'inquiète Ginny.

Edith écarte une mèche de ses yeux et essuie ses mains sur son jean.

— Il faut que je te parle.

— Tu n'as pas pris tes affaires ?

— Je ne suis pas sûre d'avoir envie d'y aller.

— Le chalet se trouve au bord du lac Sparrow. Tu n'y es jamais allée, pourtant, si ?

— Quand nous parlions au téléphone, hier soir, ton mari est entré dans la pièce. Tu as couvert le micro mais j'ai entendu sa voix.

— Tu savais que j'étais mariée…

— On va le faire souffrir, Ginny.

Son expression est douloureuse.

La pluie s'écoule en petits ruisseaux sur les vitres.

— Mark et moi sommes dépendants l'un de l'autre, mais ce n'est pas de l'amour.

Elle pense à leurs doubles heureuses et rieuses, surprises dans sa cuisine.

— J'ai mis du temps à le comprendre.

— C'est incroyablement triste.

— Je veux juste dire que je n'avais rien connu d'autre. Avant toi.

— Dans ce cas. C'est bien pour toi. Mais je ne pense pas que tu aies vraiment songé à la place que je suis supposée tenir dans le tableau. Et je ne suis pas certaine que tu sois en mesure de m'en trouver une.

Ginny ne répond pas. Elle s'avachit dans son siège.

— J'aimerais que tu le sois, ajoute son amie.

— Je vais tout faire pour.

Edith secoue la tête et lui sourit.

— On en reparlera plus tard. Je rentre, maintenant.

La voyant remonter sa capuche, Ginny panique. Si elles ne vont pas au chalet, elle va devoir rentrer. Noah dort chez un ami. Elle se voit dînant seule avec Mark à la table de la cuisine, dans une maison silencieuse.

Elle retient Edith par le bras.

— Je ne peux pas revenir en arrière. Nous sommes destinées à vivre ensemble. Je le sais, dit-elle, songeant à sa vision.

Mais après le départ de son amie, le doute la saisit. Elle démarre et reprend la route de Clearing. Le vent s'est intensifié. Des grêlons s'abattent soudain sur la voiture, l'obligeant à ralentir. Les paroles d'Edith résonnent dans sa tête.

La grêle s'arrête à l'instant où elle s'engage dans sa rue couverte de petits glaçons étincelants. Sa voisine – elle oublie toujours son nom – est sur sa terrasse avec son chien noir touffu. Elle regarde le ciel, puis descend pesamment l'escalier.

Ginny se gare et voit trois dindes émerger des buissons. Le chien s'élance vers elles, faisant tomber sa maîtresse.

Elle court lui porter secours.

— Vous allez bien ?

Sa voisine ne se relève pas, elle se tient le bras comme si elle avait mal. Le chien a disparu dans la forêt derrière les volatiles, sa laisse traînant derrière lui. Sa voisine l'appelle :

— Bear, reviens !

Sa voix se brise. Elle semble au bord des larmes.

— Bear !

Ginny lui tend la main et l'aide à se relever.

La femme appelle encore son chien, une main sur son gros ventre. Sa veste est déchirée au coude.

— Restez ici, dit Ginny en l'installant sur sa propre terrasse. Je vais le chercher.

Elle remonte sa capuche et se dirige vers la forêt. L'odeur d'épines de pins et de terre mouillée lui emplit les narines. Elle fait le tour des mûriers et fouille le sous-bois du regard. D'ici, elle peut voir l'arrière de sa maison et la fosse sombre que Mark a creusée dans leur jardin. Un carré de ciment gris recouvert de grêlons en tapisse le fond. Elle n'a pas envie de le regarder, mais elle ne peut s'en empêcher.

— Bear ? appelle-t-elle.

On n'entend que le bruit de ses pas sur les brindilles. Elle contourne la maison des Mehta et le découvre en train de se rouler dans un tas de feuilles jaunes, dans leur jardin.

Elle descend la pente, se retient aux troncs d'arbres pour enjamber des rondins couchés par terre, attrape la laisse du chien et le tire en arrière.

Sa voisine gronde son chien puis lui caresse la tête.

— Vous vous êtes fait mal au bras, dit Ginny. Venez. Je vais y jeter un coup d'œil.

Elle l'invite à entrer, pousse le chien dans le garage et attrape sa boîte à pharmacie dans le placard de la buanderie. Après quoi, elle leur tire deux chaises.

— Excusez-moi, Mark m'a dit votre nom mais je l'ai oublié.

— Cass.

— Bien, Cass, je vais examiner votre bras.

Sa voisine se débarrasse de son imperméable trop grand en grimaçant. Son avant-bras est égratigné.

Ginny choisit un flacon d'antiseptique et lui prend la main. Elle est froide.

Cass ferme les yeux et se masse le ventre pendant que Ginny nettoie sa blessure.

— Vous pensez qu'il va bien ? demande-t-elle.

— C'est un garçon ?

— Oui.

— Je pense qu'il va bien.

Elle met un peu de Neosporin sur l'égratignure et l'enveloppe avec un bandage.

— Je ne le sens plus bouger, insiste Cass, enfonçant un peu son doigt dans son ventre. D'habitude, il donne beaucoup de coups de pied…

— Attendez quelques minutes. Il doit dormir.

— D'accord, dit-elle, toujours inquiète. Mon mari ne rentrera pas avant la semaine de l'accouchement. Je ne sais pas ce qui nous a pris. On pensait que tout irait bien, mais c'est loin d'être le cas.

Des larmes grossissent dans ses yeux.

— C'est votre premier ?

— Ça se voit tant que ça ?

Elle s'essuie les yeux.

— Je n'ai aucune idée de ce qui m'arrive.

Ginny se souvient de cette sensation. Le jour de sa césarienne, assise dans le siège passager de la voiture, les mains sur son ventre, son cœur battait à tout rompre. Ce n'était pas l'opération qui lui faisait peur. Elle connaissait tous ces gestes chirurgicaux pour les avoir pratiqués pendant son internat. Non, c'était ce qui suivrait qui l'angoissait. L'idée de devenir mère.

Mais Mark était là. Il était persuadé que ça se passerait bien et y avait veillé, s'occupant de tout et achetant les meilleurs siège auto, poussette et chaise haute possibles. Un mois avant son terme, son sac d'hôpital était bouclé. Tout y était : brosse à dents, dentifrice, pantoufles souples, iPod et écouteurs, biscuits apéritifs et noisettes, bouteilles d'eau… Ce jour-là, après l'avoir installée dans la voiture, il lui avait souri. « On est prêts », avait-il déclaré, l'air si enthousiaste et sûr de lui qu'elle l'avait cru sur parole.

— Tenez, dit Ginny en ouvrant le réfrigérateur.

Elle lui verse un verre de jus d'orange.

— C'est ce que je faisais quand je ne sentais plus Noah depuis un moment. Le sucre devrait le réveiller.

Cass boit le jus et elles attendent en silence dans la maison immobile.

Le vent est retombé et la pluie clapote sur le toit. Ginny imagine Edith dans sa chambre, vidant le sac qu'elle a préparé pour leur nuit au lac Sparrow.

Cass pose les mains sur son ventre, la tête inclinée sur la droite. Un sourire finit par éclairer son visage.

— Je sens son genou ou son coude contre mes côtes.

27.

L'odeur de terre mouillée et de ciment frais enveloppe Mark quand il descend dans l'abri en construction. Il ramasse un parpaing, sent ses arêtes rugueuses s'imprimer dans ses gants de cuir, et le met en place.

Noah gratte le surplus de mortier avec sa truelle.

— Comme ça ?

— Exactement.

Mark lui montre comment se servir du niveau et remplir les parpaings de mortier. Ils évoluent sur la sciure qu'il a étalée par terre pour absorber la boue laissée par l'orage de la veille.

L'idée que son fils aurait pu passer l'après-midi avec Livi – l'école est toujours fermée et elle l'a invité à jouer au bowling – et qu'il a préféré être là, accroupi par terre avec son père, lui procure un sentiment de plénitude et de solidité. Plus il se sent fort, plus l'Autre Mark lui paraît faible.

— Tu penses que tu pourrais ramener la brouette par ici ? demande-t-il à Noah. Elle est plutôt lourde.

Le garçon traverse le jardin en vitesse, parvient à soulever les poignées de la brouette pleine de parpaings et la pousse sur le gazon, l'air déterminé, les épaules crispées par l'effort. D'où lui vient une telle force ? se demande Mark, émerveillé que cet enfant soit le sien. Et pourtant, il connaît bien cette expression, lèvres pincées, yeux plissés, menton pointé vers l'avant : c'est celle qu'il arborait quand il faisait ses premiers pas.

Noah repose la brouette et regarde son père poser le parpaing suivant.

— Pourquoi maman ne veut pas qu'on construise l'abri ?

Il fait un vague geste de la main.

— Ne t'inquiète pas de ça, c'est mon affaire.

Son fils a soudain l'air gêné.

— Ta mère n'apprécie pas... qu'on ravage son jardin.

— Elle ne veut pas penser aux mauvaises choses qui pourraient arriver, rétorque Noah, en enfonçant la truelle dans le mortier.

Il est en colère. Mais pas après lui. Après Ginny. Mark a l'impression qu'une ligne vient d'être tracée. Que Noah et lui sont d'un côté, et Ginny de l'autre. Et si la loyauté de Noah le touche, il n'est pas à l'aise avec l'idée d'être séparé de sa femme.

— C'est à cause de son travail, explique-t-il. Elle a l'habitude de résoudre des problèmes immédiats.

— Je sais.

Mark soulève un autre parpaing et le met en place. Son fils le recouvre de mortier qu'il étale avec la truelle. Au-dessus d'eux, les pins se balancent dans le vent.

— Pourquoi tu te laisses pousser la barbe, papa ?

— Tu n'aimes pas ?

L'enfant le dévisage.

— Tu as l'air…

Mark se redresse.

— D'un homme des montagnes ?

Noah fait non de la tête.

— D'un homme sage, alors ? D'un gourou ?

Il prend une mine sérieuse et remonte ses lunettes sur son nez.

— C'est quoi un gourou ? questionne son fils.

— Un professeur. Un homme qui dispense sa sagesse.

— Alors, non…

Mark éclate de rire.

— Tu as raison.

— Tu as juste l'air… différent.

Son fils lui tend la truelle et ils s'accroupissent devant le nouveau mur pour en inspecter les joints. Ils ont les cheveux et les vêtements couverts de poussière grise ; les baskets du garçon sont maculées de boue sèche et les mains de Mark, incrustées de terre.

— Mais tu as toujours l'air d'un papa, ajoute Noah.

Le père de Samara est assis par terre, dans sa chambre, au milieu d'un tas de vêtements ayant appartenu à sa mère : robes aux couleurs vives, pulls amples, écharpes soyeuses et jupes à fleurs. Il ramasse une robe de la couleur de l'herbe fraîche et la repose.

Elle s'agenouille à côté de lui et attrape une jupe imprimée de roses et de moineaux.

— Pourquoi ne m'en a-t-elle pas parlé ? De la maison au Costa Rica ? De votre projet de déménager ?

Il brandit une écharpe bleue diaphane que les rayons du soleil font scintiller.

— Elle voulait attendre un peu.

— Pourquoi ?

— Quand nous avons acheté la maison, tu venais de finir l'université. Nous n'avions pas l'intention de partir avant que tu te sois installée. Elle voulait que tu puisses rentrer à la maison, au besoin.

— Elle savait que je finirais par revenir.

— Tu lui ressembles beaucoup.

Non, c'est faux. Elles n'ont rien en commun, pense Samara.

— Elle était douée pour tellement de choses. Et toi aussi. Elle attendait que tu trouves ta voie.

C'est vrai, elle ne cessait de lui poser la question. Mais Samara est toujours incapable d'y répondre. Pourtant, une image s'impose : elle se revoit dans une pièce parquetée, hissée sur la pointe des pieds, un rouleau de peinture à la main.

— Et puis, elle est tombée malade.

— Et puis, elle est tombée malade, répète son père, l'écharpe toujours à la main, une expression de douleur si crue sur le visage que Samara détourne les yeux.

Elle qui pensait que ça ne lui faisait rien de jeter toutes ces choses.

Elle avait tort aussi pour le Costa Rica. Ça lui fera du bien de quitter cette maison. D'aller observer les oiseaux tropicaux. Elle a honte d'avoir si peu pensé à lui ces quatre dernières semaines. Elle aimerait se rattraper, mais a l'impression de vouloir saisir une corde effilochée qui a déjà cédé. Elle songe au jour où son oncle les a emmenés faire une promenade en hors-bord sur le lac Sparrow. Un jour d'été chaud et sec. De vagues effluves d'incendie de forêt flottaient dans l'air. Elle devait avoir douze, treize ans, portait un maillot de bain bustier avec une bande blanche. Son oncle avait attaché une grosse bouée à l'arrière du bateau. Elle ne voulait pas s'asseoir dessus mais, à force de moqueries, son cousin avait réussi à la persuader de le rejoindre. Le bateau avait commencé à rebondir sur les vagues, puis avait viré de bord d'un coup. Son cousin était tombé à l'eau dans un énorme *splash*, mais elle avait tenu bon. Elle s'était accrochée de toutes ses forces à la poignée de la bouée jusqu'à ce que ses doigts deviennent blancs, le gilet de sauvetage coincé sous les bras.

Sa mère aussi était tenace – elle l'avait été jusqu'à la dernière minute. Samara plie la robe et prend le foulard des mains de son père. C'était l'un des préférés de sa mère quand Samara était petite. Enfant, elle jouait avec – palper le tissu, le passer sur ses lèvres – quand elle était sur les genoux de sa mère.

Elle le plie également et le pose sur la robe.

— Je crois que tu as raison de partir, dit-elle à son père. Ça te fera du bien.

Il pose la main sur son épaule.

— La maison est payée, tu sais. Dès que j'aurai signé les papiers, l'argent sera à toi.

— De quoi parles-tu ? Elle n'est même pas sur le marché.

— Ta mère a promis aux Lenov qu'ils pourraient nous faire une offre si nous décidions un jour de vendre.

Samara ouvre la bouche pour protester, puis se ravise. Elle est soulagée. Elle n'aura pas à entraîner des clients à travers la maison de ses parents, à les écouter critiquer la couleur du carrelage ou de la moquette. Ni à négocier le prix de vente avec un autre agent. Elle n'aura pas à traverser les pièces vides, à laisser une clef et la télécommande de la porte du garage sur le comptoir de la cuisine, ni à fermer la porte d'entrée pour la dernière fois.

Ils auraient dû la prévenir de leur projet de vendre la maison pour aller vivre à l'étranger. Mais ils avaient toujours été cachottiers. Ils savaient que leur fille détestait le changement. Ils la protégeaient.

— Pourquoi vous ne m'avez pas réveillée, ce matin-là, à l'hôpital, quand maman et toi avez décidé de tenter l'opération avec le Dr McDonnell ?

Il soupire.

— Nous aurions dû. S'il y a une erreur à déplorer dans tout cela, c'est celle-ci. Je suis désolé, Sammy.

Elle prend la pile de vêtements et la range dans un carton vide.

— Je ne peux pas accepter cet argent. Tu en auras besoin là-bas.

— J'ai tout ce qu'il me faut sur mes comptes retraite.

— Vous m'avez déjà beaucoup aidée. Trop. Avec mes études, ma licence d'agent immobilier…

— C'est ce que ta mère voulait.

— Et que voulait-elle que j'en fasse ?

Elle aimerait que la voix de sa mère réponde, mais elle demeure silencieuse.

— Je ne sais pas, répond son père. Mais je sais qu'elle pensait être là pour voir ce que tu allais décider.

28.

De retour du travail, Ginny appelle son mari et son fils, mais personne ne répond. C'est étrange de se retrouver à la maison sans eux. Elle allume la cuisine. Le lave-vaisselle est ouvert et à moitié vidé. Le comptoir moucheté de miettes de pain. Un panier débordant de vêtements boueux bloque l'entrée de la buanderie. Mark est toujours si ordonné en temps normal qu'elle a l'impression de s'être trompée de maison.

Elle prend son téléphone et regarde la douzaine de messages qu'Edith et elle se sont échangés la semaine passée ; tous si tendres et idiots qu'on les croirait écrits par d'autres. Elle arrive au dernier :

Quand puis-je te voir ?

Resté sans réponse, celui-là.

Ginny enlève sa veste, ses sabots et avance vers l'escalier. Un goût métallique lui pique la langue. Elle sent une violente secousse sous ses pieds…

Edith apparaît au milieu du salon en tenue de jogging. Le tissu de son pantalon bruisse alors qu'elle étire une jambe, puis l'autre.

— Qu'est-ce que tu fais ici ? croasse Ginny.

— Il est encore dehors.

— Qui ça ?

Edith ne la regarde pas. Elle se comporte comme si elle n'avait rien entendu. Une voix l'appelle de l'escalier.

— Qu'est-ce que tu as dit ?

La sienne. C'est sa propre voix qui résonne dans la maison.

Ce n'est pas réel, songe-t-elle. C'est un effet secondaire de son traitement.

— Regarde, il est encore dans sa voiture.

La jumelle de Ginny rejoint l'autre Edith à la fenêtre. Elle porte sa tenue d'hôpital et exhale une odeur de café et de chlore. Son bipeur, son téléphone et ses pinces chirurgicales sont encore clipsés à sa taille.

— Je vais lui parler.

— Non. N'y va pas. Ça ne va faire qu'envenimer les choses.

— Quand même…

Ginny regarde la Jeep de Mark, garée sur le trottoir luisant. Elle met une minute à le repérer à l'intérieur à cause de la lumière du réverbère réfléchie par le pare-brise. Il est assis au volant. Lui ou un homme qui lui ressemble. Le véritable Mark est chez Home Depot, ou Safeway, avec Noah. Ce Mark-là a le visage strié de boue. Sa bouche n'est qu'une ligne sombre et il balance la tête nerveusement.

— Réjouissons-nous que Noah ne soit pas avec lui cette fois, dit la jumelle de Ginny.

— Ça commence à devenir inquiétant. Ce n'est pas une réaction normale à une séparation d'aller vivre dans une tente en pleine forêt et de rester garé devant votre ancienne maison pendant des heures…

— Ignore-le. S'il ne part pas, on appellera la police.

Sa jumelle s'éloigne de la fenêtre et retourne dans l'entrée.

Les phares de la Jeep s'allument.

— Il s'en va, annonce Edith.

— Bien.

Elle rejoint l'autre Ginny au bas de l'escalier.

— Je comptais aller courir, mais je vais rester.

— Tu veux bien ? dit sa jumelle reconnaissante. Je suis claquée. Noah va rentrer d'une minute à l'autre. Évitons de lui en parler…

— Bien sûr, répond Edith en lui caressant le bras. Tout va bien se passer.

— Tu crois ?

— Oui. Je vais nous commander une pizza. Celle que Noah aime, avec de l'ananas.

Son double se détend.

— Bonne idée.

Elles se rapprochent l'une de l'autre. Leurs fronts se touchent.

Ginny écoute leurs pas dans l'escalier. La voiture n'est plus dans l'allée. Elle sait que le Mark qui était assis dans la Jeep n'était pas réel, et néanmoins, l'image de son visage crasseux refuse de disparaître.

Le chien de Cass aboie, puis se tait. Ginny tourne le dos à la rue et va ouvrir les portes coulissantes du jardin arrière. La fosse a été remplacée par une structure en béton. En l'espace de quelques jours, Mark a réussi à construire son bunker. Le sol et les murs sont là, il ne manque que le toit. Un entrelacs de tuyaux et d'outils a été abandonné dans la boue devant l'entrée.

Elle a la nausée à la seule vue de ce bloc hideux. À l'idée qu'elle l'a laissé faire. Elle aurait dû l'arrêter quand il en était encore temps. Cette verrue dans son jardin la remplit de honte. Elle referme les portes, sort son téléphone de sa poche et hésite. Elle sait qu'elle ne devrait pas écrire à Edith. Mais elle ne peut pas s'en empêcher.

S'il te plaît. Laisse-moi te rejoindre, où que tu sois.

Elle attend dans la lueur bleue de l'écran. Attend encore.

La réponse arrive, presque magique : Edith a bientôt fini son service, elle lui propose de la rejoindre à l'hôpital.

Le soleil disparaît derrière la montagne. Les murs de l'abri et les arbres qui l'entourent deviennent des formes indistinctes. Le grésillement des insectes emplit l'air. Noah se frotte les yeux. Ils ont travaillé dur toute la journée. Il a le visage maculé de boue et la poussière de ciment a rendu ses cheveux rêches.

Mark aussi est fatigué. Il a les épaules douloureuses à force d'avoir déplacé les parpaings, les poutres en acier et la porte blindée. La sueur qui perle sur sa barbe naissante lui chatouille les joues.

— On a presque fini, annonce-t-il.

Il allume la lampe baladeuse accrochée à un arbre et un halo jaune enveloppe le chantier. Il aligne les poutres sur l'herbe mouillée, puis les attache au crochet de la petite grue qu'il a louée pour la journée ; un engin tentaculaire qui évoque une araignée-loup géante.

Il indique à Noah l'endroit où se poster afin qu'il puisse les mettre en place. Son fils enfile un casque, des lunettes de protection et des gants.

— Suis les lignes dessinées à la craie, comme je t'ai dit, d'accord ?

Noah bâille une fois de plus et acquiesce.

Mark fait démarrer la grue qui se met en branle avec un grondement assourdissant. Des gaz d'échappement tourbillonnent autour d'eux. Ils toussent.

Il s'installe aux commandes, se gratte la barbe et empoigne les leviers de ses deux mains gantées.

Ginny entend un clic – quelqu'un vient d'ouvrir la porte de la salle de garde. Ont-elles oublié de fermer à clef ? Une silhouette se dessine dans l'entrée.

— Docteur McDonnell ? demande une voix hésitante dans l'obscurité. Vous êtes là ?

Ginny savoure la chaleur du corps d'Edith contre le sien. Aucune d'elles ne bouge. Elle distingue le Dr Harper mais lui ne peut pas la voir. Il est encore temps de… De quoi ? Se cacher ?

Son corps alangui par le désir se glace soudain. Elle sent la sueur couler le long de son dos tandis qu'il cherche l'interrupteur. D'un coup, la lumière bleuâtre inonde la pièce, les exposant, allongées sur le lit, leurs pantalons descendus jusqu'aux genoux. Leurs cœurs tambourinant à l'unisson, elles regardent le visage mortifié de leur collègue.

Edith remonte le drap fin sur son corps.

— Docteur McDonnell, dit son interne, fixant un point sur le mur. Nous vous avons bipé. Il y a un problème au cinquième étage…

Des sabots claquent dans le couloir, derrière lui. Ceux du Dr Dawson accompagné d'une infirmière de garde. Ou pire, d'un chirurgien. La porte est encore grande ouverte.

Brusquement, Harper éteint la lumière et referme la porte.

« Elle arrive », l'entendent-elles lancer.

Ginny bondit alors tel un animal effrayé ; comme lorsqu'elle était interne et qu'un supérieur lui aboyait un ordre ou qu'une infirmière lui adressait un reproche injustifié. Tremblant de tous ses membres, elle se détourne d'Edith et ouvre un placard si violemment que sa porte rebondit contre le mur. Elle prend un pantalon et une casaque propres et s'habille tant bien que mal.

Le Dr Harper n'a pas précisé de quel patient il s'agissait. C'est sans doute le professeur Kells. Elle cherche son bipeur et son téléphone. Ne les voit nulle part. Ni sur le bureau, ni dans l'armoire, ni par terre.

Elle a perdu ses chaussettes, aussi. Elle enfonce ses pieds nus dans ses sabots, les joues en feu.

Elle se remémore les paroles d'Edith dans la voiture. Elle avait raison : il est temps qu'elle pense un peu aux autres.

— Je suis désolée, dit-elle avant de sortir.

Il fait nuit dans le jardin, à présent, et l'air est chargé de gaz d'échappement. Mark arrive tout juste à distinguer les manettes à la lueur de la lampe. Il pose la dernière poutre et il a terminé ; son fils est dans l'abri, prêt à le guider pour la mettre en place. Tout son corps vibre avec la grue alors qu'il actionne son bras, aussi lentement que possible, la poutre en équilibre sous le gros crochet, puis l'abaisse, peu à peu, veillant à ne pas l'approcher trop près de Noah, sans trop l'éloigner du but.

Il est si concentré qu'il ne sent l'horrible goût qui a envahi sa bouche qu'au moment où il remarque un mouvement derrière son fils…

Une forme traverse la lumière… une silhouette. Non ! L'Autre Mark émerge de la forêt, à quelques mètres de Noah. Il a les épaules voûtées dans sa veste crasseuse et les cheveux hirsutes. Le levier tressaute dans sa main. La poutre penche. Il essaie de la redresser mais son geste est trop brusque : elle file vers l'avant.

Un bruit sourd retentit. Oh merde ! Il a touché Noah ! Son fils hurle, plié en deux. Il est blessé. Noah est blessé.

Mark saute et tombe au bas de la machine. Il se relève et se met à courir. La lampe est tombée de l'arbre. Il la ramasse et la brandit vers l'abri. La forêt. L'Autre Mark a disparu. Il éclaire son fils recroquevillé sur lui-même. Il n'y a pas de sang. Ce n'est peut-être pas trop grave.

Il tâte la tête de l'enfant, son visage. Rien.

— Ça va ? Tu vas bien ?

Soudain, il ravale un cri. Un os brisé dépasse de l'épaule droite de Noah. L'os a traversé sa peau. Il ferme les yeux. Il ne peut pas regarder ça. Et pourtant, il le faut.

Noah hurle toujours, des petites larmes rondes jaillissent de ses yeux. Ses cris transpercent Mark et ébranlent tout son être.

Ginny se précipite dans l'ascenseur et appuie plusieurs fois sur le bouton du cinquième étage. Lorsque les portes se rouvrent, elle jette un coup d'œil à droite et à gauche. Ses internes poussent un lit dans le couloir, leurs blouses volant derrière eux. Elle se précipite à leur suite et écarquille les yeux en découvrant la forme minuscule étendue dessus :

— Madame Carlyle ?

Son visage luit de sueur, elle a les poings serrés sur les draps blancs.

— Bilome postcholécystectomie, dit le Dr Harper, tendant les radios à Ginny d'un geste brusque. C'est ce qui causait l'ictère.

Elle parvient à soutenir son regard.

— Le bloc est prêt ?

— Ils le préparent pour une ERCP, répond le Dr Dawson, négociant le virage avant de pousser Mme Carlyle dans le bloc 3.

Il y a un chirurgien au lavabo.

— Je m'en occupe, oui ou non ? demande-t-il, les mains enduites de Bétadine.

— C'est ma patiente, tranche Ginny.

— À votre aise.

Il lâche la brosse à ongles et sort d'un pas raide.

— Que se passe-t-il ? murmure Mme Carlyle, terrifiée.

— Nous pensons qu'un obstacle obstrue vos voies biliaires, répond le Dr Dawson par-dessus les *bip* des machines. Il faut qu'on vous emmène en salle d'opération pour déterminer ce qui cause l'obstruction.

— Ne vous inquiétez pas, dit le Dr Harper d'un ton assuré. Nous allons régler le problème.

Mark se débat avec la ceinture de sécurité, le souffle rauque. Les lèvres de Noah ont pris une horrible coloration grise. Il ne pleure plus, mais son silence et son visage exsangue sont presque plus inquiétants. Où peut-il faire passer la ceinture de sécurité ? La serviette pressée contre l'épaule de son fils glisse, exposant sa blessure. Retenant un haut-le-cœur, il la remet en place des deux mains. L'enfant pousse un cri de douleur.

— Ça va aller, dit-il, des larmes brûlantes dans les yeux.

Il soulève l'autre main de son fils, la positionne sur la serviette et fait glisser la ceinture de sécurité dans son dos.

Alors qu'il gagne le siège conducteur, il jette un regard vers la forêt, mais l'Autre Mark est parti. Il tente à nouveau de joindre Ginny. En vain. La maudissant, il marmonne « Tout va bien se passer, tout va bien se passer » en faisant démarrer la voiture, les mains tremblantes. Il recule dans l'impasse et appuie à fond sur l'accélérateur, envoyant voler les poubelles des voisins.

29.

Ginny abaisse la lumière sur le visage de Mme Carlyle et introduit l'endoscope dans sa gorge, observant sa progression sur l'écran vidéo. Elle passe les replis de l'estomac, le canal du pylore et pénètre dans l'intestin grêle. Lorsqu'elle atteint la voie biliaire principale, le Dr Dawson injecte le produit de contraste.

Tricia entre dans la salle.

— Docteur McDonnell. Votre fils…

Elle s'arrête net en découvrant la scène : Ginny maniant l'endoscope, Mme Carlyle la bouche ouverte.

— Qu'y a-t-il avec mon fils ?

— Il a été admis aux urgences. Ils vont l'opérer.

— Quoi ?

— Je viens de lire son nom sur la liste des admissions des urgences…

Les *bip* de l'électrocardiogramme résonnent dans le silence qui suit. Ginny compte les gestes qu'il lui reste à accomplir, puis se représente ses internes les exécutant sans son aide.

Elle abandonne l'endoscope à Dawson et oriente l'écran vers Harper.

— Surveillez l'intestin grêle.

Devant leurs mines étonnées, elle ajoute :

— Ne faites pas de conneries.

Elle se rue dehors, envoyant ses gants dans le lavabo et jetant sa blouse par terre en chemin. Mark attend dans le couloir, couvert de boue.

— Que s'est-il passé ?

— Noah a été blessé. Ils l'ont emporté en salle d'opération…

— Blessé où ?

Elle arrache son masque.

— *Où ça*, Mark ?

— À l'épaule. Il s'est blessé à l'épaule.

— Ce doit être sérieux s'ils l'ont emmené au bloc…

— Son os… Il était visible…

Il désigne son épaule.

— Une fracture ouverte ? Mon Dieu, Mark. Comment est-ce arrivé ?

Mais elle n'attend pas la réponse.

— Quel médecin ?

Son mari paraît confus.

— Quel docteur l'a pris en charge ?

— Henry. Le Dr Hoag…

— OK, souffle-t-elle. OK.

— Tu peux te renseigner pour savoir ce qu'on va lui faire ?

Elle secoue la tête.

— Non… on les laisse travailler.

Il se frotte les joues.

— J'ai essayé de te joindre. Tu ne répondais pas…

— Il était avec toi dans le jardin quand c'est arrivé ?

— Je t'ai appelée dix fois. Tu étais où ?

— Au bloc.

— Évidemment.

— Si j'avais su que Noah était blessé, je serais venue sur-le-champ.

— Tu n'es pas venue quand il a eu le croup.

Elle le dévisage.

— C'était il y a dix ans.

— Il n'arrivait plus à respirer. Il aurait pu mourir.

Elle froisse son masque en une boule compacte.

— J'avais peur. Et tu… tu n'étais pas là.

Ginny ne sait pas s'il parle du passé ou du présent.

— J'aurais voulu être avec toi, répond-elle.

Mark avait veillé Noah toute la nuit, faisant couler le jet d'eau chaude de la douche, assis par terre, dans la salle de bains. Il l'avait accompagné dans l'ambulance quand sa toux s'était muée en râle rauque et qu'il respirait à grand peine.

— Vraiment, Mark.

Il va et vient devant les portes du bloc.

— C'est bon. D'accord.

Elle regarde ses épaules voûtées, ses yeux verts inquiets. Elle cherche les bons mots.

— Je me sens seule, moi aussi.

Il secoue la tête. Il ne comprend pas.

— Je n'ai personne à qui parler du travail…

— Tu peux me parler.

Elle hésite.

— J'ai essayé. Mais ça t'angoisse…

— Non, c'est faux.

— Tu ne le supportes pas, Mark.

— Je supporte pas mal de choses.

Il reprend ses va-et-vient.

— Tu n'as pas idée de tout ce que je fais pour toi…

— Je travaille dur pour notre famille.

— Noah est un gamin génial, tu ne trouves pas ? Eh bien, c'est grâce à moi. Au temps que je lui ai consacré. À tout ce à quoi j'ai renoncé pour être avec lui, dit-il d'un ton plus fort.

— Il s'est blessé par ta faute ! s'emporte-t-elle, en montrant les portes du bloc.

Les autres personnes présentes dans le couloir les dévisagent. Elle s'en moque.

— C'est ta faute.

Mark serre les poings.

— Ce n'est pas ma faute. C'est la sienne.

— Quoi ? La faute de Noah. Tu n'es pas sérieux, j'espère…

— Non, pas celle de Noah.

Sa mâchoire se crispe.

— Celle de *l'Autre.*

— Je ne comprends rien…

Elle entend des pas approcher. La tête de Tricia apparaît.

— Ginny. Henry est en train de le recoudre. Il lui a mis deux broches, mais tout va bien.

Ginny laisse couler ses larmes sans chercher à les dissimuler.

— Merci.

Elle attrape le revers de la veste de Mark et presse son visage contre sa poitrine. Le tissu imperméable rugueux sent la terre et le ciment. Sa colère s'évanouit.

— Il faut que ça change.

Elle se hisse à son niveau.

— Il faut qu'on change.

Mais son soulagement n'est pas partagé.

— Il faut que je parte, dit-il d'une voix blanche. J'ai quelque chose à faire.

— Tu ne peux pas partir.

Il détache sa main de sa veste et remonte sa capuche.

— Il n'est pas encore réveillé…

À nouveau, il repousse ses mains.

— J'ai quelque chose à faire. J'ai trop attendu.

Mark fonce à travers l'épaisse nappe de brouillard. Des rafales de pluie s'abattent sur son pare-brise. Arrivé devant le sentier, il tire sa grosse lampe torche du coffre et continue à pied. À présent, la pluie lui fouette le visage, s'infiltre par le col de sa veste et les coutures de son pantalon. Il balaye le chemin détrempé du rayon de sa lampe. Tout est noir et glissant. C'est une nuit sans étoiles ni lune. La seule source lumineuse est le faisceau étroit produit par sa lampe.

Il ne prête pas attention aux bruits familiers de la forêt : le clapotis des gouttes sur les feuilles, la course d'un petit animal, martre ou putois, dans les fourrés, le croassement des grenouilles devant lui. Son corps est aux aguets. Il attend le goût métallique et les secousses. Il ne pourra pas retrouver l'Autre Mark sans cela.

Le faisceau de sa lampe caresse la surface brillante de l'étang F alors qu'il s'apprête à marcher dedans. Il tend l'oreille et entend juste le *ploc* d'une grenouille bondissant dans l'eau. Il se sent soudain… exposé. Comme si toutes les créatures de la forêt l'observaient. Peut-être que l'Autre Mark l'épie, lui aussi, songe-t-il, frissonnant dans ses vêtements mouillés.

Il avance dans le sous-bois, éclaire la masse humide d'un tronc, la pointe courbée d'une ronce, le haut d'un rocher plat, une flaque et s'engage sur le vieux chemin de débardage où il a aperçu l'Autre Mark pour la première fois. La terre est désespérément ferme et immobile sous ses pas.

Plus il s'enfonce dans la forêt, plus l'air est odorant. Il monte un peu plus haut, puis fait demi-tour. Remonte encore davantage. Revient sur ses pas. Les heures s'écoulent, ainsi, jusqu'à ce que ses jambes soient douloureuses, jusqu'à ce que l'aube s'évanouisse et que des ombres crayeuses se matérialisent entre les arbres. Il a presque atteint l'endroit où la route passe de l'autre côté de la montagne. Le campement encerclé de pins ponderosa avec sa vieille cabane écaillée n'est plus très loin. Il reconnaît l'endroit. Il se trouve à deux pas de la propriété d'Harry et de l'endroit où il a foncé dans un arbre en essayant de faire fuir l'Autre Mark.

Mais le campement est désert et semble l'être depuis très, très longtemps. Le tapis d'épines est dense et le coin du feu de camp couvert de feuilles. Il s'assied sur un rocher et regarde le jour gris se lever, la tête entre ses mains.

C'est alors qu'il sent le goût métallique dans sa bouche en même temps qu'une secousse sous ses pieds. Il se lève. À l'endroit où il n'y avait que de la terre et des brindilles un seconde plus tôt… se dresse une tente bleue.

Le soleil apparaît. Il n'a que quelques secondes devant lui. Il prend une profonde inspiration et avance à pas feutrés. Il saisit la fermeture de la tente, et la descend lentement. *Rrrrpp*. Il doit le faire. Il doit en finir. Il ne peut pas y avoir deux Mark.

Un léger ronflement s'élève d'un sac de couchage.

Non, il ne peut pas. Il n'en est pas capable. Il recule.

Il sent une autre secousse et entend un gros ronflement. Soudain, des mains crasseuses le saisissent à la gorge.

Il tombe à la renverse. Le visage de l'Autre Mark n'est qu'à quelques centimètres du sien, grimaçant. Ce visage terrible qui est le sien et celui d'un autre. Il le repousse à deux mains.

— Qui êtes-vous ? demande son double. D'où venez-vous ?

La terre tremble et l'étau se resserre autour de son cou. Mark se débat, enfonce ses doigts dans les yeux de son assaillant qui finit par lâcher prise, et rampe vers les arbres avant de se relever.

L'Autre se jette sur lui, et ils se battent au corps à corps. Mais Mark n'est pas de taille. Son double est plus fort, et plus fou, surtout. Il le saisit à nouveau à la gorge. Le sol bascule. Il ne peut plus respirer.

La pression dans sa tête devient insupportable. De… l'air… Il s'écroule. Sent le sol froid contre sa joue. Sa vue se brouille. Il fouille le sol à tâtons, désespéré. Sa main rencontre une pierre. Il l'attrape et… *crac*.

Son double s'écroule. Ou bien ? Il rouvre les yeux. La terre ne tremble plus. L'Autre Mark a disparu.

30.

Cass se poste devant le lavabo de sa salle de bains, une boîte rose dans les mains, comme elle l'a fait en décembre dernier dans son appartement d'étudiante à l'autre bout de la ville. Amar dormait dans la chambre, les pieds dépassant de la couette, et Bear reniflait sous la porte. Elle avait fixé la petite fenêtre en plastique du bâtonnet blanc, tendue, les pieds glacés sur le sol carrelé, jusqu'à ce que les deux traits rosés apparaissent.

Mais, cette fois, Amar n'est pas là. Il est au beau milieu de l'océan, sans doute penché sur son microscope. Et Leah n'est plus un assemblage de cellules logé dans son utérus, mais un bébé de dix semaines jouant avec ses pieds sur le tapis de la baignoire.

Elle ne se sent pas enceinte, mais sa vision a semé le doute en elle… Elle n'arrive pas à chasser le souvenir de cette réplique d'elle-même qui chantait à son ventre rond une chanson que son père fredonnait autrefois.

Leah babille joyeusement. Elle a une houppette au sommet du crâne, à présent.

Cass écoute ses « Ahya, ahya, ahya » le cœur débordant d'un amour farouche.

Aimera-t-elle autant un second enfant ? Elle a du mal à croire qu'un tel amour puisse se multiplier. Deux bébés à aimer, protéger et choyer. C'est difficile à imaginer. Et son projet ? Que deviendra son livre sur sa théorie du multi-univers avec deux bébés à langer, deux fois plus de linge sale à laver et de biberons à donner ?

Elle ôte le capuchon rose d'un des deux tests que contient la boîte et urine à l'endroit prévu.

un
deux
trois
quatre
cinq

Elle le pose sur le couvercle des W.-C., à côté de son exemplaire annoté du *Discours de métaphysique*, et prend Leah dans ses bras habitués au poids de son petit corps. Elle se reconnaît dans les yeux sombres de sa fille, et retrouve Amar dans son petit menton pointu. À quoi ressemblera un deuxième petit être d'eux ? L'idée est exaltante. Une part d'elle a envie d'être à nouveau enceinte mais l'autre, la part qu'elle a redécouverte en travaillant, ne le souhaite résolument pas.

Non. Elle n'est pas prête, se dit-elle alors qu'il lui reste une minute à patienter. Elle jette le test dans les

W.-C., tire la chasse et le regarde tourbillonner dans l'eau avant de disparaître.

Elle descend avec Leah et ouvre le lave-vaisselle. Elle fixe les tasses, les verres et les bols propres. Ses voisins lui font coucou depuis leur jardin. M. Mehta désherbe des parterres, les mains pleines de feuilles jaunes. La cuisine est étouffante. N'y tenant plus, Cass attrape le sac à langer et une couverture de rechange, leur griffonne un mot et sort.

Elle prend l'autoroute. Leah semble captivée par le miroir qu'elle a fixé sur le dossier du siège face à elle. La montagne s'élève devant ses yeux. Son sommet enneigé déchire le ciel bleu-gris. La vibration monotone du moteur l'apaise. Elle a beaucoup progressé ces derniers jours, mais elle n'en est encore qu'au début. Elle a besoin de temps et de silence pour dompter ses idées éparses et les organiser en un tout solide et convaincant. Plusieurs mois, peut-être même des années, de temps et de silence.

Reconnaissant la sortie que Mark a empruntée la nuit où elle l'a suivi dans Broken Mountain, elle met son clignotant. Elle éprouve le désir étrange de revoir l'endroit où elle l'a surpris en train de monter sa tente. La route est si différente en plein jour. Le soleil qui filtre à travers les arbres dessine des triangles d'ombre et de lumière sur l'asphalte. Les formes floues sont désormais distinctes : branches couvertes de mousse, troncs couchés maculés dans la terre noire, ronces…

Dans le rétroviseur, Leah grimace un peu, puis se détend. Combien de temps faut-il pour rejoindre ce sentier ? Cette route lui paraît interminable quand, enfin, il apparaît à sa droite. Elle se gare, descend de voiture et enferme le bébé. Le jour est frais et clair. Des oiseaux gazouillent dans les arbres.

Elle avance vers la clairière où son voisin s'est installé. Près d'une vieille cabane jaune pleine de nids. Songe à son désespoir face aux cris de Leah, cette fameuse nuit, à son sentiment d'être prisonnière, d'être prête à faire n'importe quoi pour fuir, et revoit l'expression traquée de Mark. Lequel était alors le plus désespéré, le plus traqué des deux ?

Tout à coup, elle distingue un mouvement un peu plus loin. Elle se fige. Des grenouilles. Des centaines de grenouilles bondissent en direction des pins, telle une mer déchaînée d'yeux globuleux. La masse mouvante épouse un instant la forme d'un ovale, puis celle d'un rectangle aux bords irréguliers qui, pour finir, se transforme en vague déferlante. Elles progressent par cahots asymétriques puis disparaissent derrière le rideau des arbres.

Cass trouve une toile bleue entortillée dans leur sillage. La tente de Mark. Et autre chose…

Une forme humaine recroquevillée. C'est lui. Son voisin. Il est blessé au front. Oh, mon Dieu, il est…

Il pousse un gémissement presque inaudible. Cass s'accroupit à côté de lui.

— Que s'est-il passé ?

Son visage trahit la terreur. Ses yeux verts sont vitreux. Il met un moment à la reconnaître.

— Vous pouvez vous lever ?

Il a de la terre et des brindilles accrochées aux cheveux. Il essaie de s'asseoir, en vain.

— Laissez-moi vous aider. Accrochez-vous à moi. Ma voiture est à deux pas.

Mais il est lourd. Ses vêtements mouillés pendent de son corps, il sent les aiguilles de pin et la crasse. Elle pousse sur ses jambes et parvient à le relever. Il s'appuie sur elle de tout son poids et boite jusqu'à la voiture.

Il s'appuie contre un arbre, livide.

— Vous devriez partir, sont ses premières paroles. Je n'ai nulle part où aller. Je suis mieux ici.

— Je vous conduis à l'hôpital. Montez.

Elle lui ouvre la portière. Leah émet des petits couinements gutturaux dans son sommeil.

Mark finit par monter. Elle démarre et fait demi-tour pour redescendre la montagne. Avachi dans son siège, son voisin grimace de douleur à chaque virage. Elle aimerait l'interroger – Vous avez passé tout ce temps dans les bois ? Pourquoi ? Mais il est si pâle et silencieux, son front ensanglanté pressé contre la vitre, qu'elle préfère se taire.

Lorsqu'ils arrivent à l'hôpital, elle l'aide à descendre de voiture d'une main et attrape le siège bébé de l'autre. À nouveau, elle se revoit ici avec Amar le lendemain de la naissance de Leah.

— Que s'est-il passé dans les bois ? demande-t-elle à Mark devant les portes coulissantes.

— Il a essayé de me tuer, dit-il, plongeant son regard fiévreux dans celui de Cass.

— Quoi ? Qui ça ?

Il porte la main à son front.

— Un homme… qui me ressemblait trait pour trait.

Il blêmit et s'écroule sur elle.

Une infirmière en tenue rose leur fait signe depuis le bureau d'accueil.

— Vous vous sentez mal, monsieur ?

— Appelez le Dr McDonnell, lui dit Cass. Son mari est blessé.

Mark secoue la tête.

— Non.

Il a l'air de vouloir s'enfuir, mais tient à peine debout.

— Pas elle.

L'infirmière se précipite pour l'aider à le soutenir.

— Peut-on appeler quelqu'un d'autre ?

Leah renifle dans son siège auto. Mark regarde ses petits yeux papillonner et se refermer.

— Noah, dit-il. Mon fils.

Un reflet bleu argenté caresse les portes de l'hôpital, à l'autre bout du parking. Samara est entrée par là des dizaines de fois avec sa mère, pour l'accompagner à ses rendez-vous. Mais elle n'est pas revenue depuis la mort d'Ashmina. Elle rassemble les papiers dont elle a besoin pour présenter l'offre aux Kells. Les fils du professeur sont avec leur père.

Il ne pleut pas, pour une fois. C'est un jour clair et frais. Mais, sitôt dans l'hôpital, l'odeur de la cafétéria lui soulève le cœur. Elle se souvient de l'horrible matin où son père et elle ont traversé ce hall au ralenti, abasourdis. C'était comme s'ils évoluaient sous l'eau. Les couleurs étaient altérées. L'air, chargé d'effluves de café brûlé et de produits nettoyants. Un homme en blouse blanche était passé avec un plateau chargé d'œufs orange et de toast gris. Elle s'était retenue de l'envoyer voler d'un coup de coude.

La vague de nausée passe. Une infirmière en tenue rose pousse une vieille dame en fauteuil roulant vers les portes. Une femme médecin passe en vitesse, un grand gobelet et une barre protéinée dans les mains, le visage émacié par la fatigue.

Arrivée devant la chambre 507, elle s'arrête. Par la porte ouverte, elle voit deux hommes auprès d'un patient assis sur son lit d'hôpital. Leur ressemblance est frappante : un père et ses deux fils. L'un des garçons lit le journal à voix haute, et l'autre écoute, carré dans son fauteuil. L'homme aux cheveux gris s'assoupit.

Elle a collé un Post-it SIGNEZ ICI sous les signatures de ses clients.

L'homme au journal remarque sa présence. Il lui fait signe d'entrer.

— Un instant, dit-elle.

Elle entre dans une chambre vide, juste à côté, sort un contrat vierge de son dossier et le pose sur le lit. Les doigts tremblants elle inscrit une somme de cinq mille dollars supérieure à celle de ses clients et paraphe chaque page du nouveau contrat. Elle se sent honteuse, irresponsable. Soupçonne qu'elle regrettera son geste. Et néanmoins, elle signe.

31.

Noah pique du nez en plein milieu du film que Ginny et lui visionnent dans sa chambre. Sa mère le secoue.

— Va te brosser les dents et prends ton médicament. Tu pourras dormir ensuite.

— Il fait encore jour.

— Il est presque sept heures et tu as besoin de repos.

Son bras plâtré est maintenu en l'air par une attelle. Elle l'aide à se lever.

Il fronce les sourcils.

— Ça recommence à faire mal.

Elle le fait pivoter vers la salle de bains, remplit un verre d'eau et lui tend un comprimé.

— Avale ça.

Elle met du dentifrice sur sa brosse à dents et la lui tend. Mais il est encore maladroit avec sa main gauche.

— Attends, je vais t'aider, dit-elle d'une voix douce.

Elle se poste derrière lui, comme lorsqu'il avait trois ans, et, s'observant dans le miroir, lui brosse consciencieusement les incisives avant de progresser vers les molaires.

Elle l'observe à la dérobée pendant qu'il se rince la bouche : son beau visage est plus pâle et il a un peu de boue accrochée aux cheveux. Il va devoir garder cette attelle pendant huit semaines, mais il se remettra. Elle détache la boue de ses cheveux.

— Viens. Je vais te border.

De retour dans la chambre, elle arrête le film et l'aide à se coucher. Elle remonte les couvertures sur lui, écarte une mèche de son front et s'assied au bord du lit. Il se tourne d'un côté puis de l'autre, essayant de trouver une position confortable, et, bientôt, ses yeux se ferment.

Elle a passé la journée dans cette chambre. Au début, ils ont évité de parler de l'accident, puis, en jouant aux cartes, plus tard, elle a abordé le sujet. Lui a demandé comment c'était arrivé. Mais, rien à faire. Elle a obtenu la même réponse qu'auparavant : « C'était un accident. Ce n'est pas la faute de papa. »

Si Mark, lui, assumait l'entière responsabilité de l'accident, à la grande surprise de Ginny, il ne se montrait pas moins impatient de terminer l'abri. Dès que Noah avait quitté l'hôpital et regagné sa chambre, il avait filé dans le jardin. Il n'avait pas réapparu depuis.

Elle regarde les paupières agitées de son fils. Il fallait que quelque chose change. Mais pas ce qu'elle pensait. Elle avait été si stupide. Si absorbée par elle-même. Cette journée avec son fils lui a rappelé tous les moments passés en sa compagnie, quand il était petit. À profiter l'un de l'autre. Elle venait de finir son internat quand il était né. Elle avait manqué tant de moments : sa douceur naturelle à trois ans, sa curiosité innée à cinq, son habileté à sept. Elle ne cessait de se répéter qu'elle serait bientôt plus disponible. Qu'il serait encore temps d'en profiter. Nous passerons plus de temps ensemble cet été, le consolait-elle. Mais les années avaient filé, et aujourd'hui, elle avait l'impression de n'avoir vécu que les hauts et les bas, sans aucune des longues périodes intermédiaires.

Elle s'allonge à côté de son fils et écoute sa respiration profonde et régulière. Ses cheveux sentent la terre sèche et cette autre odeur, douce et puissante qu'il exhale depuis sa naissance : un parfum de fleurs écrasées. Quand il était bébé, elle respirait sa tête comme on sniffe de la drogue. Elle ne s'en lassait jamais.

Elle revoit Mark, creusant la terre avec sa pelleteuse, Edith dans la salle de garde, le drap remonté jusqu'au cou. Non, décidément, elle n'est vraiment pas douée pour l'amour…

Noah a le meilleur de ce qu'elle est capable d'offrir, et ce n'est pas mirobolant. Elle songe qu'il a déjà onze ans. Qu'il ne dormira pas toujours dans cette chambre.

— Je suis désolée, murmure-t-elle contre sa joue chaude, davantage pour elle-même que pour lui. Je suis désolée, Noah.

Son téléphone se met à vibrer. Voyant le nom d'Edith sur l'écran, elle se lève aussi lentement que possible et descend. Livi regarde la télé dans le salon.

Elle est passée voir Noah un peu plus tôt. Ginny pensait que Mark l'avait raccompagnée.

— Comment va ton fils ? demande Edith d'une voix tendue.

— Il a une fracture de l'humérus. Mais ça va aller.

Elle l'entend respirer à l'autre bout du fil.

— Je n'arrête pas de penser à ce qui s'est passé, Ginny.

— Je ne peux vraiment pas parler, là.

— Mark est à la maison ?

— Je crois, oui.

— J'ai besoin de te parler. Ne serait-ce que quelques minutes.

Ginny regarde par la fenêtre. Son mari se déplace dans la nuit avec une lampe de poche.

— Je ne peux pas partir.

— Pas de problème. Je viens chez toi.

Mark teste les gonds de la porte blindée. Le crachin lui mouille le visage. Ses bottes glissent sur le sol boueux, mais autour de l'abri, la terre est ferme, comme celle d'un terrier de renard gris ou d'une tanière de lynx. Il descend à l'intérieur et ferme soigneusement derrière lui. Il n'entend plus rien : ni le grésillement des insectes, ni le coassement des grenouilles.

Il se déchausse dans le noir. La pièce sent le ciment frais et l'enduit de scellement à base de caoutchouc qu'il a appliqué aux murs il y a quelques heures. Il cherche une lanterne de camping sur les étagères, l'allume et évolue en chaussettes dans son halo jaune.

Caresse les couvertures en laine polaire des couchettes. Aligne les boîtes de soupe, de lait en poudre et de porridge instantané ; examine les piles de draps et de serviettes de toilette, la pharmacie, la radio d'urgence, les deux pelles, la corde et les rouleaux de film plastique. Inspecte le filtre de la pompe à air et vérifie que le générateur fonctionne correctement. Il soulève le couvercle des W.-C. chimiques puis le rabat. Chaque geste le remplit de fierté et de confiance en lui. Rend l'Autre Mark moins réel, plus fantomatique, presque intangible.

Ginny enfile ses baskets quand elle entend Mark rentrer par la porte de derrière, se déchausser et monter à l'étage.

— Je sors, lui crie-t-elle. Tu veux bien rester avec Noah ?

Il ne pose pas de question. Se contente de dire « OK ».

Il fait frais et humide dehors, la montagne est voilée de brouillard. Les yeux de Ginny mettent un moment à faire le point dans l'obscurité. Elle ne s'aperçoit pas tout de suite qu'elle n'est pas seule. Samara est endormie dans une chaise de jardin, de l'autre côté de la rue.

Elle hésite. Lors de leur dernière rencontre, la jeune femme était hors d'elle. Mais elle paraît sereine à présent, en dépit de sa position étrange sur la chaise, un pied coincé sous elle et l'autre sur l'herbe. Ginny repense au matin de l'opération. Il était tôt quand elle était entrée dans la chambre d'Ashmina. Pas encore six heures. Samara dormait dans une chaise à côté du lit de sa mère. Ses parents discutaient à voix basse. Quand elle leur avait dit qu'elle souhaitait leur parler de l'opération en présence de leur fille, Ashmina avait retenu Manish, qui avait été prêt à la réveiller. « Laisse-la tranquille. J'aime la voir dormir », avait-elle dit.

Ginny passe de l'autre côté en suivant la courbe du trottoir mouillé. Elle se poste devant Samara et lui secoue le bras. Elle ouvre les yeux.

— Qu'est-ce que tu fais ici ? Tu vas bien ?

— Je l'attends.

— Qui ça ?

— Ma mère. Je l'ai vue ici, dit-elle en désignant l'herbe sous ses pieds.

Ginny secoue la tête.

— Je ne comprends pas…

— Elle m'a laissé de l'argent, mais elle ne m'a pas dit ce qu'elle voulait que j'en fasse.

— Peut-être qu'elle pensait que c'était à toi d'en décider.

Elle se souvient du moment où on avait poussé le lit dans le bloc. Du questionnaire préopératoire qu'elle avait du mal à remplir parce qu'Ashmina ne l'écoutait pas. Elle parlait de Samara, petite. De la manière dont elle courait se cacher derrière ses jambes chaque fois qu'on frappait à la porte. « Manish me reprochait de la surprotéger. Mais elle était si minuscule et si timide. » Quand l'anesthésiste avait débuté la sédation, ses paupières s'étaient fermées, ses paroles, empâtées. Ginny s'était penchée sur ses lèvres mais n'avait réussi qu'à comprendre : « un tout petit oiseau ».

— J'aimerais tant lui parler une dernière fois, reprend Samara.

— Moi aussi.

— C'est vrai ?

Samara frissonne et croise les bras.

— Que lui demanderiez-vous ?

— Si elle m'en veut.

— D'après mon père elle était consciente que l'opération était risquée à cause de ses problèmes cardiaques.

— Elle a dit : « Je n'en ai pas terminé. J'ai encore des choses à faire. Allons-y. »

Une bruine commence à tomber.

— J'ai longtemps pensé que c'était votre faute. Mais mon père pense que j'ai eu tort. Que ce n'était la faute de personne.

Ginny a rejoué l'opération tant de fois dans sa tête, essayant de trouver quelque chose, le moindre petit détail qui aurait pu changer l'issue. En vain.

— J'aurais voulu que ça se passe autrement.

— J'ai acheté une maison. C'est ce que je lui dirais si elle était là. Je ne sais pas si c'est une bonne idée.

La jeune femme replie sa chaise et baisse les yeux sur l'herbe.

— Je suppose que le temps le dira, ajoute-t-elle avec un haussement d'épaules.

Le geste évoque à Ginny ses jeunes années. L'époque où elle avait l'impression de ne jamais savoir ce qu'elle faisait. Où chaque décision semblait avoir une importance démesurée. Mais elle avait Mark. C'était ensemble qu'ils avaient choisi cette impasse, à mi-distance de l'université et de l'hôpital. Cet arc de cercle bordé de pins. Cette maison dans laquelle ils ont amené Noah dès sa naissance.

— Pourquoi êtes-vous dehors ? lui demande Samara.

Elle se passe les mains sur le visage.

— Je quitte mon mari.

C'est étrange de s'entendre le dire à voix haute.

— Waouh… Je suis désolée.

— C'est la vie.

Non. Ce sont ses choix qui les ont menés là. Elle ne sait pas ce qui va suivre, juste que Mark ne sera plus à ses côtés, désormais.

— Ça va aller. J'espère.

32.

Une fois Samara rentrée chez elle, Ginny s'assied sur le trottoir et attend Edith. Sa voiture finit par apparaître en bas de la pente. Elle se gare à distance et rejoint Ginny à pied, un bouquet d'asters jaunes à la main.

— Pourquoi as-tu apporté ça ? lui demande-t-elle.

— Je les ai cueillies dans mon jardin pour Noah.

— Je ne peux pas lui donner des fleurs de ta part, Edith.

— C'est vrai. Bien sûr. Je ne sais pas ce qui m'est passé par la tête.

Son amie pointe le menton vers l'arrière de la maison.

— Il est là-bas ?

— Ouais.

— Je peux y jeter un coup d'œil ?

— Pour quoi faire ?

— Je ne sais pas. Par curiosité.

Ginny a du mal à trouver l'abri, dans le noir. Elle ne distingue qu'un amas de terre mêlé de racines. Elle tâte la butte. Sa main rencontre une surface en métal : la porte blindée. Mark a enterré toute la structure.

— C'est ici, déclare-t-elle. Ils installaient les poutres de la charpente quand Noah a été blessé.

— Qu'est-ce qu'il y a là-dedans ? demande Edith en plissant les yeux.

— Aucune idée.

Samara contourne la maison avec la chaise pliante. La forêt est si silencieuse, songe-t-elle les sourcils froncés. Pas un pivert ne tape, aucun criquet ne stridule. Elle remet la chaise dans le patio et ouvre la baie vitrée. Soudain, le sol tremble et elle se cogne l'orteil contre le cadre de la fenêtre. Elle a un goût affreux dans la bouche.

La cuisine est éteinte. Elle est pourtant certaine de l'avoir laissée allumée. Elle appuie sur l'interrupteur et se demande si elle ne s'est pas trompée de maison. Celle-ci est complètement vide. Elle ne voit ni meubles, ni livres, ni tableaux, ni photos, ni coussins, ni magazines, ni figurines en céramique. Et pourtant, elle est bien chez elle. Elle reconnaît le linteau de la cheminée, que son père a posé quand elle était petite, l'arche de la cuisine jaune…

Et ses parents sont là… Son père caresse les cheveux de sa mère. Ils rient.

Samara s'immobilise de peur que la vision ne s'efface.

Ashmina pivote.

— Sammy ? Que fais-tu à la maison ?

— Tu as fait tout ce chemin pour nous dire au revoir ? s'étonne son père.

Sa mère avance, les bras tendus.

— Tu aurais pu arriver quelques heures plus tôt. Tu nous aurais aidés à finir nos valises.

Les yeux fermés, Samara savoure l'étreinte chaude de sa mère, hume son doux parfum boisé. Elle s'agrippe à elle quand elle la sent sur le point de s'écarter.

— Qu'y a-t-il ? s'inquiète Ashmina, reculant pour la dévisager. On se revoit à Thanksgiving, tu sais bien. Tu as déjà acheté ton billet.

Elle lui tire gentiment une mèche de cheveux.

— Tu as changé de coiffure, à ce que je vois. Je ne suis pas sûre d'aimer…

Samara éclate d'un rire qui se termine en sanglot.

— Oh, Sammy, ne t'inquiète pas. Je continuerai à t'agacer autant qu'avant. C'est juste que ce sera au téléphone, maintenant.

Elle acquiesce.

— Comment puis-je vous aider ?

— Tu peux mettre cette valise dans le coffre.

Son père désigne le vieux bagage usé posé devant la porte.

Elle les embrasse et ils s'installent dans la voiture. Ils sont excités comme des puces, paraissent presque saouls. Sa mère demande à son père s'il a les passeports. Il s'en assure, tâtant la poche de sa veste. Ils claquent les portières et s'éloignent. Elle suit la voiture dans l'allée, répondant à leurs signes de la main jusqu'à ce qu'ils disparaissent en bas de la pente.

Lorsque Mark redescend, Livi est toujours sur le canapé. Sa mère n'est pas passée la chercher.

— Ta maman a appelé ? demande-t-il.

— Elle m'a envoyé un message. Elle est toujours au travail.

— Je vais monter de l'eau à Noah et je te ramène chez toi.

La porte de son bureau est entrouverte. Son ordinateur émet des *bip* étranges. Il jette un regard à l'écran et écarquille les yeux. Il clique sur les caméras des étangs E, F, L, P. Ils sont tous vides. Ses grenouilles sont parties.

Quand l'alarme s'est-elle déclenchée ? Il appuie sur quelques touches du clavier. À 6 h 47 du matin. Il était dans la forêt, à ce moment-là. Il revoit le visage sale et grimaçant de l'Autre Mark. Ses mains crasseuses serrant sa gorge. Qu'a-t-il bien pu faire, encore ?

Il appelle Katie, son étudiante doctorante. Elle décroche à la troisième sonnerie.

— Vous voyez ce que je vois ?

— De quoi voulez-vous parler ?

— Regardez les données des étangs.

Les doigts de Katie pianotent sur un clavier.

— Où sont-elles passées ? Nous ne sommes qu'en octobre. Elles ne devaient pas bouger avant des mois…

— Écoutez : je veux que vous montiez dans votre voiture et que vous rouliez le plus loin possible de la montagne. Vérifiez dans quelle direction souffle le vent, et allez dans le sens opposé. Vous connaissez les risques en cas d'éruption de Broken Mountain. C'est la cendre, le plus grand danger, pas la lave.

— Mark…

— Quand vous serez dans votre voiture, je veux que vous appeliez l'USGS et que vous leur expliquiez ce qui se passe.

Il frotte sa barbe hirsute.

— Ils ne vous écouteront sans doute pas, mais…

— Il peut y avoir une autre explication. Les émetteurs sont peut-être défectueux.

— Tous à la fois ?

— Je ne sais pas.

Il sent un soupçon de panique dans sa voix.

— Il doit y avoir une autre explication…

— Promettez-moi que vous allez monter dans votre voiture et partir séance tenante.

Le temps de raccrocher, il est au chevet de son fils. Il le secoue pour le réveiller.

— Essaie d'enfiler tes chaussures, Noah.

Il descend à toute vitesse et jette un coup d'œil dans le garage. La voiture de Ginny est toujours là. Il ouvre la porte d'entrée et l'appelle.

— Mes grenouilles sont parties ! lui hurle-t-il.

Sa voix haletante, terrifiée, résonne dans l'impasse déserte, altérée, comme si c'était celle d'un autre.

— Mes grenouilles ont disparu !

Pas de réponse. Tout est immobile. Un voile de brume enveloppe la montagne. Il n'entend que le bruit des gouttes d'eau sur les feuillages.

Ginny a toujours la main posée sur la porte blindée quand Mark l'appelle de la terrasse de devant.

Elle ne comprend pas ce qu'il hurle. Il parle de ses grenouilles.

Elle hésite une seconde, puis tourne la roue qui en actionne l'ouverture. Ses baskets glissent dans la boue tandis qu'elle tire la porte de toutes ses forces. Elle descend dans l'abri, suivie d'Edith, et la referme le plus silencieusement possible.

— Il n'aura pas l'idée de venir ici ? s'inquiète son amie.

— Non. Je ne pense pas. Je lui ai dit que je sortais.

Elles avancent à tâtons jusqu'à ce qu'elles trouvent une lanterne. Son halo jaune éclaire une pièce meublée. Il y a un tapis par terre, des rayonnages sur les murs et trois lits en métal avec des draps en flanelle et des couvertures en laine polaire. Un réservoir d'eau, un générateur, des W.-C. chimiques. Et sur les étagères, des paquets de piles, des serviettes en papier, des packs de bouteilles d'eau, des tendeurs. Des livres, aussi. Quelques-uns de ses préférés, empilés sur des jeux de société – Monopoly, Mille Bornes.

La pièce sent le ciment, le caoutchouc et l'adoucissant. Lorsqu'elle voit les trois paires de bottes luisantes qui occupent l'étagère du bas, une grande noire et deux plus petites : une rayée vert et blanc et une bleu électrique, elle ressent à la fois de la culpabilité, de la honte et un sentiment aigu de perte.

Edith s'empare d'une boîte de porridge instantané, l'étudie et la remet à sa place, l'air sidérée.

— Pourquoi ton mari a-t-il construit ce truc ?

— Parce que je n'étais pas à la maison pour l'en empêcher.

— Parce que tu étais avec moi.

— Tu as essayé de me prévenir que j'allais les faire souffrir…

— Ce n'est pas ta faute si Noah s'est blessé. Et ton mari a clairement perdu l'esprit…

— Si je me dis que ce n'est pas ma faute, c'est encore pire.

— Pourquoi ?

— Parce que je suis sa mère. Je suis supposée assurer sa sécurité.

— Hier, à l'hôpital, tu m'as persuadée que nous étions faites pour vivre ensemble. Tu m'as dit que tu allais quitter ton mari…

— Je sais.

— Tout ceci t'a fait changer d'avis ? demande Edith, englobant la pièce d'un geste ample.

— Non.

Ginny s'assied sur l'une des couchettes et se prend la tête entre les mains.

Son amie s'assied à côté d'elle.

— Quoi que je décide, quelqu'un va souffrir.

— C'est juste.

— Je ne veux pas renoncer à toi.

— Alors ne le fais pas.

Ginny veut croire qu'elles pourraient devenir les deux femmes heureuses aperçues dans sa cuisine ou au pied de l'escalier. Mais elle ne peut l'envisager sans revoir le sosie de Mark, au volant de la Jeep ; son visage sale, son expression tourmentée. Elle aimerait tant trouver un moyen d'être avec Edith, mais il lui faut envisager une autre possibilité. Elles ne peuvent pas devenir ces deux femmes.

Cass sort de la douche avec Leah. Elle les enveloppe toutes deux d'une serviette de toilette, s'assied sur le tapis de bain et s'adosse à la baignoire. La bouche du bébé trouve vite son sein. Le miroir embué de la porte lui renvoie leur reflet flouté. Elle reprend les pages qu'elle a écrites un peu plus tôt, développant l'hypothèse de sa vieille dissertation. Tout est là, noir sur blanc : sa vie, la vie qu'elle partage avec Leah et Amar, n'est qu'une possibilité parmi l'infinité de réalités du multi-univers. Des réalités qui n'ont rien d'hypothétique. Qui sont bel et bien réelles. Elle le sait, parce qu'elle en a vu une autre de ses propres yeux… et son voisin aussi.

Le miroir est clair, à présent. Elle regarde ses cheveux mouillés, ses yeux sombres, fatigués mais alertes, la légère trace de boue sur la joue qu'elle a frottée contre le manteau sale de Mark. Elle l'essuie. Avec Leah ainsi accrochée à elle, Cass ressemble à une créature étrange, dotée de quatre bras et quatre jambes.

Cher Amar,

J'ai vu une chose si étrange. Autant ne pas y aller par quatre chemins, tu vas me prendre pour une folle, c'est inévitable. J'ai vu un double de moi-même dans la chambre du bébé. Je me suis vue devant moi, bien réelle. Au début, j'ai cru que c'était une sorte de prémonition, un avertissement. Mais, à présent, je sais que je me trompais. Je ne voyais pas mon avenir mais une autre version de moi.

Avec tout mon amour,
Cass

Leah dort. Elle la couche sur le tapis de bain et ouvre le placard du lavabo pour en tirer le test de grossesse. Elle recommence la procédure mais, au lieu de le poser sur le couvercle des W.-C., elle le garde à la main et patiente tranquillement, les yeux sur la petite fenêtre du batônnet.

Une minute s'écoule puis, petit à petit, une ligne rose se dessine. Une seule.

Soudain, le sol tremble sous ses pieds nus. Elle a un goût métallique à la bouche. Elle lâche le test dans le lavabo et prend sa fille dans ses bras. Elle bat des paupières et se met à sangloter. Le calme revient. Cette secousse était plus forte que les précédentes. Cass s'immobilise et tend l'oreille…

Un pas léger provient du couloir. Elle retient sa respiration et ouvre la porte de la salle de bains. Quelqu'un avance dans le couloir. C'est la femme enceinte qui lui ressemble comme deux gouttes d'eau.

Cass recule et serre la tête de Leah contre son sein. Sa jumelle avance d'un pas poussif et traînant, son T-shirt serré sur son énorme ventre. Elle reconnaît l'odeur de la crème Neutrogena pour les pieds dans son sillage.

Le visage en sueur, elle s'éloigne de la salle de bains, se massant les reins des deux poings et gémissant de douleur, comme si le travail avait commencé.

— Vous…

La voix de Cass se brise. Elle essaie encore :

— Vous allez bien ?

Mais la femme ne répond pas. Elle monte l'escalier pesamment, haletante, et disparaît.

33.

Mark demande à Noah et Livi de l'attendre sur la terrasse de devant avec les chats enfermés dans leurs boîtes et se met à courir, le cœur tambourinant contre ses côtes. La rue luisante est déserte. Il appelle sa femme, encore et encore. Elle ne répond pas. La nuit est étrangement immobile et silencieuse. Il n'entend aucun bruissement d'écureuil dans les feuillages, aucun hululement. Il jette un coup d'œil aux enfants derrière lui. Hésite, puis court frapper aux portes des deux maisons voisines. Samara ouvre presque immédiatement. Elle fronce les sourcils à sa vue. Mark lui parle de ses grenouilles à toute vitesse.

— Allez chercher votre père, lance-t-il en pivotant vers la maison des nouveaux voisins.

Elle le regarde, incrédule, mais fait ce qu'il lui demande.

Cass a déjà entrouvert sa porte.

— Ai-je bien entendu ? demande-t-elle, le visage rouge.

Elle semble avoir du mal à respirer.

— Oui, dépêchez-vous.

— Pour aller où ?

— Oui, où allons-nous ? renchérit, Manish Mehta en pyjama rayé et pantoufles de cuir, à côté de sa fille.

— À l'abri, dans mon jardin. Nous y serons en sécurité.

Son voisin le dévisage comme s'il lui était poussé une deuxième tête.

Cass ouvre sa porte en grand, laissant apparaître son gros ventre.

— Je ne peux pas, gémit-elle en chancelant. Il faut que je reste près d'un téléphone.

— Ça ne va pas ? demande Samara. Le travail a commencé ?

— Je ne… sais pas… Peut-être.

— Vous êtes seule ?

— Oui, mon mari est en voyage de recherches…

— On n'a pas le temps de discuter, il faut gagner l'abri immédiatement, les interrompt Mark.

Mais personne ne fait mine de bouger.

L'espace d'une seconde, il craint qu'ils ne rentrent tous chez eux, qu'ils refusent de l'accompagner. Mais finalement, Manish enfile une veste sur son pyjama, Cass met une laisse à son chien, et ils le suivent.

Mark retourne sur sa terrasse, aide son fils à se lever et entraîne le groupe à travers son jardin boueux.

— Et maman ? s'enquiert Noah d'un ton angoissé.

— Elle est ici, dit Samara. Je l'ai vue…

— J'irai la chercher une fois que vous serez en sécurité.

Ils arrivent devant la porte blindée et Mark empoigne la roue mouillée, comme il l'a fait si souvent en songe, ou dans ses cauchemars. Il sent les autres sur le qui-vive tandis qu'il la tourne deux fois et la soulève.

Il cligne les yeux, surpris. La pièce est éclairée. Il y a déjà deux personnes à l'intérieur : Ginny et une femme rousse qu'il ne connaît pas sont assises sur une couchette. Elles s'écartent l'une de l'autre.

Noah pousse son père et s'écrie :

— Maman !

Il descend dans l'abri à l'aide de sa main valide et se jette dans les bras de sa mère.

— On t'a cherchée partout.

— Que se passe-t-il ? demande-t-elle d'une voix suraiguë.

Personne ne répond. Livi, Samara et son père descendent dans l'abri, suivis de Cass, soutenue par Mark, et du gros chien noir.

Ginny s'attend à ce que son mari lui lance « Qui est cette femme ? ». Mais il choisit de les ignorer toutes les deux. Il dépose les caisses où se trouvent les chats, referme la porte et traverse la pièce. Il appuie sur plusieurs interrupteurs et une grande boîte blanche se met à vrombir.

Noah est le premier à reprendre la parole, surexcité. Il explique à Ginny et Edith que les grenouilles ont disparu des étangs et que Broken Mountain est sur le point d'entrer en éruption.

— C'est complètement…

Edith se retient de dire dingue.

Samara enchaîne :

— Je pensais que Broken Mountain était un volcan endormi…

— Ne devrions-nous pas monter dans nos voitures et prendre la fuite ? l'interrompt Manish.

— Nous ne pourrons pas être plus en sécurité qu'ici dans les prochaines heures, lui assure Mark.

Désignant la boîte blanche, il ajoute :

— Grâce à ce filtre.

— Tu en es sûr ? insiste sa femme, retrouvant l'usage de sa voix. Parce que…

— Oui, j'en suis certain, Ginny.

Le regard de Noah navigue entre ses parents.

Sa mère ouvre la bouche, puis la referme.

Les chats miaulent furieusement. Ils poussent leurs caisses dans un coin, et Livi s'assied par terre pour les calmer. Edith avance vers Cass. Son chien se dresse devant elle dans une attitude protectrice.

— Vous allez bien ? lui demande-t-elle. Vous avez une contraction ?

La jeune femme acquiesce, les lèvres pincées sur un gémissement.

— Vous êtes enceinte de combien de semaines, déjà ? s'enquiert Ginny.

Edith l'aide à s'installer sur une couchette.

— C'est bien, allongez-vous sur votre côté gauche, laissez le plus d'oxygène possible à votre bébé.

— Trente-sept semaines, répond Cass.

— Quand l'éruption est-elle supposée se produire ? questionne Manish. Est-elle imminente ?

— Je ne sais pas. Ça peut arriver dans quinze minutes, ou quinze heures.

— Quinze heures !

Le vieil homme lève la tête vers le plafond avec une expression paniquée.

— Je ne peux pas passer quinze heures ici.

Mark lui pose la main sur l'épaule.

— Tout va bien se passer. Nous allons juste rester assis là tranquillement.

— Je ne sais pas. Toute cette histoire me paraît tirée par les cheveux…

— Tu as un tensiomètre ici ? demande Ginny.

— Dans la pharmacie, sur la troisième étagère, répond son mari sans la regarder.

Samara brandit une boîte en plastique pleine de matériel médical.

— C'est là-dedans ?

Edith fixe le tensiomètre autour du bras de Cass et appuie sur la poire en caoutchouc.

— Quelle chance d'avoir un médecin et une infirmière avec vous, plaisante-t-elle d'une voix douce.

Ginny prend un stéthoscope et écoute son abdomen. Elle inhale une odeur de sueur et de crème hydratante.

— 12/8, dit Edith. Tout va bien.

— Depuis combien de temps avez-vous des contractions ?

— Une heure, environ…

— Vous avez calculé les intervalles ?

— J'en ai toutes les dix minutes à peu près, répond-elle avec une grimace de douleur. Mais je sens qu'elles se rapprochent.

Edith s'assied sur le lit, à côté d'elle.

— Prenez deux ou trois profondes inspirations, d'accord ? Des contractions toutes les dix minutes, ce n'est pas nécessairement le signe d'un accouchement imminent…

— Mon terme est dans un mois. Mon mari n'est même pas rentré…

Samara s'approche des trois femmes.

— Je peux faire quelque chose pour me rendre utile ?

— Est-ce que vous pourriez tous vous taire pendant une minute ? demande Ginny.

Le silence se fait aussitôt. Elle déplace alors le stéthoscope sous le ventre de Cass, pour entendre le cœur du bébé.

Elle sourit. Il est là, plus rapide et plus léger que celui de sa mère.

— J'entends un battement régulier, annonce-t-elle, laissant pendre le stéthoscope autour de son cou.

— À quand remonte votre dernier rendez-vous avec l'obstétricien ?

— Deux jours.

Cass soutient son ventre. Son chien lui lèche les mains.

— Tout allait bien.

— Dans quelle position était le bébé ?

— La tête en bas.

Ginny hoche la tête et se lève. Elle ôte sa montre et demande à Samara de mesurer les intervalles entre les contractions.

— Manish, vous voulez bien tenir le chien, s'il vous plaît ?

Puis, elle se dirige vers l'entrée et fait signe à Mark de la suivre.

— Si le travail a commencé, je vais devoir la conduire immédiatement à l'hôpital, dit-elle, s'obligeant à le regarder dans les yeux.

Il croise les bras.

— Elle est plus en sécurité ici.

— Mark, l'hôpital est bâti pour supporter les catastrophes naturelles. Ils ont des générateurs, ils ont…

— Et la route jusqu'à l'hôpital ? Que va-t-il lui arriver – et à toi – si Broken Mountain entre en éruption pendant que tu la conduis là-bas ?

— Je sais que tu crois à cette éruption, mais…

Ses mots sont soudainement étouffés par un bruit terrible qui semble monter du plus profond de la terre. Elle s'élance vers Noah en même temps que Mark. Ils serrent leur fils contre eux et sentent la secousse traverser leurs trois corps. Ginny sent un goût métallique dans sa bouche tandis que le sol tangue et que des objets tombent des étagères. Elle ferme les yeux de toutes ses forces.

Quand elle les rouvre…

Il n'y a plus de plafond. Plus de murs, plus de bunker, plus de voisins. Il n'y a plus qu'elle, Mark et Noah, serrés les uns contre les autres au milieu du jardin désert. La pluie fouette leurs visages. Un pivert frappe, non loin.

Une violente secousse les envoie à terre.

Ils sont accroupis dans un tas de cendre grise. La forêt n'est plus qu'un champ de brindilles calcinées, leur maison, un tas de bois mouillé. Le ciel est violet et opaque, l'air, chargé de poussière. Ginny respire une odeur horrible qu'elle ne connaît que trop bien… celle des voitures brûlées et des maisons en feu. Elle plisse les yeux pour voir à travers l'opacité. Elle distingue des formes couvertes de cendres recroquevillées près de la porte de derrière – des formes humaines. Deux adultes et un enfant.

Son ventre se tord. La terre tremble à nouveau. Mark et Noah échappent à son étreinte…

Elle tend les bras mais ses mains ne rencontrent que des branches épineuses. Ils sont partis. Elle est seule au cœur de ce monde sauvage. Il n'y a plus de maison. Plus d'impasse. Elle est seule dans l'obscurité, au cœur de la cacophonie de la forêt. La terre est immobile, à présent. Ses oreilles s'emplissent du bourdonnement des insectes et du coassement des grenouilles. La panique lui monte à la gorge. Elle se met à ramper dans une direction, puis une autre, à la recherche de Noah et Mark. Elle hurle leurs noms.

Puis, le sol se cabre sous ses pieds, et ils sont de retour dans ses bras. Elle tousse, encore et encore, les serrant contre elle de toutes ses forces. Ils sont de retour dans le bunker aux murs épais, enveloppés de lumière jaune. Livi est agenouillée près du chien. Samara, Manish et Edith sont penchés sur la couchette pour protéger Cass.

Elle essuie le visage de Noah, couvert de poussière grise.

— Que s'est-il passé ? Qu'est-ce que c'était ?

Mark se précipite sur la boîte en métal blanc.

— Je ne sais pas.

Il enfonce les boutons d'un générateur, un bourdonnement s'élève et la boîte blanche se remet en marche.

— Nous n'étions plus ici pendant une minute, dit Ginny en toussant. Nous étions dehors.

Ils échangent tous des regards.

Manish finit par rompre le silence :

— Y a-t-il une radio, ici ?

Mark attrape la petite radio d'urgence sur une étagère. Un grésillement s'en élève, puis une voix robotique emplit l'espace : « Un événement sismique secoue Broken Mountain. Les résidents de Clearing, Evergreen et Spring Camp, dans l'Oregon doivent se mettre à l'abri dans une pièce. Éteindre les systèmes de climatisation. S'éloigner des fenêtres et des objets en verre. Si possible, sceller les fenêtres, les portes et les aérations. Ne sortez pas. Je répète, ne sortez pas. Restez avec nous pour vous tenir informés. » L'avertissement repasse en boucle.

— Maman ! s'exclame Livi en larmes.

— Elle est au travail, la rassure Mark. C'est à quarante-cinq kilomètres d'ici. Elle va bien.

Mais l'enfant ne se calme pas.

— Livi, je te promets que ta maman est en sécurité, insiste-t-il.

— Vous aviez raison, dit Samara, sidérée. Vous aviez vu juste.

Ses mots produisent un effet étrange sur Ginny. Elle a l'impression de voir son mari pour la première fois : il est un véritable mystère pour elle.

— Pourquoi as-tu construit cet abri ? dit-elle d'une voix cassée, étouffée par la poussière coincée dans sa gorge. Comment savais-tu ?

Cass gémit depuis sa couchette. Son visage grimaçant a viré au rouge. Ginny se précipite à son chevet et lui prend la main.

— Essayez de respirer pendant les contractions, lui conseille Edith.

Manish lâche le chien, qui bondit vers sa maîtresse et se met à lui lécher le visage.

Elle gémit sous le coup d'une autre contraction. Puis d'une autre, immédiatement après.

— Il faut vérifier si vous êtes dilatée, dit Edith.

— Maintenant ? souffle Cass.

— Les bébés arrivent quand ils le décident et je pense que celui-ci veut sortir maintenant.

Ginny tire le drap d'une autre couchette et en couvre le bas du corps de Cass pendant qu'Edith l'aide à ôter son pantalon de pyjama. La voix robotique de la radio leur rappelle : « Ne sortez surtout pas… »

— Il faut que nous trouvions un moyen de nous laver les mains.

Mark leur apporte de l'eau, un savon et une petite bassine en plastique.

— Ne t'inquiète pas, ta mère sait ce qu'elle fait, murmure-t-il à Noah.

L'infirmière soulève le bas du drap et fronce les sourcils.

— Elle est à… six ou sept centimètres. De l'eau a coulé sous les ponts depuis mon stage en maternité.

— Pareil pour moi, dit Ginny.

— Elle va vraiment accoucher maintenant ? demande Samara.

Une sorte de grognement s'échappe des lèvres de Cass.

— Ces deux-là n'étaient espacées que de trente secondes.

— Continuez à mesurer les intervalles. Ça s'accélère.

— On est à huit, peut-être neuf centimètres, dit Edith.

Ginny bondit et traverse prestement la pièce, criant des instructions à Mark : serviettes, ciseaux, alcool, davantage d'eau.

Samara s'agenouille auprès de Cass et lui prend la main. Son père tient le chien. Edith s'écarte de la future maman et Ginny se poste au pied du lit. Elle essaie d'entendre le cœur du bébé, mais il y a trop de bruit.

Cass grogne, essoufflée. L'infirmière l'aide à se redresser. Son visage est de plus en plus rouge à mesure que les contractions s'intensifient. Elle agrippe les côtés de la couchette et jette un regard fou autour d'elle avant d'enfoncer son menton dans sa poitrine et de pousser un hurlement.

Noah s'agenouille et prend le chien dans ses bras. Ginny se penche entre les jambes de Cass.

— Nous y sommes presque.

— Vous allez bientôt voir votre bébé, lui chuchote Edith à l'oreille.

— Oui, oui, répond-elle dans un souffle.

Son regard fiévreux se voile. Une nouvelle contraction monte.

— Vous voulez essayer de pousser ? lui demande Ginny.

Cass gémit et grince des dents. Ses lèvres sont blanches. Elle ferme les yeux et expire.

— C'est bien. Quand la prochaine contraction arrivera, refaites exactement la même chose.

Cass pousse encore. Samara lui tient toujours la main.

— Vous vous en sortez à merveille, dit-elle après chaque contraction.

Encore une poussée et Ginny sent le crâne souple et les cheveux mouillés du bébé sous ses doigts.

— Voilà la tête…

Elle passe une main autour et essuie la bouche minuscule du bébé.

À la poussée suivante, Ginny sort les épaules du bébé qui jaillit dans ses bras, enveloppé de sang et de mucus. Il cligne des yeux, étonné et furieux. Sa petite bouche s'ouvre…

Et un cri perçant emplit la pièce.

Comment avait-elle pu oublier ce cri ? Noah avait poussé le même quand l'obstétricien l'avait tiré de son abdomen et levé par-dessus le rideau de séparation, ses petites jambes battant l'air.

Ginny tend son bébé à Cass qui se rallonge, une expression émerveillée sur son visage luisant. Elle plonge son regard dans les yeux sombres de son fils et murmure son nom, « Liam ». Elle l'installe sur sa poitrine et respire sa petite tignasse mouillée avec un air béat.

34.

Par un après-midi humide d'avril, six mois après l'éruption de Broken Mountain, Mark conduit une équipe de doctorants sur le sentier étroit qui mène à l'étang P – le seul qui ait survécu au désastre, en raison d'une gelée précoce survenue quelques jours auparavant. Il avance d'un pas soutenu, sentant l'air froid gonfler ses poumons. Il n'a pas perdu les muscles gagnés en construisant l'abri.

L'éruption a fait dix-sept victimes, détruit trente-six maisons et deux ponts et oblitéré onze routes, mais grâce à la direction du vent, cette nuit-là, et à la forme accidentée de la crête de la montagne, la ville de Clearing a été largement épargnée. Seuls cinq de ses résidents sont morts : trois lorsque le toit de leur maison s'est effondré sous le poids des cendres, et deux dans un accident de voiture. Dans l'abri de Mark, tout le monde a survécu et a été préservé de l'exposition à l'air saturé de cendres.

Les médias internationaux ont parlé de l'éruption et des scientifiques sont arrivés de toutes parts pour étudier Broken Mountain. Mais dans le journal local, on parle moins de l'éruption en elle-même que des étranges événements qui l'ont précédée. Des gens ont déclaré avoir eu des visions étranges peu auparavant. Une femme a prétendu avoir poursuivi un chien à travers sa maison, trois matins consécutifs ; chaque fois qu'elle acculait l'animal dans un coin, il s'évaporait. À son réveil, un homme a vu son épouse morte depuis trois ans sortir de la douche, ses longs cheveux dégoulinant dans son dos. Il lui a demandé ce qu'elle faisait là, si elle était un fantôme, mais n'a pas obtenu de réponse. Elle s'est dirigée vers leur dressing et s'est évaporée.

Mark lit ces articles avec un grand intérêt. Des parents dont les enfants affirment que leurs amis imaginaires sont bien réels. Des personnes ayant vu leurs parents à deux endroits en même temps. La plupart des gens qui ont eu ces visions n'avaient osé en parler à personne. Tout comme Mark. Craignant d'avoir perdu l'esprit, ils s'étaient persuadés qu'il s'agissait d'hallucinations provoquées par le stress ou de l'effet secondaire de leur traitement médical. Quand les visions se sont soudain arrêtées, après l'éruption, ils se sont demandé si les deux occurrences n'étaient pas liées. Quelques personnes ont fait pression sur le maire pour monter une équipe composée de scientifiques de l'université, de membres du gouvernement local et de citoyens intéressés pour étudier ces étranges phénomènes.

Mark aurait aimé se joindre à eux mais, depuis l'éruption, ses projets de recherche ont reçu des fonds à foison. Il est débordé. Il a pris plusieurs doctorants sous son aile et a élargi son champ d'étude de la grenouille maculée de l'Oregon, incluant des étangs proches des volcans en sommeil de Washington et de la Californie. Il a aussi démarré un programme sur la côte, visant à réunir des informations sur les parcours alternatifs des oiseaux marins en cas d'activité sismique le long de la faille de Cascadia.

Pour couronner le tout, l'université est en pourparlers avec son principal donateur pour fonder un Institut d'étude du comportement animal. Il va pouvoir développer DAMN, un système mondial de prédiction des catastrophes naturelles fondé sur l'observation du comportement animal. Tous ses efforts, les recherches d'une vie, sont récompensés d'un coup.

Pourtant, quand il songe qu'il a fallu attendre que son mariage et que cette montagne explosent pour se faire entendre et convaincre ses pairs du bien-fondé de DAMN et de ses propos, il ressent de la colère. Mais à quoi bon ? se dit-il. Il lui suffit de savoir que son travail est important. Qu'il va sauver des vies. Qu'il ne sauvera pas que ses proches, la prochaine fois.

L'air est de plus en plus frais à mesure qu'ils grimpent. Il presse le pas. L'étang est juste devant lui : éclat d'argent entouré d'arbres. À l'ouest, la forêt est toujours verte, mais au nord, le paysage a changé. On croirait qu'une main géante a tracé une ligne descendant du flanc de la montagne, séparant un monde polychrome, chargé de plantes, animaux et champignons, d'un monde en noir et blanc jonché de troncs calcinés. Plus haut, à l'endroit où le vert se mue en gris, l'air a toujours le goût acide de la cendre qui vous picote les narines. À première vue, ce n'est qu'un désert, mais il ne faut pas se fier aux apparences. Même dans un champ de poussière, la nature reprend ses droits. Il faut juste savoir où chercher. Au début, vous ne verrez que des terriers de géomyidés ayant survécu à l'éruption, puis des fungi déterrés par ces petits rongeurs, et enfin, des pousses vertes nées des graines portées par le vent. La pluie printanière qui imbibe la terre brûlée a déjà donné naissance à de minuscules pousses de pin qui pointent sous les cendres.

Ses étangs ne seront jamais plus ce qu'ils ont été, mais ils demeureront pour toujours une source de fascination pour Mark, et pour de nombreux scientifiques après lui : car ils sont la preuve que DAMN est pertinent.

Lorsqu'ils atteignent l'étang, Katie lui tend une planchette à laquelle est fixé un formulaire d'inventaire, des filets, et de nouveaux lecteurs digitaux. Elle montre aux jeunes étudiants comment attraper les batraciens, lire leurs colliers puis les relâcher. Mark remonte ses waders, avance dans l'eau et plonge son filet dans la vase. Il attrape une grenouille qu'il tire délicatement de son écheveau de cresson et la garde au creux de ses mains pendant que Katie scanne son collier. C'est une de celles qui se sont enfuies avant l'éruption et sont revenues après. Quand Katie se retourne pour aider un étudiant, il la lève vers ses yeux. Il sent son petit cœur s'emballer et ses pattes repousser ses paumes. « Merci », ne peut-il s'empêcher de lui murmurer avant de la relâcher.

Une pluie tiède mouille le visage de Samara tandis qu'elle lève la tête vers le toit de la terrasse arrière pour appeler Shawn, en train de poser les derniers bardeaux du toit endommagé par l'éruption.

— Tu vas être trempé.

— Ouais, mais il ne m'en reste plus beaucoup, lance-t-il.

Cela fait trois mois qu'elle est propriétaire de l'ancienne maison de M. Kells, mais elle attend la fin des réparations pour emménager. Elle a apporté quelques petites affaires qu'elle compte déballer aujourd'hui : des cartons pleins de ses livres de design d'étudiante, et quelques livres de cuisine piochés dans la maison de ses parents. Les plus annotés de la grosse écriture de sa mère : *The New York Times Cookbook*, *Maîtrisez l'art de la cuisine française*, *La Cuisine végétarienne pour tous*. Plus un sac plein d'échantillons de tissu et de nuanciers, et un carton plus petit, contenant des verres.

Elle porte le tout à l'intérieur, puis range les livres dans la bibliothèque du salon et étale les carrés de tissu et les nuanciers sur le parquet fraîchement rénové. Elle recule, admire l'effet produit par les camaïeux de bleu, les cotons rayés noir et blanc, la soie bleu pâle ou le lin noir, plus texturé. Elle prend la soie et la lève devant les baies vitrées. Dehors, l'herbe est luxuriante et les pins se balancent dans la brise. Le soleil apparaît un bref instant, et disparaît aussitôt derrière les nuages. Elle entend la voix de sa mère résonner dans sa tête : *Où est la couleur, Sammy ?*

C'est une couleur, répond-elle, songeant à la débauche de motifs et de textures qui dominait dans la maison de ses parents. Cela lui manque, et en même temps, pas vraiment.

Tu veux passer ta vie cernée par la grisaille ?

C'est bleu, maman.

Ça me donne envie de dormir.

Eh bien, ça me plaît, à moi.

Samara repose l'échantillonneur et se tourne vers le carton de verres. Une bouteille de champagne attend dans le frigo – elle ne se voyait pas trinquer à l'achat d'une maison au toit troué. Mais peut-être que le moment est venu de la déboucher. Elle essuie les verres à eau, puis les verres à vin, et les range dans le vaisselier récemment poncé et restauré. Elle se penche au fond du carton et en sort la carafe orange Fiesta de sa mère.

Shawn entre à cet instant, secouant son imper.

— Qu'est-ce que tu fais ?

Il délace ses bottines et les dépose dans l'entrée.

— Je lui cherche une place, répond-elle en levant le broc.

Il avance vers elle, passe les mains autour de sa taille et enfouit son visage dans ses cheveux.

— Tu es si chaude.

Elle rit. Son nez est froid et ses cheveux, trempés.

— Tu as fini pour la journée ?

— Oui. Qu'est-ce que tu veux faire ce soir ?

— Peindre.

— Tu es sérieuse ?

— Ouais. J'ai déjà acheté la peinture. Elle est dans le garage.

Il a l'air fatigué, mais il sourit.

— D'accord. Je vais la chercher.

— Mais avant ça, on pourrait commander à manger et boire cette bouteille de champagne, lance-t-elle dans son dos.

Elle s'approche de la cheminée et pose la carafe sur son linteau en bois.

Ah, ça, c'est très joli, dit la voix de sa mère. *Ça égaye la pièce.*

C'est vrai, lui répond Samara, c'est sa place.

Des brindilles craquent sous leurs bottes tandis que Ginny, Noah, Peter et Livi marchent vers le campement, près du lac Sparrow. La forêt sent le neuf, avec ses pousses de pin, ses érables bourgeonnants, et toute cette vie qui grouille derrière le murmure des insectes et le piaillement des oisillons. Ils sont suffisamment loin de Broken Mountain pour échapper à la vue de ce qu'il reste de la nappe des cendres volcaniques qui ont recouvert Clearing comme un manteau neigeux, six mois auparavant ; cette poussière grise mêlée à la terre, coincée sous les rochers et entre les plis des troncs d'arbres. Ginny s'arrête pour reprendre son souffle. Devant elle, Noah marche tout près de Livi, qui porte un sac à dos rose fermement sanglé à son dos. Traînant un sac polochon derrière lui, Peter s'arrête chaque fois qu'il voit un champignon, un trou de serpent, ou un lapin qui dépasse d'un buisson. La fillette saisit soudain la main de Noah, qui se raidit et lance un regard dans sa direction. Ginny lui adresse un coucou de la main, s'obligeant à lui sourire. Le campement apparaît au loin, alors que le soleil filtre à travers les arbres, puis s'éclipse à nouveau derrière les nuages.

Elle a renoncé à son poste de chef chirurgien il y a quelques mois – elle détestait la paperasse de toute façon – de sorte qu'elle peut se concentrer sur son travail au bloc. Réparer les gens, c'est ce qu'elle fait le mieux. Ça lui laisse des petites plages de liberté qu'elle consacre aux matches de foot de Noah – qui se jouent désormais sur des terrains situés à au moins une heure de Clearing –, aux soirées entre parents cherchant à aider leurs enfants à surmonter les traumatismes causés par les catastrophes, et aux sorties bowling en compagnie de Peter et Livi, les dimanches pluvieux.

Le rythme de son existence s'est ralenti, et parfois le temps lui paraît long. Surtout quand ils prennent la route pour les matches ou s'observent en silence à la table du dîner. Mais ça ne la dérange pas vraiment. Ce n'est pas dans ces moments-là qu'elle ressent le plus l'absence de Mark, mais quand elle prépare un sandwich au beurre de cacahuète pour le déjeuner de Noah, négligeant le fait que les fruits à coque sont interdits à l'école, ou qu'elle oublie les jours où elle est supposée sortir les poubelles. Alors, elle se rend compte de tout ce qu'il a fait pour elle durant toutes ces années. Ces corvées dont elle ignorait même l'existence : nettoyer le filtre du sèche-linge, changer l'eau des chats, mettre de l'absorbeur d'odeurs dans les crampons de Noah pour qu'ils n'empestent pas quand ils sont en voiture. Et elle est décidée à le remercier correctement dans un futur proche. Elle le voit presque tous les jours – il a loué une maison en ville à quelques rues d'ici – mais elle attend qu'il soit moins en colère, ou moins triste. Ou peut-être qu'elle attend que son propre regret s'estompe un peu.

Edith fait toujours partie de sa vie. Elles se voient quand Noah est chez son père. Ginny aime passer du temps avec elle, même si ce n'est que pour déjeuner à l'hôpital, ou lire dans la même pièce. Elle se sent bien dans sa petite maison chaleureuse et lumineuse. Il lui paraît si simple d'être heureuse quand elles se retrouvent seules dans sa cuisine, ou dans son lit. Mais quand son amie propose de passer la nuit chez elle, Ginny refuse. Elle n'est pas prête à la faire entrer dans la vie de Noah. Pas encore.

Quand ils arrivent au campement, son fils désigne un carré de terre tapissé d'épines de pin.

— On pourrait planter les tentes ici ?

Depuis sa dernière poussée de croissance, il n'a plus besoin de lever la tête pour la regarder dans les yeux. Ils font exactement la même taille.

— Oui, ça me paraît bien.

Ils étalent les toiles par terre et assemblent les poteaux. Ginny tend le tissu bleu scintillant sur l'armature de tente qu'ils vont partager. Peter et Livi ont chacun la leur. Noah les aide à planter les sardines dans la terre meuble, après quoi ils déroulent leurs sacs de couchage et déballent leur dîner. Il commence à faire sombre quand ils ont terminé. Les enfants vont chercher du petit bois pendant que Ginny fait du feu, craignant d'avoir oublié comment on s'y prend, d'autant que les brindilles et les bûches mouillées refusent de s'embraser.

Tandis que Peter et Livi essaient leurs tentes respectives, fermant et ouvrant leurs fermetures Éclair, son fils vient se poster à côté d'elle.

— Papa enlève toujours l'écorce des bûches pour que le bois soit plus sec, dit-il d'un ton hésitant.

Ils sont prudents l'un envers l'autre, ces derniers temps. Ils avancent à tâtons dans cette nouvelle façon de vivre. Noah partage son temps entre ses deux parents, à présent. Il a deux maisons, deux chambres, deux armoires, deux jardins avec des cages à buts plantées dans l'herbe mouillée. Mais, pour l'instant, il semble s'être bien adapté à tout ça. Mieux qu'elle en tout cas.

— J'avais oublié cette astuce.

Elle sourit. Elle veut qu'il sache qu'il peut parler de son père, que tout se passera bien pour elle, Mark et la famille qu'ils forment, en dépit de sa nouvelle configuration. Qu'ils pourraient même aller mieux qu'avant.

Ils dépiautent le bois mouillé ensemble et l'odeur puissante du cèdre emplit l'air. Cette fois, le bois fume et s'enflamme en un instant.

Le soleil se couche déjà. L'air devient plus frais et la forêt s'emplit de croassements et de hululements. Ils dînent de sandwiches, de chips et de chocolat chaud, puis Livi essaie de lire à la lumière du feu et Noah et Peter s'assoupissent. Ils ont joué au foot, dans l'après-midi. Ginny a appris à mettre son fils au lit de bonne heure après ses matches, pour qu'il ne se lève pas fatigué et grincheux le lendemain.

Ils se brossent les dents avec de l'eau en bouteille et une tasse en plastique. À la demande de Peter, Ginny vérifie qu'il n'y a pas d'araignées dans les tentes des enfants, et ils se souhaitent bonne nuit. Noah et elle s'enferment dans leurs sacs de couchage respectifs et écoutent les bruits de la forêt. Elle sait qu'il est presque trop grand pour partager une tente avec sa mère, aussi, lorsqu'il s'endort auprès d'elle et que son souffle régulier envahit l'espace, elle éprouve un bien-être qu'elle n'a pas ressenti depuis longtemps.

35.

Assise dans son lit, Cass annote les pages de son manuscrit quand Amar entre avec Leah qu'il vient de mettre en pyjama. Il s'allonge à côté de sa femme et installe le bébé sur son torse. Leur fille renverse sa tête en arrière et lui sourit en bavant. Deux dents minuscules pointent sur sa gencive inférieure. Elle aura bientôt huit mois.

Quand son test de grossesse s'est révélé négatif, Cass a ressenti un immense soulagement. Mais, à présent que Leah fait ses nuits et qu'elle a réussi à transformer sa vieille dissertation en manuscrit de deux cents pages, elle n'est pas opposée à l'idée d'avoir un deuxième enfant un jour. Mais pas maintenant, pense-t-elle en se revoyant les yeux rivés à la petite fenêtre du test, à la pluie tambourinant sur le toit et au regard sombre de sa fille, si petite alors, posée sur le tapis de la baignoire.

C'était la nuit du panache volcanique. Elle a lu un article en ligne sur l'événement, le lendemain. Le nuage de cendre s'est élevé sur le flanc est de Broken

Mountain. Le volcan prétendument en sommeil ne l'est finalement pas. Des scientifiques monitorent la montagne et enregistrent des données susceptibles de prédire une éventuelle éruption.

Bien sûr, il lui serait difficile d'oublier cette nuit-là pour une autre raison : c'est la nuit où elle a vu la femme qui lui ressemblait trait pour trait pour la dernière fois. Elle pense beaucoup à cette autre Cass, preuve vivante que sa théorie du multi-univers est juste. Il lui arrive de s'inquiéter de ce qui a pu arriver, après. Elle avait l'air de beaucoup souffrir. A-t-elle eu son bébé ? Était-ce une fille ou un garçon ?

Parfois, quand elle allaite Leah dans le rocking-chair, au milieu de la nuit, elle imagine le visage de cet autre bébé. Un garçon aux yeux plus clairs, au visage plus rond. Liam. C'était le prénom qu'ils avaient choisi pour un garçon. Puis, Liam laisse la place à un autre bébé, une petite fille aux lèvres pleines, cette fois. Puis, un autre. Et un autre. Durant ces moments fugitifs, le cœur de Cass se serre à l'idée de tous ces bébés possibles qu'elle ne connaîtra jamais.

Amar soulève Leah en l'air, qui éclate de rire.

— Ne l'énerve pas avant de la coucher, lui dit-elle, riant malgré elle.

Il y a une tache qui ne part pas au lavage sur la manche du pyjama blanc et rose de sa fille. Cass passe le pouce dessus, puis se remet au travail.

— Je ne suis pas obligé d'être au labo avant neuf heures, lui dit Amar. Je pourrai emmener Leah à la crèche demain.

Il l'allonge entre eux. Le bébé roule sur le ventre et pose la tête sur la hanche de son père.

— Bien. J'ai dit à Robby que je lui apporterai ce brouillon avant la fin de la semaine.

Quand Amar et Leah s'endorment, Cass observe leurs ressemblances et leurs dissemblances, baignant dans la chaleur de leurs deux corps tout contre le sien. Elle sait que ce moment de plénitude ne durera pas. Que sa fille se réveillera bientôt en pleurs, ou qu'elle trouvera un problème dans son manuscrit. Alors elle essaie de savourer pleinement ces minutes d'intense bonheur.

Sa vie ne ressemble pas à ce qu'elle s'était imaginé. Il y a toujours deux cartons dans le coin de la chambre, un tas de chaussures bloque partiellement la porte et un panier déborde de linge propre non plié au pied du lit. Certains jours, elle se sent de taille à tout gérer : s'occuper de Leah, écrire, voler des petits moments d'intimité avec Amar. D'autres jours, elle se sent dépassée et a l'impression qu'essayer de tout faire à la fois la condamne à tout faire à moitié.

Mais même dans ses mauvais jours, même lorsqu'elle n'a pas réussi à écrire un seul mot, elle sait que sa Théorie du Tout est là. Qu'elle existe. Elle ressent sa présence comme celle d'une créature vivante. Comme un deuxième enfant, ou la promesse d'un deuxième enfant. Certes, elle n'est pas terminée, mais quand elle le sera, elle la quittera pour mener sa propre vie, tout comme Leah, plus tard.

Cass prend une dernière note et pose son manuscrit sur le tas de vêtements. Après avoir éteint la lumière, elle se couche, écoute un instant le souffle du bébé, léger et rapide, et celui d'Amar, lent et profond, et remonte les couvertures sur eux trois.

Remerciements

J'aimerais témoigner mon immense gratitude à :

Mon extraordinaire agente, Brettne Bloom, et Andrea Walker, la meilleure éditrice imaginable. J'ai tellement de chance d'avoir pu bénéficier de leur expérience. C'est à leur intelligence et à leur sagesse que je dois le meilleur de chacune de ces pages.

À tous les gens de Random House, en particulier à Emma Caruso et Transworld, et à mes éditrices britanniques, Jane Lawdon et Alice Youell. Aux gens de chez The Book Group, et plus particulièrement à Elisabeth Weed et Hallie Schaeffer. À Jenny Meyer et Sarah Goewey de Jenny Meyer Literary. À Jason Richman et Sam Reynolds de United Talent Agency.

À mes partenaires d'écriture de longue date, Lindsey Lee Johnson, Kevinne Moran et Rita Michelle Pogue. Ils ont toujours raison. Aux lecteurs Danya Bush, Annie Hugues, Ted Johnson, Katarina Carrasco, Alissa Lee, Aimee Molloy et Karen Remedios, à qui je dois d'excellents commentaires sur mes premiers jets. À mon père, David Johnson, qui m'a fait bénéficier de son œil d'éditeur expérimenté. À mon mari, Kevin Day, qui m'a aidée pour la partie médicale.

Aux professeurs Jennifer Lauck, Karen Shepard, Luis Urrea et Lidia Yuknavitch, qui m'ont guidée et inspirée. À Janis Cooke Newman, qui a tout mis en branle. À Daniel Torday, qui m'a donné le meilleur des avis. À Lauren LeBlanc, qui a été mes yeux et mes oreilles. À Justin McLachlan, Scott Sparks, Dala Botha, Boone Rodriguez et Janelle Wicks. À Crees Building et à tous les gens de Tried and True Coffee.

À l'Attic Institute, Hugo House, la résidence pour écrivains Tin House Summer Writer's Workshop, la Squaw Valley Community of Writers Workshop in Fiction et le Lit Camp. À mes professeurs de l'université de Pittsburgh, Paul Bove, Jonathan Arac, John Twyning, Ronald Judy, James Lennox et, surtout, Eric Clarke.

Au Barbara Deming Memorial Fund pour m'avoir offert une chambre à moi.

Je ne remercierai jamais assez :

Mes parents, David et Jean Johnson de m'avoir enseigné que les livres peuvent vous rendre meilleurs.

Mon mari, Kevin Day, qui me croit capable de réussir tout ce qui me passe par la tête. C'est cette confiance qu'il a placée en moi qui m'a fait reprendre les divers jets de ce roman les uns après les autres. À mes enfants, Bennett et Sullivan, qui rendent mon quotidien singulier et merveilleux, et dont la curiosité et l'imagination ne cessent de m'inspirer.

J'ai écrit ce livre quand ils étaient encore très jeunes, grâce à des personnes remarquables qui se sont occupées d'eux pour me permettre de m'éclipser quelques heures. À Brittany Sachs, Camille Carrington, et, bien sûr, Jean Johnson, ma merveilleuse maman : la meilleure manière de me dédoubler.

Kate Hope Day est titulaire d'un doctorat d'anglais de l'université de Pittsburgh, où elle a étudié la littérature victorienne et la science, et d'un BA du Bryn Mawr College. Elle a été productrice associée chez HBO. Originaire de Pennsylvanie, elle vit aujourd'hui dans l'Oregon avec son mari, ses deux fils et leur chien. *Avec des si* est son premier roman.

Ce livre existe grâce au travail de toute une équipe.

Communication : Caroline Babulle, Sandrine Perrier-Replein, Typhaine Maison, Adélaïde Yvert.

Coordination éditoriale et administrative : Céline Poiteaux, Martine Rivierre.

Studio : Pascaline Bressan, Barbara Cassouto-Lhenry, Joël Renaudat.

Fabrication : Muriel Le Ménez, Céline Ducournau, Bernadette Cristini, Phousa Chantharath, Isabelle Goulhot, Émilie Lapan (Canada).

Correction : Emmanuelle Coppeaux, Valérie Gautheron.

Commercial, relation libraires et marketing : Laetitia Beauvillain, Alexandra Profizi, Élise Iwasinta, Morgane Rissel, Aurélie Scart, Clément Vekeman.

Cessions de droits : Isabelle Votier, Benita Edzard, Lucile Besse, Sonia Guerreiro.

Gestion : Sophie Veisseyre, Chloé Hocquet, Isabelle Déxès, Camille Douin.

Services auteurs : Viviane Ouadenni, Jean-François Rechtman, Catherine Reimbold.

Ressources humaines : Mylène Bourreau.

Juridique : Laëtitia Doré, Anaïs Rebouh, Valérie Robe, Jean-Benoît Vassogne, Julia Crosnier.

Diffusion : Aurélia Spalacci (directrice des ventes), Nadine Eugénie, Céline Pitt, Arnaud Weill, Hervé Adamczyk, Annie Bourgade, Éric Charpentier, Gilles Couillard, Sandrine Ducrocq, Élisabeth Ehlinger, Guillaume Loras, Jean-Philippe Pilloux, Philippe Maulnier, Gilles Torché, Élisabeth Gastaldo, Jean-Pierre Stephany (Belgique), Olivier Béguin (Suisse), Jean Bouchard et Marie-Ève Provost (Canada), Emmanuelle Cadot, Virginie Godet et Caroline Pan.

Ainsi qu'à toutes les équipes d'Interforum et d'Editis qui participent à la création, la diffusion et la distribution de ce livre.

Canoros Vehit Canentes

Composé par Nord Compo Multimédia
7, rue de Fives, 59650 Villeneuve-d'Ascq

Imprimé en France par CPI
en septembre 2021

MIXTE
Papier
FSC FSC® C003309

L'éditeur de cet ouvrage s'engage dans une démarche
de certification FSC® qui contribue à la préservation
des forêts pour les générations futures.

Pour en savoir plus :
www.editis.com/engagement-rse/

N° d'édition : 60609/01
N° d'impression : 164496